香格里拉客栈

范稳——著

北京出版集团
北京十月文艺出版社

目录

橡皮擦	1
关山别情	79
蓝色冰川	141
香格里拉客栈	209
英雄的尸骨	293

橡皮擦

1

正午之后，阳光弥漫着慵懒的倦意，湖之梦高档别墅小区便也渐渐陷入饭饱神虚般的昏昏欲睡。花园里的鸟儿不叫了，树上那几只调皮的松鼠，贼亮的眼睛也迷蒙起来，各自蜷缩在绿荫深处打盹儿。A区18幢有只二货哈士奇，是它们的玩伴儿。它们在树枝上跳跃嬉戏时，那二货便会在树下狂吠，松鼠像逗一个两岁的孩子，常常溜到树干离地面两三米处，让哈士奇觉得只要轻轻一跃，就可够得着它。这条被主人叫作二哈的家伙常常被逗得从这棵树转到那棵树，捕获猎物的梦想让它垂涎三尺、乐此不疲。此刻，哈士奇也躺在自己的窝里做口叼松鼠的美梦。明晃晃的阳光下，世界宁静而混沌。

哈士奇的老主人洪玉林打开了院子铁门，在车道上步履蹒跚地走了几步，茫然看着阳光下空荡荡的小区，大约是在想：我这是要去哪里呢？我要做什么呢？他是一个身材高大的老人，尽管筋骨已经萎缩，肌肉也已然松弛，可背不驼眼不花，腰也不弯。谈不上仙风道骨，但也不是风一吹就要倒。老人踌躇片刻，回头喊，二哈，出来撒尿。那货在窝里头都不抬，只翻了翻眼皮，仿佛告诉老主人，一个小时前你才遛过我了嘛。老人这时看见了放在铁门边的一个黑色垃圾袋，刚才为了开铁门，顺手就把垃圾袋放地上了。哦，我是出来丢垃圾的。他提起了垃圾袋，感觉到沉，便想找自己的手杖，但手杖又不知躲哪里去了。这个世界上看不到的事物，还有那些过往的人和事，都是成功越狱的逃犯，永远消失在一个老人的记忆之外。真是可恨。

垃圾桶离这幢独栋别墅三十来米，洪玉林走到一半时，有两步台阶，老人没有看见，一步迈出去就摔倒了。

当天晚上，湖之梦小区物业公司安保部门的人调出了这天中午A区七号段的监控录像，人们看到老人跌坐在地上，半天都没爬起来，看上去孤独而无助。接下来发生的故事就让人们回味再三，连最聪明的警察也没法判断，最公正的法官也举锤不定。这个高档小区本来入住率还不到三分之一，每栋别墅之间又疏朗开阔，花园、草坪、树林、亭阁、水面等，营造出一片静谧宽阔的世界。所谓高档住宅区，就是让您能够拥有更多的私人空间。这是当初开发商的宣传主题词。但是他们和住户大约都忽略了，一个老人的私人空间越大，就越孤独，也常常充满危险。

2

城市的装扮者白金华最近遇到一个社会性的难题：如何让一个民工三代考入七彩中学——这个连城里的孩子也趋之若鹜的私立名校，进去了就好比一只脚跨进了大学校门，也意味着一个民工的孩子将来会找到一份体面的工作，并最终成为一个城里人。这半年来他比自己当年高考落榜还更为焦虑，作为一名外来务工者，他比许多城里人更熟悉这座城市，他爱它繁华的商场超市，爱它整洁宽阔的大街，爱它地铁的喧嚣与便捷，爱它风光片一般的公园。他在一家装修公司工作，是一名技术娴熟的刮灰工。无数个家庭的墙面屋顶，内墙外墙，经他的手之后，平整了，光洁了，像宫殿一样有了档次。有时他也会悬在半空中，为城市的高楼大厦装饰打扮，白色、黄色、红色、灰色以及种种与天地间相融洽的颜色，都在他的铲铲刮刮、磨磨刷刷中描绘出来了。“你是一个真正的行为艺术家。”一个画家曾经这样赞美过他，另一个诗人说，“你是生活的装扮者。”这些他服务过的城里人其实都是些站着说话腰不疼的家伙，他认为。我们不过是生活的敲门者，来城市里讨生活的人。进哪扇门都要看你的身份证、暂住证、施工证、准入证等等各种能证明你身份的东西，还要忍受别人审贼一样的目光。“形迹可疑”，是白金华在小学时学会的一个成语，他现在总感到自己在城市里就是“形迹可疑”的那一类人。而人家城里人有一张身份证、一张卡甚至一部手机就可以走遍世界了。诗人和画家，以及种种的家，上小学时哪个不想？一个农村孩子的理想是不断被现实修正并一步步往下拉的。行为艺术家是干什么的白金华不明白，但这座城市是如何一天天在他这样的人手中长高长壮，他大体清楚；当他在某幢高楼上施工，远眺天地之间，城市高低起伏、丰富多彩的天际线，都可以默数出哪幢楼去做过外墙，哪个楼盘去搞过装修，哪个小区几栋几单元几号的女主人漂亮非凡但很傲慢，哪个高档小区又大都住的是有钱有权的高端人士。这座在外貌上壮观无比的城市，既火热又冷漠的栖身之地，就像它每一户家庭都有的那道防盗门，隔开了多少伪善和真诚，苛刻和包容，轻蔑和尊重，虚情假意和坦诚相待。一个城市的打工者，是在用体力和汗水敲它厚重的城门。比如：请让我们的孩子到你们的学校读书吧。

城市的回答直截了当：交钱来。

过去在外省打工时，白金华的女儿白布舒的学籍转来转去的，非常麻烦。现在城里的公立学校对外来务工者子女大门是敞开的，你只要有暂住证，有合法稳定的收入，从小学到初中，政府规定的九年义务教育让每一个学龄孩子都有学上。但到了高中以后，白布舒就必须回原籍上学，这样才有考大学的资格。白金华怎能不知道家乡高中的教育质量？老子就是毁在那所山沟沟里的高中的。白金华从不认为自己不如人，更不相信自己的宝贝女儿会输在起跑线上。女儿一出生他就给孩子取名“不输”，他对媳妇小琴说我们虽然输给了出身，但不能输给生活。城里人的孩子宝贝得不行，乡下人的孩子就不是心头肉了？只是女儿大了后，觉得这个名字太不雅，自己改名为“布舒”。看上去蛮有城里人的感觉。白金华最为欣慰的是，在校门口接女儿时，看着身穿校服的白布舒和她的同学一拥而出，谁能看得出来她是个民工的孩子？无论是学习成绩还是外貌扮相，我的女儿一点也不比城里人的孩子差。当然了，不能比的只是你的起点在金沙江大峡谷的深山里，从那里跑进大学学堂，得要两代人的功夫。

女儿布舒中考预考成绩非常好，老师说只要正常发挥，上七彩中学应该没有多大问题。只是因为白金华是持暂住证的“准城里人”，想进七彩中学这样的私立名校就要比别人多交一笔“择校费”，当然还不算住校费、补课费、每月的生活费、学习资料辅导费等等杂费了。作为技术娴熟的刮灰工，白金华每天能挣到三四百元钱，除去周六周天休息和没有工做的日子，一月收入总在六七千上下，加上媳妇打工三四千的收入，夫妻俩月入一万左右，日子还是过得紧巴巴的。媳妇小琴说，一万块钱在老家可是大钱了，在这城里，房租水电吃喝拉撒，扣七扣八的，钱就是抓在手里的沙子啊。夫妻俩刚贷款在城里买了一套三居室的二手房，每月六千多块钱的还贷压力相当大。但这并不能抵消白金华要让自己的女儿上名校的梦想。再穷不能穷教育不是？白金华经常说，等我们家布舒考上大学，毕业后再考个公务员啥的，当上国家干部，我们从此就是正经八百的城里人了。小琴对老公的梦想总是信心不足，她会嘀咕说，再多的牛粪也堆不成高山。白金华的回答是，那些体体面面的城里人，三代以前还不都是农民。他们能做到的，我们又不笨也不懒，为什么就不能呢？你再看看我们村的王多贵，人家两代就换身份了，还当了区人大代表哩。城里人都在为他打工，围着他转。

城市就是个滋生梦想的温床，哪怕你生活在城市的边缘，身份低微而暧昧，你的梦也是五光十色的，是那越升越高的五彩气球。与大山深处宁静的村庄相比，城市的呼吸是急促的，城里的楼房比地里的庄稼长得还要快，它催促着你挣钱的脚步，让你连过年都不想回自己日益冷清的村庄。

与白金华想法迥异的是他的弟弟白银华，这是个与城市有些格格不入的家伙。他从十八岁就跟着哥哥满世界讨生活，到过广东，闯过海南，最远还去过新疆，现在落脚在故乡的省会城市，多少有在家门口干活的感觉，至少，离他梦中的媳妇更近了一点。

白银华已经二十八岁了，去年春节回家相上了邻村里的一个姑娘，互相留了电话、加了微信。半年多交流下来，那姑娘说，明年过年你来提亲吧，你得让我爹相信你的实力。白银华明白那话里的意思，过去峡谷里提亲，男方家提一串茶叶饼、两块红糖就可以了。女方家如果认可这门亲事，便会留下礼物，再回赠两块用芭蕉叶包上的新春糯米粑粑。但这是白金华白银华爷爷一辈的习俗，去年白银华的一个哥们儿也是去这个村庄提亲，带了两万扎得整整齐齐的人民币，还是被赶了出来。白银华不像他哥是个基本上守规矩过日子的人。他好打麻将，每次回到家乡，一年辛劳积攒下来的那几万块钱，差不多有一半要输在牌桌上，剩下的钱就随心所欲地吃了、喝了、花了。父亲早几年不在了，母亲也管不了他，只有他哥哥的话还偶尔听一下。两兄弟一起在外打工，他是帮手，也是徒弟。哥哥的手艺他从不上心学，他帮人刮灰，棱角线经常刮不直，墙面要么起泡要么开裂，还得他哥帮他补。他总是嫌这活儿脏，成天蓬头垢面，衣服上满是灰浆，且没有多少技术含量。但离了这点技艺，他在城里讨到生活也难。苦再多的钱，你以为就能成为城里人了吗？这是他反问他哥哥的话。他还经常数落白金华，你一收工就换上干净衣服，每天洗澡，去美容店洗头，皮鞋锃亮，衣领洁白，把自己当成下班的机关干部，星期天还去图书馆听公益讲座，他们告诉你这座城市的历史，告诉你怎么炒股票，告诉你什么是安居工程扶贫攻坚而房价却总是涨，最搞笑的是还告诉你城市有哪些文化名流、成功人士，告诉你怎样欣赏音乐如何读一本书……可这些能改变你乡下人的骨头吗？你看起来像个城里人，骨子里还是个农村人；老家人认为你进了城，城里人看你眼皮都懒得抬一下。城里人生活在天上，我们生活在地上，一个是天一个是地，你是提着自己的头发想升天。

白银华是打工阶层中的愤青，二愣子，在街上开车也要骂骂咧咧，骂交警、骂那些不断超越他们的豪车。欺负老子们的车破吗，你撞上来噻！老子奉陪你一条命。有次和雇主吵架，操起刮灰刀就要朝人砍去，要不是白金华及时按住他，那祸就闯大了。这个兄弟几天不在他眼皮子底下，他都不知道该不该去派出所寻人。白金华也不明白他为什么会有那样多的怨气，也许从他一出生就与社会结怨了吧。白银华是家中老三，那时算超生，家里实在交不出罚款了，乡政府和计生办的人就来拉走了猪圈里的一头肥猪。白银华长大后经常在嘴角挂着冷冷的笑意说："我的命值一头肥猪，谁有本事把老子拉去杀了？"

现在这个愣头青给他哥哥又出了个难题。他上周六和几个老乡打麻将，一个晚上输了一万六。白金华听完兄弟的诉苦，当即就给了他一巴掌。你是吃着屎了？脑袋被门板夹住了？人家出老千坑你难道不晓得？今年不是还要回去提亲吗？打甩手就能把媳妇娶回家嗦？白银华不当多大个事样说，血战到底嘛，出不了老千的。这点钱反正提亲也不够。我们这样的人，不搏一把，永远出不了头。

白金华差点没气背过去。真是民工的后代还是民工，赌徒的儿子一定是赌徒。白金华的父亲是20世纪80年代第一批走出山村的打工者，每逢过年的时候用一个蛇皮袋藏着一捆捆十元的钞票回乡，风光得不得了。但他也好打麻将，除了年夜饭那天在家，其余时间都在镇上的茶馆里打麻将。白银华小时候最熟悉的声音，恐怕就是洗麻将牌的哗啦声。这样的家庭环境怎么能教育得好下一代？多年以后白金华常常反思父辈的荒唐。他高中毕业参加高考，自认为成绩还可以，考个警校应该没问题，白金华从小喜欢看侦探小说，一直想当警察。但白金华没有继承到父亲的那点好运，民工二代的名分倒是顺理成章地继承下来了。虽然他现在比父亲那一辈人混得好，可谁会认为这是好运？

白银华说，别气啦。还有更让人气不过的。我听工程队刘队长说，咱们公司今年有几笔工程款结不了账，公司要裁人了。到处都差钱啊，我只是差点运气。

白金华恨得咬了咬牙，人走背运，差的是命。发不出工资算多大个事。前年白金华经不住身边的老乡怂恿，把十万块钱交给了同村的王多贵，30%的年利率。第一年下来王多贵认账，十万变成十三万。双方重新签协议，继续将钱放王多贵那里鸡生蛋蛋生鸡，都是一条大峡谷里出来讨生活的老乡，还有什么不信任的呢。这笔老本钱是为白布舒上大学时用的。但就在上个月，白金华找王多贵说女儿要上高中了，需要一笔钱，能不能把去年的利息先付给我。王多贵请白金华去高档餐厅吃饭、喝茶，然后两手一摊说，兄弟，别人也欠我的钱啊，眼下真的没有钱给你。我正在找人追杀那个欠我钱的王八蛋，不还老子钱，就先砍他一条胳膊。白金华不敢砍人胳膊，更不敢把这个消息告诉家人，怕影响女儿中考。女儿曾经跟他说起过，随便上个公立学校算了，花钱也少。为什么非要去跟那些城里人比呢？我们跟他们不一样。白金华记得自己的回答是：我和你妈辛苦一辈子，不图别的，就是要你和他们一样。

那个晚上两兄弟在白金华家喝下两斤多家乡带来的苞谷酒，喝得白银华热血偾张，喝得白金华眼冒泪花。白银华临走前撂下一句话：哥，富贵险中求，血战要到底。

3

白金华兄弟一个月前在湖之梦A区18幢对面的32幢别墅干过一段时间的装修，有一天下午，一个打扮得珠光宝气的女人开着一辆保时捷越野车，停在18幢的外面。刚好白金华兄弟买材料回来，那女人对他们说，小兄弟，麻烦帮个忙好吗？她让白金华兄弟从保时捷后备厢里抬下一箱茅台、一箱水果。然后她按18幢的门铃，一个保姆来开的门。女人指挥白金华兄弟扛着箱子穿过客厅，来到紧邻客厅的一间藏酒间，那里面有很多白银华叫不出名字的好酒；女人对扛着茅台箱子的白银华说，请先放在这里。然后她又带着白金华穿过一条走道，再经过一间保姆房，又走过一间摆放了各种古董的房间，来到餐厅，说你先放在这里吧。本来白金华兄弟放下东西就该走了，但不知从哪个房间钻出一个走路巍巍颤颤的老人来，女人一见他就说：老领导，来看看您。老人很高兴的样子，先是把白金华兄弟当成跟女人一起来的，非要大家坐下来喝茶，不让他们走，热情得不得了。直到那女人反复解释说，他们是她请来搬箱子的，老人才释怀，顺手从茶几上抓起两包新版大重九塞给他们。白银华出来后问，哥你知道这烟多少钱一包吗？这家人好阔。

自从白银华在醉眼迷离中喊出“富贵险中求，血战要到底”后，这些天他们凭一张过期的施工准入证混进湖之梦小区，随时关注18幢的情况。他们在32幢搞装修的那一个，已大体知道一些对面18幢的情况。白银华还和18幢的保姆以姐弟相称，在姐长弟短中，白银华还得到一个重要的信息：18幢平常就他这个新认的姐和那个老人，老人有些糊涂了，生活基本不能自理。周六或周天其他家人才会回来。

湖之梦小区树上的松鼠也在打盹儿时，白金华和白银华正蜷缩在自己的微型面包车里吃方便面，他们目睹了18幢的老人跌倒。白银华把方便面碗一扔说，哥，机会。

这几天里，他们脑海中对这幢别墅里将要发生的事情，反反复复地推演到睡不着觉的地步。这家的保姆每天上午会去外面的小超市买菜，有时也会带上老人，费时一小时左右。而下午三点前后，保姆会带着午休过后的老人出来小区里散步遛弯，和难得遇见的几个邻居聊天，五点左右才会慢慢摇回家。18幢有院子门和防盗门，院子带刺围栏有两米高。客厅窗户是大落地窗，侧面一间屋子（保姆房）有一扇带纱窗的气窗，保姆经常会把窗户打开透气，只有纱窗是合上的。如果有人要从那里翻进去，只需轻轻一跃——当然，还得考虑那些贴着每一扇窗户安装的红外线报警探测器。没有谁知道在白天或者主人出门时，这些探测器是否是在工作状态。

好运的大门不攻自开。他们从车里跑出来，自然而然地扮演起见义勇为的好人。他们搀扶着老人进屋，先关上别墅的院子门，再关上厚重的屋门，白银华还悄悄把门背面的保险锁锁死。

大爹，你没有摔着哪里吧？白金华问。

面对两个进到家里的陌生人，洪玉林显得有些张皇失措，他张了张嘴，不知道该说什么。这时二哈开始狂吠。二哈，不要叫。老人终于说。坐嘛，坐下来喝茶。

白金华判定，老人认不出他们来了，但他装着好像认识他们的样子，表现出友善，这是好运打开了它的第二扇门。大爹，你不认识我们了吗？白金华笑眯眯地问。

刚才他们将老人扶起来后，老人突兀地说，你们回来了？白金华顺口应道，回来了，回来了。他推测老人把他们当成家里的某个成员了。白金华在老家的奶奶也活成了个老糊涂，在小小的村子里也找不到回家的路，积攒了一辈子的零花钱也不知藏到哪里去了，连她从小带大的白金华白银华兄弟也认不出来了。白金华现在需要弄清楚的是：面前这个老人的糊涂到哪种地步了。

认得的嘛。认得的嘛。老人脸上现出困难的笑容。很像你在某个场合被人热情地打招呼，你绞尽脑汁、搜索枯肠也想不起对方是谁，但你还得虚情假意地来掩饰自己的尴尬和难堪。洪玉林眼下的困难还在于：他不知道该把两个年轻人往哪里带。过去家里来了客人，都有人招呼；很多情况下，他从不用起身迎送前来拜访的客人，能抽出时间见客人一面都是给人莫大的面子。家里人都说他老了，不想多见任何人了，喜欢一个人活在自己漫长的回忆里。他们这样说得越轻率，老人就越如大河中的一根枯草，和外面的世界漂得越远。只有洪玉林自己知道，他活在一个多么孤独无助的世界，就像现在面对他想不起的客人，既有些手足无措，又仿佛守候了一万年，终于等到了乘着阳光的翅膀回家的晚辈。

回来了好。好。坐嘛，坐。坐。老人拉着白金华的胳膊，脸上现出解决了难题的笑意，深刻的皱纹乱成一团麻。

那只二货哈士奇，又叫了几声，但看到主人对客人那么热情，便回到自己窝里打盹去了。

白金华嘘了一口气，问：大爹，你家的保姆呢？

郝妈啊？交医保……老人茫然四顾，好像在找他的保姆。

难怪守了半天不见保姆出来。好运的第三扇门也打开了。白金华兄弟曾经认真讨论了如何对付这家的保姆问题。她很壮实、手脚利落。这种农村妇人，力气大得可以摔倒一个小伙子。每年白金华白银华都要回老家交医保，还要按手印画押，不然就无效。今天好像是农村人站在了农村人一边。

白金华继续问，大爹，家里没有其他人呀？

有个鬼！老人的语气忽然严厉起来，让白金华心跳了跳。这么大的房子，有个鬼。来喝茶嘛。工作忙哦，脱不开身哦。喝茶嘛。在美国远哦。来嘛，喝茶嘛。老人好像总算想起来了，客人进屋，应该喝茶。

白银华本来揣了一把小刀在身上，但刚才在车上时，他哥让他把刀交给自己来保管。白金华说，做这样的事情，最好不要伤到人，那样警察会把你往死里追。在这种大户人家里，能神不知鬼不觉地顺走几样东西就足够救我们的急了。但眼下的情形，让白银华觉得是个千载难逢的机会。不就是个糊涂的老人嘛，你当他面搬空这个家他都不会有反应。他用眼神告诉白金华，该动手了。

我讲个笑话给我听。老人忽然说。

白金华一愣，问：大爹，你……

我讲个笑话给我听。云根，云根，我讲个笑话给我听……老人喃喃地说，后面的话听不清楚了。

你自己讲笑话给自己听？白银华笑了。

白金华盯了他兄弟一眼，笑容可掬地对老人说，大爹，你先坐好。我来泡茶，我们再慢慢来听你老人家讲笑话。茶在哪里呢大爹？

后花园喝。茶室里喝。老人边说边往里走。白金华记得这幢别墅有前后花园，后院还有个加盖的茶室，面对一个鱼池。老人在前面走得摇摇晃晃的，他们紧随着老人来到餐厅，餐厅对面的门通向后花园，但是走到餐厅时，老人忽然说，吃饭嘛。

餐桌上凌乱不堪，有半碗吃剩下的面条，半盘香肠，一小碗花生米，一碟泡菜，东一堆西一片的骨头、嚼不烂的菜茎，还有一瓶茅台，白银华的目光黏在了茅台上。那天帮人家搬了那箱茅台进这个家门后，白银华问了他好几次，哥，你喝过茅台吗？

喝酒。来，喝酒嘛。老人忽然声音洪亮地说，眼睛也亮了起来。这让白金华心里一惊，老人好尖的眼睛，难道他还能看透人的心思？而白银华则像被人逮住了伸出去的手，慌忙说，不喝不喝。我们就喝茶，喝茶就是了。

老人却麻利地拧开了茅台酒瓶盖。再好的酒，一个人喝，也叫寡酒。杯子呢？他四处张望，没有人伺候的饭桌让他有些手足无措。餐桌上并没有酒杯，白金华不明白摆一瓶茅台是什么意思。

去找酒杯。白金华对白银华一努嘴。白银华转身往藏酒室走，白金华拉了一下他，手悄悄往楼上指了一下。他早已观察到了餐厅里的食品柜，那里有一排排的玻璃杯子，而老人的注意力在那瓶茅台上，他把酒瓶凑近鼻子，脸上现出一个嘴馋孩子般的陶醉。

好酒。洪局长我敬您一杯好酒。老干处的人怎么还不来这个小刘越来越不像话就要过年了。他们是汉国部队里的人吗？老洪你再不能喝酒了血压高得很哦老洪老洪我在那边冷得很。汉中要回家了汉中去楼上了再见吧妈妈再见吧爸爸。老洪你还我的汉中来你心肠好硬汉中在那边更冷。再见吧妈妈你不要悄悄地流泪。酒杯酒杯，眼泪眼泪。妈妈的眼泪。汉美汉美去劝劝你妈汉中是为国家我没有什么对不起你妈的。我讲个笑话，云根的笑话，云根云根。来嘛喝嘛喝一杯好酒哦。

酒杯摆上来了，桌上只有一个老人的残羹剩饭。洪玉林笑呵呵地和对面的年轻人喝下了第一杯酒，脑子虽然更加凌乱，但看上去他是真心高兴，这栋大房子里要有人晃动，有人说话，才叫家嘛！平常除了天天陪着他的保姆，以及二儿子汉国时不时回家看看，老人觉着再不会有人踏进这个家门了。从前单位上的人还经常过来看望他，先是那些受他提拔的下属，以及渴望得到他美言的后生，再后来就只有中秋过年前老干处的人来了，他们不过是完成节前慰问的工作任务，还没有等他过问清楚单位上的事，人家的后脚已经在门外。气人的是这帮小狗日的今年中秋都没有来！他感到自己已经没有了组织，一个干了一辈子革命工作的人，忽然失去了组织，生命的意义就没有了，只是等死，等得每一天都比一百年还长。更不要说等到个节日见到组织的人！外面的世界正无情地将他抛弃，像一辆越驶越远的乡村公共汽车，把他孤零零地扔在荒野里。他既找不到组织，也找不到回家的路，或者说，回家的路有很多条，错乱无序地在他的眼前铺展，而他明明感觉得到家就在眼前，一抬腿就可推门而入。他看得见老家的那间土坯房，看得见在火塘前忙碌的母亲，还看得见火塘上方悬挂的腊肉，被烟火熏得红亮红亮的，七八岁时的洪玉林偷偷地够着脖子去舔腊肉上渗出的油珠。香啊，真香。这香味如此真实，好像味道还藏在舌头下面。但洪玉林却推不开时间源头那扇遥远的家门。

白银华神色诡异地从楼上下来，悄悄向他哥低语道：楼上有个保险柜。那时白金华已经和老人喝到第三杯了，他开始想象那个保险柜，它肯定有密码，如何才能让这个老人说出密码呢？

你还认得回家的路啊？来来来，喝酒……老人忽然高声喊，他的眼睛明亮异常，猛地站起来向白银华迎去，刚跨出一步腿就绊在凳子脚上，他倒了，手徒劳地在空中抓了一把，把两个碗一个酒杯带到了地上。几声脆响后，老人已经跌坐在地上了。

白金华首先看到了一股血从老人额角处流淌下来，黑红黑红的，大约是在椅子角上剐破的。他上前去搀扶起洪玉林，让他重新坐在椅子上。大爹，今天你都摔了两跤了。你头上出血了，我帮你擦一下。不要动哈。白金华从餐桌上抓过几张餐巾纸，又对白银华说，去找找看有没有创可贴。大爹，你的药柜在哪里？老人这时高声叫唤起来，哎哟，我痛。白金华用餐巾纸压住伤口，说一会儿就好了大爹。老人说，我手痛。白金华拉着老人的手甩了几下，说手没有摔着啊大爹。老人又说，我脚痛。白金华说那你起来走两步。他扶着老人走了几步，没有发现有什么不对劲。

白金华现在感到了害怕，今天要是整出人命来，他们兄弟就惨了。老年人的事，说倒就倒了，说走就走了。白银华原来说他一个人来就可以把事情办了，他说哥你有家有口的，我一人做事一人当。但白金华怕他毛手毛脚的，将事情闹到不可收拾的地步。他珍惜自己的家庭，但他也只有这一个兄弟。

白银华开始无所顾忌地游走在各个房间，老人并没有什么反应，只是默默地看着餐桌上那几团浸染了斑斑血迹的餐巾纸，忽然反常地哼起歌来——

如果是这样，你不要悲哀，共和国的旗帜上……

白金华有些莫名其妙，他不知道这是什么歌，更不知道是唱给谁的歌。这个神神道道的老人，大约只有外星人才可以跟他对话。你碰到一个外星人，可能会得到世界上最珍贵的宝贝，也可能被外星人掠走，一去不回。白金华眼里的外星人，既有某些从不正眼看他的人，也有那些钱多得不可思议的富豪。虽说都生活在同一座城市，但每个人的天空是不一样的。

好在老人的伤口也不是很大，况且老年人，血凝固得快。白金华松了一口气，继续和老人瞎扯，期图能得到更多有用的信息。白金华让白银华陪着老人喝酒，自己借口说要去找点纱布，帮老人包扎一下，也闪身上了楼。楼上有三间卧室，一间书房。显然只有一间卧室常有人住，那是一个带有卫生间的大房间，除了一排大立柜、一张日本进口的高档电动按摩椅、两个床头柜外，没有多少摆设。落地窗帘拉得很严，卧室虽然收拾得还整洁，白金华还是闻到一股陈腐的气息。这种气息跟他家奶奶的那间黑暗狭小的小屋子里的气息差不多。老年人的睡房，不过是还剩最后几口气的人的"活棺材"，乡下城里都一样。孤独、阴暗、晦气，阎王派来的小鬼在窗台上探头露耳，死亡的阴影在空中飘浮。当然，卧室也是很多人最喜欢存放财富的地方，卧室里要是还有一个带密码的老式保险柜，你用脚指头都想得出来它会收藏有多少财富。这个保险柜是绿色的，有一个衣柜那么高。可这个连人都认不出来的老人家还记得密码吗？白金华有些灰心地想。

真正引起白金华注意的是二楼的书房，它约三十平方米，两面墙是书架，靠阳台那一面是落地玻璃窗，还有一面墙上挂满了大大小小的照片，有彩色的，也有黑白的，还有很多的奖状和勋章，都用精致的相框装帧。这是这个家庭的荣誉墙。白金华在这座城市做装修十多年了，还没有见过哪家的墙上挂有如此“重量级”的照片——周恩来总理和蔼可亲地握着一个激动得露出满嘴牙齿的军人的黑白老照片。应该是楼下那个老人家年轻时的照片，还有一张彩色军人照，武警少将军衔，从五官长相上看，或许是老人的儿子。他目光犀利，威风凛凛，仿佛身后有千军万马，随时都可以掩杀而来，让白金华无处遁逃。

天老爷，这家人可惹不起。

家里来了贼。

白金华回到餐桌边时，老人语气平和地说。就像说家里来了朋友一样随意。白金华的心咚咚狂跳，白银华端酒杯的手抖了抖，去年白银华跟人斗殴被人用一根钢管抵在墙角，都没有此刻这样紧张。但老人那副淡定从容的样子，让他们一时又无所适从。

大爹，你说谁？白金华的声音发颤。

电视上都放了，贼进屋了，要出人命了。老人用手在脖子处比画了一下。

白金华用了十二分的力气才让自己镇定下来，说那是电视。贼只是想拿点值钱的东西，不会杀人。

光天化日之下，他们也太猖狂了！老人忽然一拍桌子，目光凌厉起来。那种凛然不可侵犯的威严是白金华兄弟从来没有见识过的，他们几乎要崩溃了。

人啊，不能起贪心！不拿群众一针一线。老人嗓门洪亮地又加了一句。

大爹，你是说……电视上的坏人？白金华沙哑着嗓子问。

电视上放的，都是我叫他们拍出来的。老人转眼又平和下来，还打着手势，像在做报告：4·19入室抢劫杀人案，刑侦处的人勘查了现场后，我让宣传处的人去录像。我给他们说，为了保卫我们国家改革开放的成果，要告诉人民群众增强防范意识，要震慑犯罪分子，敦促他们尽快投案自首。4·19案告破后，两个犯罪分子王超贵和赵七能供认，他们就是在老乡屋子里看到了我们拍的电视，晓得了我人民警察的强大威力，从躲藏的地方跑出来。一跑不就落进我们的手里了？到处都是卡子，到处都有我们的眼睛。他们能往哪里跑？

这个老家伙哪里糊涂了吗？白银华有些绝望地看了看他哥。而白金华迎着老人咄咄逼人的目光，只能心虚地回答道：是，他们……不该跑。

你找到要找的东西了？老人依旧语气平和地问。

白金华吓得尿急，冷汗直冒。大爹，你头上出血了，我……想找纱布给你包扎一下。我只找到几块创可贴，大爹，我们先给你贴上止血哈。

白金华抓了张餐巾纸将老人脸上的血迹擦干净，这时他闻到从老人身上散发出来的臭味，原来城里的老人也是臭的啊。白金华的奶奶身上也经常有这样的味道，老人大小便失禁，可不像一个婴儿尿床那么简单，白金华又重新找回了点信心。但白银华将创可贴给老人贴上时，洪玉林一把抓住了他的手，忽然大声说，你这下跑不了啦。

白银华使劲挣扎，都把老人从椅子上带了起来，但也没能挣脱。老人的手竟然像鹰爪一样有力。

白金华忙上前去，抓住洪玉林的胳膊，急切地说，大爹，大爹，我们……我们来过你家的，帮你家送东西，你忘记了吗？我们不是……你想不起我们来就算了。大爹，我们还有事，我们走了。他不断给白银华使眼色，赶快脱身走人。

但老人断然说，只许你老老实实，不许你乱说乱动。

白银华有些恼怒地说：你放开我！他用另一只手抓住了老人的手，准备来硬的了。白金华脸上也现出事情就要办砸了的恐慌。

汉中，你好不容易回来一次，我讲个笑话给我听。

老人的语气忽然温和起来，像一个父亲对归家的儿子说出来的殷殷话语。我把汉国叫回来，汉美叫回来。汉国都当爷爷了，我们家四代同堂了哦，过年时我们一直在等你回来啊。每年的年三十晚上，我会悄悄给你留菜哦。不能让你妈知道，不能让她知道。他的脸上这时荡开一层哀戚之色，可怜巴巴的样子，像一个被人遗弃在大街上的老人。

白金华反应过来，老人又犯糊涂了。汉中是谁，是他的儿子吗？他怎么会对着白银华说这样的话？他究竟要跟哪个讲笑话、又想讲个啥子笑话？真是急死人！白金华长吁一口气，这个老人家得哄一哄，不然他不依不饶地纠缠到门外，那还了得？

三个人重新坐下来，老人兴致又高涨起来。人齐了，就欢欢喜喜地过年了。都不要走，汉国平常在部队工作也忙，喝酒嘛喝酒。白金华问，大爹你有个儿子是将军啊？老人一撇嘴说，将军算个啥？呵呵。这小子小时候调皮，差点没被我一枪崩了！他现在嘛，工作是刻苦的，组织上是信任他的。白金华又问：大爹年轻时见过周总理？老人的眼睛亮了，嗓门又大起来，一脸的自得之色。1953年去北京开公安英模会，周恩来总理问我多大参加革命工作，我说十五岁。周总理说，还是个小鬼嘛，打仗害怕吗？我说报告总理，我跟共产党走，干革命，就不晓得怕字。周总理笑了，跟我握手。我激动得差点要哭。

白金华心里想：这就是人们说的老干部了吧？还是老公安。我们动他一根汗毛，惹的麻烦就大了。

3

在旧金山大湾区圣何塞县皇后镇的一幢公寓楼里，地产律师洪汉美借助remote monitoring system（远程监控系统）将万里之外家中的情况看得既一清二楚又一头雾水，手中的电话拿起又放下。本来此刻已是美国西部时间的凌晨一点，她早该去就寝，明天九点还要出庭。但她惦记着家中的老父亲，因为她知道今天保姆回农村老家办医保，要到北京时间的晚上七八点才会回来。家里几个房间都装了监控摄像头，这是她去年回家力主安装的，借助网络他们这些在外奔前程的子女们可以随时看到家中的情况。两个月前的一天中午，保姆郝妈在午睡，洪汉美在监控画面中看见厨房里飘出阵阵浓烟，便急忙打越洋电话到小区物管那里报警。原来是老爸想烧开水，却把郝妈炖在煤气灶上的一锅红烧肉烧煳了。满屋浓烟滚滚，洪汉美在旧金山仿佛都闻到了浓烈的焦煳味，而亲爱的老爸却呆坐在客厅里浑然不知地看电视。

从前一年回国探亲时开始，洪汉美就发现孤独的父亲越来越糊涂了。五年前母亲去世后，父亲就像一个落单的老小孩，愈发沉默、迟缓、笨拙、木讷。从前那个叱咤风云的传奇英雄，那个让子女们既自豪又惧怕的父亲，那个让犯罪分子闻风丧胆的前公安局局长，现在成了一个吃饭时都要戴一个口水兜的老孩子。他光荣的过去，正在被一块无情的橡皮慢慢擦去。

阿尔茨海默病（Alzheimer Disease），中国人略带不恭地叫作老年痴呆、老糊涂，医学上也称之为AD患者，也许是所有做儿女的肩头上卸不下来的重担。洪汉美最早察觉到父亲正不幸滑入AD患者的深渊，两年前就提醒她的哥哥洪汉国要引起重视。但洪汉国身为边防武警部队的少将，长期忙于公务，对父亲的状况并不以为然。说老年人嘛，都有不清醒的时候。咱老爸活了八十多岁了，能吃能睡，啥病没有，血压也不高，一年都不感两次冒，够省心了。洪汉美却不这样看，父亲面对回国探亲的女儿，再不会一遍又一遍地询问美帝国主义的社会治安状况，再不见他天天读《人民日报》和《参考消息》，甚至连《新闻联播》也不准时收看了。她就父亲的状况咨询了美国的医生。医生说，你父亲现在的病症属于AD症初期，它是不可逆转的，只会越来越严重。从失认，到失忆，再到彻底失去生活自理能力。她记得去年回家那天的家庭团聚宴，老父亲端起红酒杯对她说，妈妈，你辛苦。餐桌上的晚辈们笑翻了天，老人一时手足无措，不知道自己到底做错了什么。洪汉美当时眼泪忍不住流出来了。

如果母亲不先走，父亲不会老得那样快。家人都这样认为。一个亲人在衰老，并不仅仅体现在他脸上的皱纹、满头的白发以及愈发蹒跚的步履，他是一盏逐渐暗淡下去的灯，是流进岁月的沙漠里越来越细小的溪流，是一棵慢慢凋零枯萎的老树。这是谁也无法阻挡的事情。这些道理洪汉美都明白，她想不明白的是：不可抵御的衰老，为什么会摧毁一个人的智力，抹去他的记忆，让他变成一个白痴。不管他曾经当过总统首相，还是贩夫走卒。仿佛是上帝拣选出一些人，向世界展示人生尽头的残酷与玄妙；或者说，在生界与冥界之间，还有一个只有他们深陷于此的黑洞，幽暗、缥缈、迷蒙、混沌、混乱，没有人可以拯救，也没有人能够理喻。

洪汉美不无悲哀地发现，家中的人已经不屑与这个曾经威风八面的一家之主多说一句话。哥哥汉国总是忙，嫂子对父亲的厌恶在空气中都嗅得出来（母亲去世后这股气味益甚），侄儿洪疆刚得了一个宝贝女儿，一心只过自己的小日子，是那种精致自负的小中产，他们一周回爷爷家一次，不过是为了履行当孙子的义务，那种漠然、敷衍，甚至不比对二哈更亲热。哥哥一家人放着一栋大别墅不住，宁愿挤在部队分的福利房里。哥哥的解释是他还在部队当着领导，住在别墅里影响不好。洪汉美明白，自己没有资格责怪哥哥一家不管老父亲，当她看到保姆郝妈搀扶着父亲在空荡荡的小区踟蹰散步时，只有一种深刻的无奈。自己身在美国，离异，和女儿刘涯难得回国一次，刘涯和外公也几乎没有多少亲情可言。这个在美国长大的孩子总是会问同一个问题：为什么不送外公去养老院？我们不想被人指着背脊骂。这不是洪汉美说的，是哥哥汉国的话。一个受人敬重的将军怎么会把自己的父亲送进养老院？洪汉美只能给女儿这样解释：我们这一代中国人，将“忠”和“孝”视为美德，信奉的是“老吾老，以及人之老”。儿孙一大群，老人却在养老院，是不孝子孙的做法。那你们中国人就宁愿看到一个老人被关在家里孤独寂寞而死，slovenly and senile（邋遢并衰老），也不愿给他一个有尊严的晚年。面对女儿的指责，洪汉美总是底气不足地说，不，你外公晚年很幸福。

洪汉美当然知道自己这话里的虚伪，二十七岁的女儿也知道。甚至家里任何一个人都明白，别墅里的这个老人，如果真的要有幸福的话，就是他能够穿越眼下的混沌世界，进入天国的那一天。侄儿洪疆有一句话是这样说的：一个经常尿裤子的老男人，活着还有什么意义啊？

父亲还不到大小便失禁的地步，但他已经不能“正确”地大小便，除非有人帮他。经常的情况是，他要么人站在便槽前，却将小便滴滴啦啦地全拉在裤子上、鞋子上；要么他将大便拉在便坑外（父亲一直拒绝用马桶），然后又像小孩玩泥巴一样搞得卫生间里一片狼藉，有一次他把大便糊在了盥洗台上、镜子上、墙上（也许他想将之清理干净，但却越搞越糟）。去年洪汉美回家过春节，给父亲买了一箱纸尿裤，可父亲却拒绝穿，说女儿把他当什么了，小屁屎娃儿吗？（这种时候他为什么又那么清醒？）洪汉美只得一次性买来十条棉裤、二十条秋裤、四十条单裤。她告诉郝妈说，只要他拉在裤子上，你就给他换。洪汉美不能容忍父亲身上散发出来的一丝恶臭，但家里还是经常恶臭盈室。她不明白的是：一个暮年男人的屎尿，为什么会那么臭？那么大的房子，只要父亲一“闯祸”了，几间屋子都臭不可闻，而且那臭气中还夹带着死亡的气息，令人无法忍受。她专门托人从西藏买来藏香，让郝妈到处熏。再好再浓郁的空气清新剂或香水啥的已经没有多少效果了。

给父亲换裤子的事情，家里人都不愿染指，全交给郝妈做，没有哪个家人能够忍受那种臭味。一个人活成老小孩，可能会变得很可亲可爱，但也可能会令人莫可奈何甚至心生厌烦。父亲情绪不好时，便会骂人，甚至动粗，乱打乱踢，仿佛不是他尿裤子了，而是别人。哥哥汉国有次帮他换袜子，结果遭父亲狠狠踹了一脚。所幸任劳任怨的郝妈还可招呼得住个性一向刚硬古怪的父亲，她说什么父亲都乖乖地听，老老实实地按她的话去做。即便是母亲在世时，父亲都不会这样听话。

他们是谁？父亲好像跟他们认识。但在洪汉美印象中，家中没有过这样的朋友或亲戚。父母的亲戚中，母亲那边的洪汉美全知道，母亲出身于城里的读书人家，亲戚本来就不多，来找洪家帮忙的少。父亲那边的穷亲戚就太多了，七大姑八大姨的，过去不是来借钱就是来请求安排工作。父亲参加工作早，对故乡似乎没有多少感情，又是一个极讲原则的人，为此得罪过不少老家那边的亲戚。后来父亲索性不回老家了，他说人家是衣锦还乡，我穿一辈子制服，不能用公家的衣服去还我欠的债。

莫非他们是父亲老家来找工作的后生？不然父亲怎么会请他们喝酒。那两个年轻人看上去不像是有多大教养的人，但也好像不是贼眉鼠眼的坏小子。家里的卧室、书房、客厅、餐厅，还有阳台，这几个父亲常去的地方都装有摄像头。开初洪汉美看见一个年轻人在父亲的卧室床头柜翻找什么时，吓得汗毛都立起来了。但她随后又看见这人把一块创可贴贴在父亲额角上。卧室的床头柜就是他的药柜，应该有创可贴之类的常备药。

家里的监控设备装好后，洪汉美觉得自己逐步沦为“窥视癖”，一发现有什么不对劲就打电话。有一次郝妈去超市买菜，她看见父亲长久歪坐在客厅沙发上一动不动，家里的座机打了无数遍，他也没有反应，父亲也不用手机，说看不清上面的数字按键。洪汉美认为父亲不是心脏病犯了就是脑梗，便哭喊着打电话到物管公司。那边倒是反应迅速，立即派人去敲门，门又敲不开。然后社区民警、120急救车都出动了，最后来了一辆消防车，消防队员搭上云梯从楼顶开着的气窗爬了进去，父亲方才大梦初醒，笑呵呵地面对一屋子的陌生人，把那些警察、医生、消防队员当成单位上来慰问他的人，要人家都坐下来跟他汇报工作。物管公司的经理在电话里抱怨说，洪姐，拜托你不要经常这样吓我们了。

她也曾想打家里的座机，问一下那两个年轻人是干什么的。但她怕如果他们真是坏人，岂不是打草惊蛇？万一他们狗急跳墙做出什么对老父亲不利的举动……她不敢多想。

洪汉美犹豫再三后，决定先给二哥汉国打个电话，但那边一直是忙音。天知道他此刻在哪个连手机信号都没有的地方忙。洪汉美深深叹了一口气，继续观看家里正在上演的那出“戏”。

4

你是谁?

你从哪里来?

你犯了什么罪?

这是什么地方?

每个进了监狱的犯人，一进去就要回答清楚这四个问题。洪玉林就像满肚子的故事刚刚打开了话匣子。我马上就要回去工作了。他打着手势说，他们不让我工作是错误的，组织上的平反通知已经下来了。我知道的。恢复工作是组织对我的信任，职务啥的暂时不考虑。老干处的人乱七八糟瞎尿整。当初就不该提拔小刘这样的人。我受党教育多年，党叫干啥就干啥。老人豪情满怀，一拳砸在桌子上，震得酒杯都翻倒了两个。

这是醉了还是继续在装糊涂?白金华心里叫苦不迭。装糊涂的人好对付，真糊涂的人你还真拿他没办法，你得有时间慢慢和他周旋，在一个混沌的世界里和他一起跌跌撞撞地摸索。就像白金华的奶奶，她一生的积蓄陷在记忆的沼泽里，只有世界上最聪明绝顶的人才可以将之打捞出来。白金华一度认为自己是家里最聪明的人，因为他读的书最多。他读侦探小说、犯罪小说、推理小说，常常把自己也读进情景之中。白金华回老家时把这点才华用在“寻宝”上，最后他就像一条嗅着钱味儿的猎狗，愣是在一条破被褥里把那区区几千钱搜出来了。而眼前这个老糊涂的财富，绝对是可怜的奶奶的百倍以上。

可是，白金华今天脑子转得再快，也转不过这个比奶奶还糊涂的老警察。老天爷啊，还是快放我们走吧。

老人仍然兴致勃勃、口若悬河，颠三倒四地给两个图谋不轨的年轻人讲起了自己的革命工作履历。1953年梁王山土匪叛乱，杀人放火，一个村寨一个村寨地烧光抢光。工作队员吊起来打，砍手砍脚。人装在美孚汽油桶里，架在柴火上活活烤死。我们公安队配合解放军剿匪。雷四眼，过去坐八人抬轿子，当马帮走夷方，驮鸦片去缅甸越南，赚大钱。都是有武装的哦。县公安队伙食好，我从来没有吃到过那样好的伙食。雷四眼出门，前面四挺机枪开路，后面两挺机枪压阵。我们跟雷四眼打了三仗，都让他跑脱了。白面馒头盛在一个大簸箕里，随便吃。我一只手抓四个，两只手抓八个。教导员说，饱饱地吃，吃饱了去追雷四眼。汉中，你要多多地吃，吃饱了好抓雷四眼。来嘛，陪你老爸再喝一杯嘛。报纸上说，雷四眼被我剿匪部队生擒。我那时不懂，就去问教导员，什么叫生擒。教导员说，就是被你活捉了的意思。呵呵！汉中，你晓得了吧，杀人不眨眼的雷四眼，是被你老爹活捉的。生擒，嘿嘿。像抓一只小鸡。

我可不是你的汉中。白银华突兀地冒出一句，把他哥哥都吓了一大跳。这家伙喝高了吗？白银华却不管不顾，语带嘲讽地说：大爹，我要是有你这样的老爸就好咯。我老爹只是个金沙江峡谷里的农民。

金沙江峡谷？洪玉林老人顿时眼睛亮了，是鱼坝村的吗？我家就住那儿。你们一进屋，我就听出是我老家那个地方来的人。什么人张口一说话，我就晓得他从哪里来的。过去干侦查员，三句话就可问出人家是干哪样的。人民公社时有个偷牛贼，说话咣当咣当，嘿嘿，打铁的嘛。老人现在思路基本清晰，表述也大体准确连贯，跟刚才说话颠三倒四的模样判若两人。

白金华被老人的话搞得心里一会儿热一会儿凉，有点猫爪下的老鼠的感觉。别的不敢想了，能赶快溜走就是大本事。他努力揣摩老人的思路，期图在混沌中找到一条求生之路。他顺口敷衍道，鱼坝村在我们村子的下面，我们在半山上，核桃箐村。大爹，我们是老乡哦。

嘿嘿，老乡，老乡。许多年都没有见到个老乡了。故乡的话题再次引发了老人的兴致。平常他多想跟人讲讲自己的故乡啊，连保姆郝妈都知道他的老家房前有几棵树，屋后的水井有多深，他们家的那头老牛叫什么名字。他开始准确无误地回忆起那些远逝的地名和乡土风俗。鱼坝村邻近的村子是砂石滩和放牛坪，我们在砂石滩上枪毙雷四眼，人山人海。过年时人们在砂石滩上和往来的马帮做买卖，置办年货。四乡八邻的小伙子和姑娘唱情歌打跳。放牛坪的牛羊好，核桃箐的小伙子能干，入赘到江边来的小伙子个顶个强。有句话是这样说的嘛：买腿长的骏马，招山上的女婿；吃头刀的羊肉，娶鱼坝的姑娘。你们认得鱼坝村的张梨花吗？白金华摇摇头。老人有些失望，说你们怎么会不认得呢？她是我的老母亲啊，是峡谷里最能干的女人。我好多年没有看到我的妈妈了。我要回家。可是他们不让我去。老人的目光暗淡下来，脸上又现出哀戚之色。

白金华问，你家老母亲还活着？

活着的嘛，还可以上山打柴呢。老人肯定地说。有天打柴的时候，就生下了我，小时候他们叫我柴娃。唉，活着活着，就没有用了。

白银华冷冷地说，大爹，你不愁吃不缺喝的，手里有花不完的钱，还住这么大的房子，活得多风光啊。

风光？年轻人才会风光。老人轻松下来，脸上的皱纹也舒展开来了，老顽童般晃起了脑袋。山这边的姑娘唱山歌，还没有唱完，山对面的小伙子就跑到跟前来了，这才叫风光。

白金华应了一句，是啰是啰。我们那边都是这样的。

老人的目光温热又空蒙，望着窗外绿茵茵的树林，仿佛看见了故乡的火塘。他说，峡谷里的梨树，一场春风吹过后，就高高低低的都白了，好看得不得了。江水起春汛，那些鱼喔，要去小龙溪上游摆籽。拿个撮箕，站在小龙溪的水头上，一撮就是满满一撮箕啊。呵呵呵。天底下最好的地方，就是我们的金沙江峡谷啊。洪玉林笑得口水都淌下来了。

屁哟。穷山恶水的山沟沟。白银华嘀咕了一句。

老人"啪"的一声拍起了桌子。瞎说！我不准你诬蔑我的家乡穷！我们那里要啥就有啥的，鱼米之乡嘛！

白银华顶了一句，穷就是穷，我没有诬蔑。那个鬼地方就是穷得鸟都不拉屎。

老三，莫多话。白金华低声喝了一句。

穷？穷……穷……洪玉林嘴唇哆嗦起来。再陡的坡上都要长棵草。你咋个长大的？

爹妈养的！白银华根本不听他哥哥的。爹妈都是盘田种地的农民，我们能好到哪里去？

你……不爱妈妈的小杂种，老子要毙了你！

老人下意识地去摸腰间。这个动作娴熟、自然，一看就知道是个一辈子佩枪的人。白金华心头一惊，他相信老人腰间如果真有把枪的话，白银华也许还不明白怎么回事，枪口就顶在脑门上了。

白银华冷笑道，你枪毙了我，家乡还不是穷？来嘛，反正我们这种人的命不值钱。猪。我们是猪！你晓得吗？白银华声音大了起来。

你放屁！老人喝道。旧社会劳动人民才牛马不如。你这个反动分子！老子的枪呢？他两手固执地在空荡荡的腰间乱抓一气，最后有些难堪地将手捏成了拳头。白金华注意到那是一只枯瘦的拳头，骨节粗大，皮肤松弛，蜡黄的手背上布满灰褐色的老年斑。

这只握了一辈子枪的手终于颓然地放下了，老人的头也低下了，呼呼喘气。白金华赶快给他倒满一杯酒，说，大爹，你消消气，我们喝酒吧。别跟他计较。他不懂事。

老人一口把酒喝了，说，再来一杯。

老人连喝了四杯，屋子里的气氛缓和下来了。白金华想，干脆把他灌醉了算了。没想到老人忽然说，家乡那么好，你们跑到城里来做啥吗?

白金华说，大爹，你怕是好久都没有回过老家了。我们那边真的很穷。

老人不计较这“穷”字了，沉默了好一会儿，才问：真的?

白金华平常最怕别人问老家的事。他总是为自己的故乡感到羞愧，他情愿自己是个没有故乡的人。不是因为故乡穷，而是故乡带给他乡下人的身份，让他在城市里再漂泊几十年也擦洗不掉。就像白银华说的那样，爹妈是盘田种地的农民，你好不到哪里去。他只有指望自己的女儿，她出生在城里，她的故乡就是这座城市，将来她还要在这城里工作，把自己民工后代的身份像擦去作业本上的铅笔字一样擦掉。这世上有这样一块“橡皮擦”吗?他不知道。

他没有正面回答老人的问题，显得有些沮丧和忧伤地说：我们这种农村人，吃得饱饭，又有什么出路呢?我爸出来打工十多年，只是把我们养大，我们是民工二代。现在满大街都是富二代、官二代，我们不敢去比，我们当年没有条件上大学，这辈子就当个农民工，也认命了。我只是不想我女儿再当个民工，在这个城市里没有身份、没有地位，将来再嫁个民工，以后子子孙孙都是民工！真那样的话，我们的生活还有什么意思?没有钱，还不是生活中最大的难事。活得没希望，那才难。

白金华不知不觉动了真情，好像搞错了说话的对象。连白银华都听不下去了，戗了他哥一句：啰唆。

老人却郑重其事地说，让她好好读书。

白金华还陷在自己的情绪中。要有条件啊，大爹。农民工的孩子要上个城里的好学校，可不容易。当年我还想考警校，像你一样当个人民警察哩。可是我们的学校，小学时就一个老师，中学时教语文的老师还教数学和地理。你说说我们怎么跟城里的学校相比？

农村娃娃，好好读书，才有出路。洪玉林抓住白金华的手，不停地摇晃，像是在托付一件重要的事情，把白金华搞得有些感动，以至于他都搞不清自己的角色了。

白银华却一撇嘴，你说得轻巧喔，大爹。我们又不是那些有钱人，想上哪样学校就上哪样学校，国内再好的学校也嫌不好，还出国留洋哩。

老人正色道，瞎说！留洋有啥好？我女儿就在美国读的书，遭罪得很。日子过得那么苦，还受美帝国主义的罪，真是气死我了。

白银华嘲讽道，看看吧，你们这样的人家，都去美国读书了还喊遭罪，我们想受这种罪还没有资格哩。妈的有钱就任性，想过啥日就过啥日子。

放屁！老人喝道。年轻人，你的资产阶级思想很严重。

嘿嘿。白银华用戏谑的口气说，老大爹，我还想有地主阶级的思想呢。我他妈的有得起吗？

剥削思想。我要枪毙你！老人厉声说，又从座椅上站起来，身子晃了一晃，险些再次跌倒。

哈哈哈哈，大爹，你都枪毙我两次了。可是你的枪呢？

白金华觉得到他兄弟今天不把事情闹到不可收拾就不肯收手，这让他感到害怕。他喊了一句，老三，你太烦了！

孩子要读书。要读书才好……老人嘴唇嚅动着，又坐了下去大口喘气，不知是气的，还是累的。他又抓住了白金华的手，与其说这次是要想嘱托什么，倒不如说他想找个支撑，以让自己不瘫倒下去。这个老人已经被他们打败了，像风中的枯树，一阵微风就可让他轰然倒地了。餐厅里此时斜射进来一束阳光，在洪玉林的头上镶上一层耀眼的光芒，让那满头的银发更白，白得近乎透明，白得令人心生怜悯和敬畏。

两兄弟的目光碰在了一起，都从对方眼里看出了无奈，也明白现在是最好开溜的时候。白金华抽出了自己的手，说，大爹，我们要走了。白银华也接了一句，我们走。拜拜了老大爹。

不要走……老人伸出一只手，仿佛想挽留他们。但他忽然张了张嘴，“啊、啊”两声，艰难地站起来，一行尿液从裤裆处稀稀拉拉地淌下来了。

白银华皱起了眉头，鼻子收紧成一团，白金华也闻到了一股新鲜的尿臊味。

郝妈，郝妈呢？老人手足无措，张着嘴四处看。

地板上已是一滩尿液，浓烈的臊臭在餐厅里弥漫开来。白银华面带鄙夷地说，喂，你尿裤子了。

老子没有！老人硬硬地回敬道，但是他又不得不低头看脚下的尿渍。他想移动脚步，但却一脚踩在那滩尿上。他提起脚来，放下去，还是又踩在尿液里。“啪嗒”“啪嗒”，老人左脚挪右脚，右脚换左脚，仿佛在踩着尿玩耍，让两兄弟不得不再次皱起了眉头。

嘿嘿，你慢慢和你的尿尿玩吧。白银华幸灾乐祸地拍拍老人的肩膀，准备走人。

麻烦你们……麻烦你们，找条裤子……老人费力地说。终于明白他现在的窘境。

想得美哦！你又不是我老爹。白银华说。

老三！白金华喝了一声，起身往楼上跑去。

麻烦你……老人目光哀怜地追着白金华的背影。

一会儿白金华就拿了一条裤子下来。过来，帮个手。他对白银华说。

白银华一把抢过他哥手里的裤子，抖了抖，对老人说，告诉我楼上保险柜的密码，我们就帮你换裤子。明白了吗，老大爹？

老人呆呆地看着两兄弟，嘴唇张了张，无话。

你混蛋！白金华没有料到兄弟会来这么损的一招，张口骂了一句。

大爹，你好臭哦！你好好笑哦，“我讲个笑话给我听”。哈哈，这就是你讲给自己的笑话？讲干净是要花钱的。白银华并不理他哥，冷酷地说。我们他妈的从来就不干净卫生，天天一头灰一身泥，才能苦一点点钱。钱还被人骗走，孩子也没钱上学。社会险恶啊大爹。

白银华将手中的裤子往前递了递，老人伸手来接，白银华又收回去了。说出密码来，我们就给你换上。快点想哦，裤子上有尿可不好受。他笑吟吟地说，像在逗一个小孩。

白金华常常不明白他这个老弟的心肠为什么会那么硬。兄弟俩在社会上闯荡多年，在需要跟人争勇斗狠时，往往是当兄弟的冲在前面。没有白银华这个狠劲儿，他们怎么会走到这一步？他们本来是来行劫的，但未泯的良知告诉他，他应该去帮助眼前这个老人。那他到底是好人还是坏人呢？在社会上你想做个好人时，没有多少人正眼看你，而当你黑下心来做坏人时，又有一双无形的手推着你去学雷锋。这让他对眼下的困局心生厌恶。他觉得现在是他们哥俩掉进粪坑里啦，比站在一滩尿里的这个老人家还狼狈。

老人睁大了眼睛望着白银华，目光里既有屈辱又有愤怒。他又转头求助似的望着白金华，白金华连说一句话的勇气也没有了，不敢直视老人的眼睛。他想，我们是在做要挨雷劈的事。但事到如今，不管你做还是不做，天上惩罚的雷已经在积蓄力量了。

这是一段困难的时间，像沙滩上被烈日炙烤的鱼，人有时熬不过去，一颗鲜活的心便瞬间成炭。老人开始莫名地淌眼泪。先是一两滴，缓慢地在苍老的脸上流淌，然后他张了张嘴，像一头老狼一样干号了两声，又止住了。

我想不起你们是谁了。想不起来了。你们弄死我吧，弄死我吧。我这个样子……唉，唉。我不想活了，我听到我妈妈在喊我了。

白金华声音小得来连他自己都听不见。大爹，我们是……我们其实不是……只是孩子要交大笔的学费……他语无伦次、结结巴巴，世界上大约很少有这样狼狈不堪的打劫者。他想去拉着老人的手，或者帮他拭去脸上的老泪，但是他不敢。奶奶说过，老年人流泪，佛菩萨也会不高兴。你们年轻，看到姑娘红扑扑的脸是福气，可看到老人的眼泪，就要遭报应了。

白银华继续他的冷酷。生不带来死不带走的东西，你捂着藏着干什么呢？这世道有人抢钱明火执仗，有人抢钱喝杯酒之间。大爹，就算你先做个好事，我们再学雷锋。

洪玉林终于缓缓嚅动了下嘴唇：要根针就给你针，要根线就给你线。走嘛。

白银华的眼睛开始放光，白金华却感到害臊。老人已经巍巍颤颤地走在前面了，看上去既漫不经心，又无所畏惧。

等一下，大爹。换双鞋吧，楼上是地毯。白金华说。

白银华瞥了他哥一眼，多鸡巴事！杀猪还怕手上沾血？

老人这时停下脚步，回头不急不慢地对白银华道，我们老家有句话说，隔着大山娶媳妇，等于在温泉里放屁。

白银华不明白这句话的意思，他发现老人的眼神有些不对了，但他仍然读不懂这将意味着什么。白金华跑到前厅鞋架上找来一双布鞋给老人换上。他们那时并不知道，他们在这里做的每一件事情，不是无可挽回的堕落，就是难以名状的救赎。

老人带兄弟俩走进卧室。白银华差点忍不住想跟他哥说，世上有些天大的难事，其实撒泡尿的工夫就能解决了。这种衣柜般大的保险柜，两兄弟给一些公司粉墙时见过。把它放在家里，天知道要存放多少贵重的东西。电视里放的那些贪官，不都是把一摞摞的钱放在这种地方吗？

老人径直走到保险柜面前，默默地站了一会儿，然后握着门上的把柄往右一抬，保险柜门便訇然洞开。白金华恍然大悟，一个脑子糊涂了的老人怎么会记得住密码？他们原先看到保险柜时首先感到犯难的就是如何得到那一连串的密码。他们甚至连试着摸一下保险柜门把柄的想法都没有过！侦探小说把人看糊涂了。人的眼睛有时真的会被一片树叶挡住世界上所有的风景。

两兄弟站在老人的身后，面对梦想中的财富之门，都能互相听到对方的心跳。白银华伸长了脖子，白金华却反常地紧盯着他的兄弟，仿佛随时要按下他脑袋里伸出来的欲望。人有时并不明白自己在最紧要的关头该做什么，无论是以命相搏，还是对一个姑娘说一句暖心的话。生活中的剧情常常在人们的想象力以外，白银华如果在此时要动粗，白金华不敢保证自己会不会踹他一脚。人放下自己的欲望，就跟放下一袋金币一样难。慈眉善目的老天爷有时会化作人间一个宽厚的长者，让你忘记金币。他现在慢慢转过身来，手里捧着一套折叠整齐的解放军65制式军装。

白银华说，大爹，你的裤子在这里。他想老家伙还真糊涂到了把换洗衣服收进保险柜了不成？他的眼睛瞄进了保险柜内，但他很快就被一道光照亮了——这在他的生命中是从来没有过的事情。

你，穿上它。洪玉林老人郑重地对白银华说。

我？白银华吓得后退了一步。不是被老人吓倒，而是被那身军装。

此刻，没有比军装更令人肃然起敬，并忘掉邪念的事物。红色的领章鲜艳夺目，草绿色的纯棉府绸布像春天深处的思念。白金华白银华分别是20世纪80年代和90年代生人，不会知道这身军装所代表的时代意义。他们只是从电影电视或画报中见到过这款老式军服。和现在解放军的军装相比，他们只会认为它土气。

多年以前，白银华曾报名参军，体检都过了。接兵的一个连长说他文化基础不错，体格也健壮，到部队锤炼锤炼，会是一个好兵。他的梦已经飞进了遥远的军营，农村人嘛，除了考大学，就是当兵。不然他们怎么走出大山？但后来他被告知，他的名额被乡里有权势的人家“顶替”了。白银华没有找人讨说法，也没有唉声叹气，更不会掉眼泪。他只是冷笑几声，就收拾行装找他哥打工去了。

面对递到面前的军装，白银华身上的邪念在消退。是你要换裤子，不是我。大爹……他底气不足地说。

来吧，穿上让我看看。老人轻柔地说，小心地将军装抖开，一股英气扑面而来，令人心动，无法拒绝。

并不仅仅是因为“人是衣裳马是鞍”这样老套的说辞，而是无论何种款式的军装，总是有魔力的。它会和男儿身上的血性相碰撞，激发出此生从未有过的情感。一个再卑微的人，也会被一身军服赋予勇气、荣誉和责任。

把军帽也戴上。洪玉林又从保险柜里取出一顶镶有红五星的绿军帽。哦，对了，还有皮带。老人现在思路清晰，已经完全掌控了局面。军人怎能不扎腰带呢。他说。收腹，挺起胸来，再挺。腰要紧，背要平。好，好，就是这样。就是这样，就是这样，就是这样……

老人围着白银华转，把他拉到卧室里的穿衣镜前，帮他正正帽子，紧紧皮带，抻抻衣角。此时，所有的事情都在向相反的方向发展，或者冲出人们的想象力边境，飞进银河系里，用光速抵达从不敢想象的彼岸。时间发生了扭曲，宇宙也充满了庄严。就像白银华看见镜子里的那个军人，妈哟，老子原来可以是这个样子。卧室里打劫者和被打劫者都忘记了对方是谁，忘记了自己在干吗，忘记了危险仍未解除，并且即将来临……

像啊！像。太像我的汉中啦。汉中，你总算回来了。汉中，我就你这么一个有出息的儿子……汉中，妈妈，妈……妈妈要是能看到你这个样子……

老人双手扶着白银华的双肩，再次抽泣，老泪纵横。

5

简直太离谱了！洪汉美在地球那一端忍不住叫了起来，眼泪簌簌而下。她有抓起什么东西想砸向哪里的感觉。而往昔的伤痛，是你想喊想砸也挣脱不了的渊薮。

1979年的春天，是个多雨多雾又压抑伤感的季节，那一年南国边城的樱花不开，桃李不结，戍边的男儿不归。多年以后洪汉美在给自己的女儿讲起这段岁月的感受，她习惯用“稀里糊涂”这个词。这一年她即将考大学，学习是稀里糊涂的，对班上某个男生朦朦胧胧的爱是稀里糊涂的，成绩当然也是稀里糊涂的，忽好忽坏；能否考上大学或今后要从事什么职业更是稀里糊涂。甚至，当某个春雨下得像人的眼泪的晚上，父亲一脸严肃地来到她的小房间，说你妈要出一趟长差，我最近接了一项很重要的任务，忙不过来。你明天就搬到你小孃家去住，等高考完了再回家。洪汉美的家在城北，走路去学校也就十来分钟路程。小孃家在城南，她都没有想一想家里为什么要如此“舍近求远”，让她每天坐八站地的公共汽车去上学。其实父亲那张严肃认真了一辈子的“干部脸”和母亲事无巨细的照料、念叨早就让她厌烦，到小孃家反倒更自由了，还可偷偷看点闲书写些永远只给自己看的情诗啥的，于是也就稀里糊涂地答应了。二哥洪汉国那时还在乡下当知青，洪汉美不是十分相信大人们的话，她想最坏的情况可能是又要搞运动了，父亲又要挨整了吧？母亲又要每天愁容满面了吧？对一个少女童年的记忆来说，没有比看着父亲戴着高帽游街更大的打击了。

可是有。甚至还更大，更令人无法相信无法承受无法忍痛含悲。高考结束，洪汉美在一个炎热的夏日回到家里时，面对的是一夜白了头的父亲、哀伤绵绵的母亲以及大哥洪汉中“革命烈士”的遗像。大哥洪汉中在这年春天的边境战争中牺牲了。即便到现在自己也已经两鬓斑白了，洪汉美还在为当年的稀里糊涂痛悔。为什么不能去送大哥最后一程？为什么不在那个时候陪在父母身边？哪怕不考大学也罢。当了三年知青的大哥也报考过大学，只可惜连考两年都没有考上。父亲说，男儿不当兵，怎么能长成一条汉子？父亲说话的方式从来都是豪迈革命的、不与家人商量的。他亲自为大哥拎着背包，满面荣光地把儿子送上了接新兵的军车。《再见吧，妈妈》，这支歌在那个年代曾经风靡全国，无数年轻英武的士兵在南国的丛林中豪迈地唱着它，挥手告别了他们的家乡，告别了他们的母亲。再见吧，妈妈，军号已吹响，钢枪已擦亮，行装已背好，部队要出发。你不要悄悄地流泪，你不要把儿牵挂……

这是这个家庭最不愿听到的歌。

真是鬼来拍门了。洪汉美一边抹眼泪，一边盯着屏幕看，生怕看漏任何一个细节。父亲怎么能把大哥的军服给一个来路不明的小子穿上？大哥牺牲后，部队送回来大哥的遗物——一身崭新的军装，一双黑色的新皮鞋，一些衣物，一个搪瓷缸，两个脸盆，还有两本日记本，一本相册，十几本书，等等。母亲睹物思子，天天以泪洗面，在床上躺了一个多月。母亲真是不容易，一颗柔软善良的心，破碎在一个铁石心肠的男人身上。谁跟这样的男人过日子谁认倒霉。父亲后来把大哥的遗物都带到自己单位收存，只留下这身军装，锁进保险柜。这个保险柜是单位配发的，平常父亲的佩枪、弹夹、保密文件什么的都放在里面，家里任何人都不知道密码。二哥洪汉国小时候特别调皮，有次他趁父亲疏漏，忘记关保险柜，悄悄把父亲的枪偷出来，拿到公安局大院的小伙伴们中去显摆，事发后差点被父亲一枪崩了。母亲去世后，父亲的心变得比母亲还柔软。洪汉美有一次回国探亲，撞见父亲一个人在卧室里，把大哥的军装平平整整地铺在自己的床上，军帽也端端正正地放在枕头上，独自垂泪。洪汉美那天拥着父亲，父女俩守着那身军装大哭一场。大哥洪汉中仿佛就在身边，可是他倒下了，再也不能起来。就像那个年代另一支很流行的歌里唱的那样，他已经“化作了山脉”。洪汉美情愿父亲把全部的过去都遗忘，哪怕他不再认识所有的亲人。她曾经跟父亲建议：我们把这军装烧在大哥的坟前吧。父亲的回答是：这军装在，我儿子就还活着。

洪汉美再也看不下去了。父亲这是在干什么？那两个小子究竟是什么人？大哥的牺牲，是这个家庭永远的痛。家里可以挂母亲的遗像，但从没有挂过大哥任何一张照片，哪怕是过去的全家福。只要有大哥在场的照片，都被小心收藏起来了。一个儿子在父母的目光里慢慢长大，他在不同的年龄留下不同的风采，最后永远定格在英姿勃发的二十一岁。哪个当父母的受得了？有些伤口永远不会愈合，尽管它会被流逝的时间一分一秒、千针万线、点点滴滴地慢慢缝合，但在时间的缝隙里，那伤口总会在不经意间被撕裂开来，思念之情、哀伤之痛，依然让人心滴血。几十年过去了，哥哥牺牲的事，家里虽然绝不会忘记，却再不会轻易提起。这是洪家一条不言而喻的铁律。先是母亲受不了，后来是父亲。这个在家里让孩子们敬而远之的严父，在洪汉美的记忆里他的生命中只有工作，绝少有家庭、亲情、父爱以及儿女情长一类的情感。即便是过年吃年夜饭，父亲的脸上也难得有轻松的笑脸。有次母亲在饭桌上抱怨说，大过年的，你就放下你那张“干部脸”吧，让孩子们轻松一点。父亲把酒杯一蹾说，轻松什么？我的干警还在一线值班。不吃了，我去看看他们。大哥汉中战死后，父亲同样不跟任何人商量，就将二哥汉国送进了军营。报纸、电视台的记者天天采访，他可光荣上了天，但回到家里母亲与他寻死觅活，说你害死了汉中，还要毁了汉国吗？你的心是铁打的，也就算了，难道我的心就不是血肉做的？老两口那年差点没离婚。洪汉美每每回忆起这些痛彻骨髓的往事，哪怕只是在生活中因为触景生情的一闪念——一支老歌、一本旧书、一个童年时期的伙伴、听人说起这段共同的记忆，都像有一把锥子扎在心尖尖上。家里有谁知道她当年选择出国是为了逃避这些挥之不去的伤感记忆？有一年她回国探亲，在街上看到一个青年骑辆已不常见的永久牌28寸钢圈的旧自行车，要命的是车后还搭一个扎着两条羊角辫的小姑娘。往昔情景扑面而来，那不是大哥正载着自己去上学吗？洪汉美当时就把持不住，在大街上不管不顾地泪流满面。

二哥汉国的电话还是打不通。她便打给侄儿洪疆，说老爷子一个人在家，两个陌生人摸进去了。老爷子不知为何把保险柜打开了。洪疆在电话那头大叫：这还了得！我马上报警。洪汉美说，先别惊乍乍的，吓着老爷子。你最好先过去看看再说，我感觉那两个人……但洪疆那边的电话已经挂了。

洪汉美想：这下半个城市的警力都要惊动了。

不到半个小时，警方已经悄悄把A区18幢围得连只野猫也逃不出去了，大队警察封锁了整个小区。市公安局的孙副局长亲自指挥了这次行动，他的指挥车就隐藏在离18幢不到三百米处的一个拐角处，指挥车上的微波传输平台已和小区物管安保部的监控画面接通，18幢室内的情况看得一清二楚，家用监控系统让孙副局长省了好多事。封控组、火力组、观察组、侦察组、电磁干扰组以及精锐的反恐突击分队均已就位。侦察小组已经潜伏到18幢东西两侧的窗户下，一种叫作“隔墙听”的侦听器像一副“耳朵”一样地贴在了墙上，孙副局长可以清晰地听到室内人的说话声。反恐突击分队的攀登突击车悄无声息地开到了别墅的北面，一组突击队队员借助攀登架顺利地攀上了屋顶，按计划他们将配合地面攻击从天而降。孙副局长布置了三套攻击方案，将突击分队分成三个战斗小组，每组五个人，分别从正门、窗户和屋顶同时展开攻击。他一再交代突击队队员：人质是我们的老局长，千万不能有任何闪失。老局长要是伤到一根毫毛，我拿你们是问。

孙副局长刚干警察时，洪玉林就是他的师父。他有些自责这些年来对老局长关心太少了，连两个小蟊贼也敢到老局长家来打劫，这不是羞辱我们这些干警察的吗？因此接到报警后他调集了市里最精锐的反恐突击分队。处置突发情况、解救人质的活儿他干得多了，但没有哪一次像今天这样令他权衡又权衡、小心再小心。

可是偏偏还是出了点纰漏。火力小组的狙击手和观察员选择了18幢西面最高的一棵大叶榕树作为火力支援点和观察点。但没想到他们爬上去时，惊动了榕树上的两只松鼠，两个小家伙从树上蹿下来，在周边几株稍矮的一些树上窜来窜去，洪玉林屋里的那条二哈狗这下激动了，冲窗外一阵狂吠。孙副局长从画面上看到两个犯罪嫌疑人行为异常起来，他还通过“隔墙听”听到其中一个家伙问，有人来了吗？孙副局长当即命令：行动暴露，按第二套方案行动。

第二套方案由孙副局长亲自上阵。他戴上耳麦，套一件装有纽扣摄像头的工装外套，化装成一个送水工，先按响了门铃，然后在外面高叫“送水！”，他身边的助手敏捷地把一根针式软管窥视镜从门缝里塞了进去，只有六毫米大小的柔性探头将门后面的情况拍得一清二楚。孙副局长的耳麦中不断传来指挥车上报来的信息。情况正常。两个人走过客厅东端通道。是老局长和另一个嫌疑人。没有使用暴力。没有看到凶器。他们正走向大门。还有五米，四米，三米，两米。准备行动。

门打开了，是那个穿解放军老式军装的家伙来开的门，孙副局长瞥见老局长就在他身后右侧三米处，看上去没有任何要劫持人质的意图。但他还是一步抢进门去，将自己卡在老局长和犯罪嫌疑人中间。跟在他身后的反恐突击队员蜂拥而入，利落地将这个家伙按翻在地。这时从屋顶展开攻击的队员也从楼上冲下来，他们很快从餐厅里把另一个犯罪嫌疑人制伏了。

孙副局长扶着洪玉林，说，老局长，是我们。

洪玉林眨了眨眼睛，好一阵才仿佛认出从前的老下属。但他接下来的反应让所有的人大吃一惊。

要过节了，你们才想得起来看我呀。嘿嘿。

孙副局长说，老局长，你没有事吧？

坐嘛坐嘛，谢谢组织的关心。来那么多人干啥，你们工作也忙。来了就喝酒嘛。老人拉着孙副局长的手往沙发那边带。

老局长，我们接到报警了。孙副局长说。

洪玉林已经拉着孙副局长坐下来了。小孙，来来来，我讲个笑话给我听。他笑呵呵地说。

孙副局长被搞得有些一头雾水了，他问：老局长，我们是来抓人的。他指指被突击队员们架着的白金华兄弟说，这两个小子……

洪玉林往屋子里望了望，好像一屋子荷枪实弹的警察和被押着的那两个人才让他回到现实，他忽然大喝起来：乱尿整！你们乱尿整嘛。

孙副局长诧异地问：老局长……

把人给我放了。快！孩子要读书。

洪汉国这段时间一直在边境线督阵抓捕一个贩毒团伙，任务完成后才打开家里的手机，待他心急火燎地赶回家时已经是晚上十点。洪疆还在爷爷家，保姆郝妈也回来了，父亲也没有睡，守在客厅里的电视机前，对洪汉国的问候爱理不理。洪疆把他拉到楼上书房悄悄跟他说，警察进屋时爷爷毫发无伤，家里的东西一样也没有少。本来警察当时就要铐人，但爷爷非要给那两小子担保，说是他老家的亲戚，不准警察动他们，还把他们送上车。警察也查了，他们没有案底，还真他妈的跟爷爷是一个地方的。当然他们一出小区，孙局的人就把他们带走了。

你去把人给我要回来。现在就去！洪汉国父子俩一回头，发现老爷子拄着拐杖站在门口，一双豹子眼在灯光下熠熠发光。

爸。洪汉国踌躇片刻才说，孙局有他们的办案程序，我……我不好干预的。

办什么案？老人凶凶地反问。

爷爷，你等他们问清楚再说嘛。你连我都经常认不出来，咋分得清好人坏人？那两个烂民工看上去就不是好人。现在孙子辈的人对祖辈说话，都没轻没重惯了。

洪玉林愣了愣，拐杖往地板上一杵，喝道，你个小屁屎娃儿，你爷爷是干什么吃的，还要你来教？什么烂民工？我们是一家人！

洪汉国凶了儿子一句：放肆！跟爷爷怎么说话的？

洪汉国把老人哄到卧室，说爸你先睡，剩下的事情我去处理。老人说，不睡，我要看到孩子上学。洪汉国问，这么晚了，谁的孩子要去上学啊？老人只是反复念叨，孩子要上学，我不睡。洪汉国最后只得说，好吧，明天我们就送孩子去上学。

好不容易把老父亲哄上床，洪汉国还是找不到头绪。怎么闯进家里来的两个陌生人，倒成了他家的亲戚了？他决定先问一下妹妹的想法。他跟洪汉美用微信视频，洪汉美说她一夜没睡，把家里的监控录像调出来反反复复地看了两遍，她也问了小区的物管公司，那两小子曾经在我们家对面那幢别墅搞过装修，凭过期的施工证进入的小区。他们物管公司安保部调出的录像证实，老爷子中午去扔垃圾时摔倒在外面了，是那两个年轻人将他扶起来送回家的。如果是做好事学雷锋，送老人回到家里就离开嘛。干吗赖着不走？还在家里到处翻动。当然他们也貌似做了些好事，比如把摔倒的老人扶起来，为他换裤子，陪老人喝酒聊天，等等。可看到他们在家里鬼鬼祟祟的样子，打死我也不相信他们是好人。主意打到我们家来了，也是吃了豹子胆。

洪汉国说，也许老爸在家是太寂寞了，来者都是客，都要热情接待，请人喝茅台。咱爸从来都是疾恶如仇的人，不至于放跑两个敢到家里来行窃的坏人吧？

洪汉美问最近一段时间父亲的情况怎样。洪汉国沉吟片刻，回答不出来。手上经办的这个跨国贩毒案，让他有两个多月没有来看望过父亲了。他回头问在一边玩手机的洪疆，你每周都过来的吗？儿子头也不抬地说，我还不是忙得很，上个月来过的。洪汉国叹口气，对妹妹说，我先去孙局那里问问情况吧。有了口供，什么都清楚了。

洪汉国赶到市局时，孙副局长还在班上。两人年龄相仿，过去孙副局长也是洪家的常客，私下里两人都称兄道弟，因此见了面也不多客气了，直接谈案子。孙副局长说，老局长家出这么的大事，是我们的防范工作疏漏了。下午我把辖区派出所的人狠狠训了一顿。

洪汉国说，发生这样的事情，也难免。孙局，你进门时，你认为我父亲……当时是清醒的？

孙副局长有些不解地说，清醒的啊，我不认为他喝多了，虽然我闻到了他嘴里的酒气。汉国兄，你知道的，我参加工作时，连酒量都是老局长培养出来的呢。

洪汉国把到嘴边的话咽下去了。父亲已经糊涂了这件事，家人都没有告诉外人。英雄老去，诚可尊敬，英雄老糊涂了，爱戴他的人又情何以堪。他换了个话题问：现场勘查的结果怎样？

有些地方被人翻动过了，抽屉、床头柜、食品柜、酒柜、衣柜等地方，都发现了指纹。孙副局长低头翻阅自己的工作笔记，然后他抬起头了说，奇怪的是保险柜的把柄上没有发现他们的指纹。家里值钱的东西都在开着的保险柜里，一台尼康相机，两对手镯，十二件首饰，一套北京2008年奥运会的纪念金币，两万三千二百四十元现金，都没有动过的痕迹。我们也没有找到任何作案工具，技侦处的人连花园都翻查了两遍。现在是刑拘，老局长不肯做证，还说是你家亲戚，我们又没有找到证据，按规定，至迟明天这个时候我们就得放人。

洪汉国似有些心有不甘。假定他们是入室抢劫，不至于一样家伙都不带吧？

孙副局长挠挠头说，有这样的案例。对没有抵抗能力的老人、妇女、孩童来说，犯罪分子顺手从厨房里抓一把菜刀就足够了。不过，将军，我可不能做有罪推定的事情。

他称呼洪汉国“将军”，洪汉国自然心知肚明。大家都身居高位，重权在握，又干的是同一行当，都有一条明确的底线。洪汉国为自己刚才的话感到有些害臊，他为自己打了个圆场。

如果他们真是我们家的亲戚呢？你认为？

孙副局长一愣，我怎么知道你们家的情况？难道你老兄……也不清楚？他小心地问道。

洪汉国回避了这个不好回答的问题。他问：你们有口供了吗？

还没有。孙副局长说，刚才来报告说，这两小子嘴还硬呢。你要不要来看看？

孙副局长打电话让审讯科把审讯室的画面同步传过来，

他拉把椅子让洪汉国坐他身边，洪汉国看到被分别审讯的白金华和白银华。他们面无血色，一个显得很惊恐，一个则有些故作镇静。这小子叫白金华，我感觉他有些反侦查经验。孙副局长说。

根据传过来的文字记录，两人辩称他们是来回访从前的客户，看看有无质量问题，遇到老人跌倒在路上，才扶起老人送他回家，在聊天中发现原来是老乡，还是沾亲带故的亲戚关系。他们只是在屋子里陪老人喝酒而已。除此以外，就什么也问不出来了。不过，两人的口供稍有出入。白银华说洪玉林是他的舅姥爷，白金华则绕了半天，说洪玉林是他家二大爷的亲家翁家的一个堂伯的远房大表叔。

这时有人来报告说，两个犯罪嫌疑人的亲属接到我们的通知后，立马就赶来了，是个妇女和一个孩子，就在外面的接待室。孙副局长问洪汉国，你要不要去看看？

他们来到接待室，孙副局长拿着讯问记录本问那泪流满面、不知所措的女人：你叫胡小琴？女人惶恐地点点头。孙副局长又问：你和白金华、白银华是什么关系？女人哭兮兮地说，白金华是我男人，白银华是我小叔子。他们咋个吗？你们要抓他……呜呜呜呜。倒是那个看上去约莫十几岁的女孩不断地为她妈妈擦眼泪，说妈妈别哭，别哭，爸爸会回来的。这孩子的镇静倒让洪汉国有些吃惊。洪汉国脑子里一下闪过父亲的那句话：孩子要上学。难道……

孙副局长跟胡小琴解释道，白金华、白银华涉嫌私闯民宅，现在正在接受调查，问题查清了我们会再通知你。你们放心，我们不会冤枉一个好人，也不会放走一个坏人。现在你们可以走了。但胡小琴说，我们不走，我们家白金华不会干坏事的。我们要等他出来。

孙副局长转身出来，对跟出来的洪汉国说，这种情况多了，让他们去对付。我也该下班了，要不要去食堂吃个消夜？洪汉国说行，我也等等审讯的情况。

快到晚上十二点时，儿子洪疆打来电话，说已经在公安局外面了，爷爷就在他车上。今晚不见到那两个人，他就不睡觉。

洪汉国心里一阵叫苦，不是已经哄上床了吗？他老人家现在怎么就那么精神呢？刚才看审讯记录，已让他找出一些疑点，他相信只要让市局的人审一晚上，什么问题都能搞清楚。但老爷子牛脾气上来了，牛都得给他让道。

洪玉林一见他们就冷冷地问：我的人呢？洪汉国回说，正在审。瞎扅整！老爷子又吼将起来。孙副局长忙说，老局长别生气。我们进屋里喝杯茶。洪玉林用手杖点着他问：你是哪个？孙副局长赔着笑脸说，老局长，我是孙志峰。小孙啊。

放人。洪玉林将手杖往地上一顿。

老局长，我们正在调查……

放人。洪玉林再顿手杖。

洪汉国有些看不下去了，说，爸，人家有人家的办案程序，我们先回去吧。

洪玉林扬起手杖就要打，在一边搀扶他的洪疆忙拉住了他，说爷爷，爷爷，你疯了吗？

孙副局长把洪汉国拉到一边，说这样吧，先给那两小子办个取保候审，跑不了兔崽子的。别把老爷子心脏病惹发了。

凌晨一点多，白金华兄弟办完取保手续出来了。白布舒迎了上去，扑到她爸爸的怀里。白金华跪下了，眼泪无声地淌。白银华则像被霜打过了一样，整个人都蔫掉了。市局里值夜班的人都知道了下午的案子，现在听说他们的老局长来了，那些手上无事的处长、科长、支队长、大队长都纷纷跑出来问候。一群高级警官簇拥着洪玉林、孙副局长和洪汉国，恨恨地盯着刚放出来的那两个家伙，仿佛想随时扑上去再将他们捉拿归案。让人感到奇怪的倒是洪玉林，他既不上前去跟他的“外甥”打招呼，也不走，只是站在公安局门厅的台阶上，苍老的目光望着那一家人相互搀扶着狼狈离开。那女人只回头张望了一下，便感到警察们凌厉的目光像一阵阵刚硬的风，吹得她双腿腿直哆嗦，结结巴巴地说天爷爷，快走快走。只有那孩子不断回头，眼里全是疑惑。也许她在想：这是一场噩梦吗？

6

一周以后，洪汉国一家搬来与老父亲同住。他用下命令的口吻对妻子和儿子说，老人还在世一天，我们就陪他一天。

陌生人入户事件的余波渐渐平息。生活一如既往，如河中之水，再大的意外，也不过是一块石头扔下来，砸出一些响动、波浪和涟漪，转瞬之间，响声消失，飞溅的浪花跌落，涟漪也平息了。一切恢复如初，一切都将被时间之河载走。洪家有个微信群，除了洪玉林不用手机不在群里外，其余人经常在群里聊。因此，一段时间以来，大家有空就在微信上讨论。哪来那么“巧”的亲戚？从未说起过，也不事先联系，更不经人介绍，空着两手就登门认亲戚了？远在美国的洪汉美作为一个律师，竟然对发生在自己家中的一桩“疑似刑事案件”束手无策，这让她感到真是对自己职业生涯的羞辱。她在微信里和大家讨论“犯罪未遂”和“犯罪中止”这两个法律概念。她时而扮演起诉人的角色——

假定这两个人是打算到家里来行窃，家人及时报案，警察及时出现，阻止了他们犯罪。无论是美国的法律还是中国的法律，“犯罪未遂”都要依法追究刑事责任，至少也得判他们三五年的。

有时她又不自觉地当上了辩护律师——在警察没有来到之前，他们客观上有充裕的犯罪时间，包括家中的保险柜已经打开，老人毫无反抗能力，他们看上去又有点像刑法条款中“在犯罪过程中，自动放弃犯罪或者自动有效地防止犯罪结果发生”。如果是这样，则可以轻判或免予刑事责任。

但更多时候她还是作为一个家庭成员在发言——父亲即便再糊涂，也不至于敌我不分吧？当年他参加剿匪，跟随一个小分队追捕雷四眼，三天三夜连续战斗，小分队的战友牺牲的牺牲，负伤的负伤，父亲只身一人一路追踪到藏区的雪山上，最终让杀人如麻的大匪首也不得不俯首就缚。现在那股疾恶如仇、不屈不挠的劲儿怎么就没有了呢？

当然，态度更直截了当的是家庭里的第三代洪疆，这个年轻人在群里指天发誓地说，不把那两个烂民工送进去，他就不配姓洪。咱们抓了一辈子坏人的爷爷竟然被两个小蟊贼欺负，是可忍孰不可忍！

洪汉国有时也会在群里说几句。也许过去咱爸公务在身，不便多讲乡情，现在退休多年了，人也老了，难免就乡里乡亲、儿女情长起来了。中国的乡村你们不熟悉。一个村庄里都是亲戚，方圆几十里的人家还沾亲带故，八竿子打不着的人说不定还有血缘关系。父亲老家那个地方，峡谷纵深，闭塞落后，但民风古朴，重情讲义。

他现在尽量让自己保持公正和理性，不能把一家人的情绪再推向仇恨的高点，尽管他也是意难平。但他一要考虑到自己职务在身，二要应对老父亲说不清道不明、又不依不饶的糊涂或苛刻。这期间只要他一回到家，老人一会儿说窗户玻璃上爬满了拳头大的小人儿，要他用枪把那些想闯进家里的家伙都打下来；一会儿又念叨着要去看白金华兄弟，说他的两个“外甥”都长那么高了，他高兴。当然，老人催问最多的就是那孩子上学的问题解决没有。有次更荒唐到拿出一沓钱来，要郝妈带给白金华兄弟，给孩子交学费。洪汉国开初以为敷衍几日，老人便会慢慢忘记这事——他一生多少重要的人和事都忘记了，连母亲的名字都想不起来了，可“孩子要上学”却像一颗种子一样在他混沌的脑子里生了根、发了芽，似乎满世界都只有这个问题最为紧要。有一天洪汉国刚下班回家坐下来，正想要给老父亲问个安，老人又问孩子上学没有？洪汉国稍稍反应迟了点，老人就一杯茶水泼到了洪汉国身上。

多年的职业训练让洪汉国习惯于从不同角度去思考同一个问题，作为法律的捍卫者，他从不怀疑自己的执行能力、决断能力，他当然也知道有些“灰色地带”，是最详尽的法律条文也难以全部照亮的，何况制定法律的是人，依法办事的也是人。人有时也会陷在“灰色地带”里左右徘徊、举棋不定。他已经从其他渠道摸清了白金华家的大体情况，这个打工家庭竟然不自量力地想让自家孩子上七彩中学。多少城里的中产家庭都对它望而生畏呢。

有个晚上洪汉国从梦中醒来，梦里的情景像刚放过的电影一样。在边境线一侧，有个大山深处的村庄，被人们叫作“背毒村”。因为穷，村里有不少男人偷越国境去帮贩毒集团背毒品。他们挣得并不多，却是用生命和全家的幸福去冒险。在一次缉毒行动中，一个大约只有十来岁的女孩追着他们的警车跑，嘴里不断喊“爸爸，回来！爸爸不要走！”让车上的洪汉国心酸不已。

其实这不完全是洪汉国的梦，工作中他经历过太多太多类似的事情。只是在梦中那个追着警车跑的女孩，不知咋的幻化成了白金华的女儿。那天晚上她扑进她爸爸怀里，为白金华揩拭眼泪的小手让洪汉国难以忘怀。还有她不断回头张望的目光，除了困惑不解外，洪汉国甚至感觉到了那眼睛里的敌意和仇恨。唉，孩子，我们不是你的敌人。可是你怎么能跟一个孩子解释得清楚这些道理？

第二天上班路上，洪汉国给一个前下属小陈打了个电话，他现在是市教育局的一个科长。洪汉国本来是想咨询一下七彩中学的情况，但下午小陈就回话了，说报告老首长，您交代的事情已经办好了，学校那边非但不多收一分钱，按城市户口待遇办，还给免了将近一万元学杂费。洪汉国随口说了声谢谢。小陈便道老首长您千万别这样说，我不敢当的，本来就是小事一桩。明天带孩子去见一下校长，办个手续，秋季就可以入学了。老首长要是没有时间，就我带孩子家长去。洪汉国本想说自己去办，但他实在不想再看到白金华猥琐的样子——他是猥琐的吗？洪汉国有些判断不清，他或许是不忍心看到那个女孩。于是洪汉国对小陈，那你就帮我跑一趟吧，我把那人……我家亲戚……联系方式给你。洪汉国在心里骂了句，妈的，还真整成亲戚了！

晚上临睡前，洪汉国把帮助白金华孩子入学事在家庭群里说了，还说当老爷子听到这个消息时，竟然也只说了个“好”字。真不知道他老人家脑子里究竟在想什么。唉，就当我助一次学吧。我也再不会挨他老人家打骂了。

儿子洪疆在微信里语带讥讽地说：一群清醒的人，被一个老糊涂带进了坑里。偏偏他还是咱家的国王。

洪汉国训斥儿子道：瞎说些什么？再糊涂也是你的爷爷！你给老子记住——你爷爷活着一天，他就是一个传奇。

洪疆说，现在是一个笑话了。然后用了一个偷笑的表情。

洪汉国正想再训他几句，这小子现在说话越来越没大没小了。却见到洪汉美在美国那边也搭上了话：助学是应该的，但一个电话就能解决的事情，犯得着铤而走险吗？

洪汉国说：你忘了他们跟我们不一样。

洪疆接嘴道：就是嘛，他们闯进家里作奸犯科，我们还得给他们兜着，帮他们的女儿上好学校。这就是我们和他们的不一样。

Innocent until proved guilty. 这是洪汉美的女儿刘涯发上来的一句英语，平常她一般不参加家庭群里的讨论，一是她对国内的事情不太了解，二是她工作也忙，对洪家的家长里短似乎不感兴趣。

洪汉国@了刘涯，小涯，什么意思啊？

洪汉美代女儿回答：一个人在被证明有罪之前都是清白的。

洪汉国回说：当然，我们国家也早就废除了有罪推定。

洪疆又跟了一句：他们本来就有罪嘛。板上钉钉的事，不需要推定。要不是看在爷爷的分上，我早一脚给他们踢进牢里去了。

刘涯这次用中文打上来的一句：你们不觉得自己很强势吗？

这下大家都沉默了。许久洪疆才回了一句：我爷爷连冷热都分不清楚了，还不是弱势吗？

刘涯追问了一句：你们一个电话都能解决的事，别人却要用身家性命去搏，谁强谁弱？

洪汉国其实一段时间来也在内心里反问：这桩事情要是放在一个普通家庭，孙副局长会调动精锐的反恐突击队吗？派出所的特警中队就足够应付了。如果不是老父亲从中阻拦，白金华兄弟能从轻发落？他还想起放走白金华兄弟的那个晚上，面对一大群威风八面的高级警官，白金华一家看上去那样猥琐、孱弱、卑微，像风中飘走的几片树叶。没有比这更具震慑力的场面了。要说强势，这才是只有洪家才会有的强势。干了一辈子警察工作的父亲当然太知道手握公权力的人的强势。父亲也是从普通老百姓一步步走出来的。洪家的人都多次听洪玉林讲过他参加革命工作的经历。洪玉林小时候常饿得眼睛发绿。有一次他实在饿得受不了啦，就把家里供奉在神龛上的两个荞麦粑粑偷吃了。他父亲是个敬奉山神、水神、树神以及一切神鬼的人，偷吃敬神敬鬼的东西，山林中蛰伏的各路鬼神就会打上门来。洪玉林被他惊恐而愤怒的父亲一巴掌打得从屋门口滚到门外的一堆猪屎里。那时他才十五岁，穷人的孩子更叛逆。他离家出走了，刚好那年解放军进到峡谷，洪玉林就这样被一个巴掌打进了革命队伍。谁家三代以前没有穷过？人穷了，这个社会上的许多资源都不属于你。

洪汉国还想起有一天老父亲在饭桌上莫名其妙地说了句，有人来找你讨口饭吃，你不要问人家出来要饭的原因，给他一袋米就是了。

刘涯又在那边发话了，说我给你们看看国外一个AD患者在刚开始痴呆时，在一个医疗团队的帮助下写下的自白，或许有助于我们理解外公。然后她把一段文字发过来了。

——请给我们说话的时间，等待我们在乱麻成堆的脑底里搜寻到自己想要使用的词汇。如果我们不知道自己说到哪里，请不要让我们觉得难堪，因为我们的思考和说话，已经不是司机和他开的车的关系。

——请不要在意我们的判断，因为我们慢慢地在丧失判断。我们既没有办法确定自己的判断正确与否，也没有办法说服你们。当然你们也很难说服我们，除非你们使用暴力。我们的判断通常是失控的车，在黑暗中靠惯性往前走。

——如果我们忘了最近发生的某件特别的事情，请不要以为我们没心没肺。只要给我们一点提示就好了，我们可能只是想不起来。您也许能帮助我们回想起刚发生的事儿，也许不能。请别为难您自己。如果我们脑子里彻底没有这件事儿了，那它就是被一块橡皮擦擦干净了。

——也许有一天，我们开始经常忘记锁门，忘记关煤气，经常喊错儿女的名字，一遍又一遍地重复同一个话题；终于，我们又变回“孩子”了。我们会忘记一些事，又固执于另一些事。我们开始无理取闹，我们找不到回家的路，那块橡皮擦把我们所有的过去擦得一干二净。到最后，我们再也离不开二十四小时的看护。我们是想努力保持尊严，但尊严的意义本身，我们也想不起了。很抱歉，这就是生命最后的样子。

一个周末，洪汉国和几个老战友在家里聚会。做晚饭时他去厨房帮郝妈择菜。在给一把芥蓝去皮时，他顺手去灶台上的双立人刀架上取去皮刀。在把刀从刀架上取出来的一瞬间，他的血一下涌到了脑部，就像面对一支指向自己的枪口。

洪汉国记得很清楚，这套德国双立人牌的厨房刀具是两年前买的。刀架上配备了适合各种用途的五把刀具——两把菜刀，一把去皮刀，一把剔骨刀，一把带齿的多用途刀，还有一根磨刀棒。那把去皮刀刀尖锋利、小巧玲珑，平常去个菜皮、削个水果啥的，非常好用。但在一个月前，郝妈在择菜时将它遗忘在择下的菜皮篮子里，当垃圾扔掉了。事后洪汉国还安慰过自责的郝妈说，一把小刀嘛，再买一把就是。

现在这把小刀就在洪汉国手上，也是黑色的刀柄，不锈钢刀身，刀柄上甚至也有铆钉。只是它不是双立人牌的，洪汉国一摸到刀柄就感到了异样。再仔细一端详，双立人的刀柄上有三颗规规整整的铆钉，这刀只有两颗，还摇摇晃晃的，再看刀身与刀柄的接合部以及刀背、刀刃，无不带有冒牌货粗糙、拼凑、简陋的特点。妻子和洪疆是绝不会买这种地摊货的。

他问在一边忙碌的郝妈，这把小刀你认得吗？

郝妈瞥了一眼他手上的刀，脱口而出：哎呀，你把它找回来了？

你看仔细点，是你原来丢的那把吗？

郝妈把刀接过去，顺手操起一根芥蓝削了一下，嘴一撇说，没有我们原来的那把好用。

是你买回来的？

不是。郝妈说，你不是说这种刀人家商店要卖就是一套嘛，单把的不卖。

洪汉国把刀放回刀架，也就那么巧，它刚好放得进去，新旧成色也差不离，只有认真点观察才会发现它稍长一些，刀柄还没有抵到刀架口。

这把刀在刀架上放了多久，你还记得吗？

郝妈被洪汉国满脸的严肃吓着了，张了张嘴，回答不出来。

洪汉国记得监控录像中有一段，当二哈开始狂吠时，白金华进了一趟厨房。从厨房的窗户可以看到花园及花园外面的情况。洪汉国当时将之理解为他在观察，他发现什么了吗？他进厨房的时间大约也就十来秒。也许他顺手就将这把准备作案的刀插进刀架上了，这个家伙够机敏的。那天现场勘查的警官还是嫩了点。

洪汉国看着有些张皇的郝妈，掏出一支烟来点上，说没事了，你忙吧。

晚饭时，战友们都给洪玉林敬酒。这三个战友和洪汉国在部队摸爬滚打几十年，他们一起当兵，一起上军校，过去经常来洪汉国家蹭饭吃，老爷子也把他们当成自己的儿子。饭桌上洪疆故意问他，爷爷你还认得这几个叔叔吗？老人笑眯眯地说，认得嘛，认得嘛。那么他是谁呢？洪疆指着一个叔叔问。老人仍然笑呵呵地说，是我们家的人嘛，老朋友嘛。他叫什么呢？叫什么不重要嘛，是一家人就是了。高高兴兴在一起喝酒，一家人嘛。老人目光躲闪起来。洪疆却不依不饶，说爷爷，在一起喝酒就是一家人了啊？当年国共谈判，毛主席和蒋介石还在一起举杯呢。你能说他们是一家人？现在人们天天都在饭桌上谈生意，尔虞我诈，相互欺骗，这也算一家人？洪汉国实在看不下去了，喝道：洪疆，别多嘴了！

那个晚上，家人都睡了后，洪汉国进到厨房，面对灶台上的刀架发了很久的呆。他抽出几张餐巾纸，将那把冒牌去皮刀从刀架上取出来，仔细包好，放在手掌里掂量了又掂量，仿佛要知道它有多重，仿佛也想追问它曾经试图嗜血的罪恶。然后，他转身将它扔进了垃圾桶。

2017年11月26日至2018年2月16日一稿完于昆明滇池畔

2018年4月5日二稿修改于四川自贡

2018年8月9日三稿再改于北京西郊

2018年11月16日四稿于昆明滇池畔

关山别情

A

过年前那一月城市一下就松弛下来，生活慢了，时光仿佛也在倒退，倒退回无忧的童年，或倒退回遥远的故乡。节日的氛围在城市的上空像云层一般堆积，偶尔炸响的鞭炮在大街小巷里四处穿梭。企业、公司、单位以及朋友之间的各种团拜、总结、聚会、嘉年华活动的请柬、邀请电话纷至沓来。这期间关山每周都要推掉至少三场饭局或活动，他只挑能与老领导在一起吃饭和需要他作为主宾讲话的活动参加。作为省内一家大报的副总，大半个省城的精英他都认识，就像今天一家大型民企飞鹰集团的嘉年华，安排在一家超五星级酒店的宴会厅，奢华得连大堂鱼缸里的锦鲤都摇头，但也没有能请到关副总站台面子更大，更让飞鹰集团老总长脸的是关副总热情洋溢的贺词，他坐在贵宾席上，脱稿讲演，好词儿一串串地从嘴里蹦出。成绩斐然，责任担当，回报社会，再创辉煌，衷心祝愿，几点希望……这时关副总放在桌子上的手机振动起来，他瞄了一眼显示屏，上面那个名字就像穿过混沌岁月向他飘来的一支怀旧之箭，把他刚才的妙语连珠射断，华美的语词四处滚落，再也拾不起来了。他按下了拒绝接听键。“所以我希望，所以我希望……”在连说了几遍之后，关山不得不草草收场，“我相信飞鹰集团一定会再创辉煌的。”

他本想等一个人静下来时再回这个电话，但五分钟后那个名字又出现在手机屏幕上了。他让电话振动，不接。他身边飞鹰集团的刘董事长正在讲话，现在离开总是不礼貌。他正要回个短信说在开会，可电话再次响起，好像那边不是被追杀就是起火了。他不得不打断正滔滔不绝的刘董，说抱歉啊老兄，我得出去接个电话。

关山曾经对朋友们说，几十年不换电话号码的人，一定是讲诚信的人，因为他不会害怕多年前的朋友来找他。此刻关山站在宴会厅外面灯火辉煌的走廊，脚下松软的地毯让他感到奢华的世界里岁月像美酒一样，年头越远，就越醇厚悠远、回味绵长。

“我是吕晓萍。”电话那头说。

虽然有了心理准备，关山还是有时光倒流的感觉，忙说：“你好你好。”接着又补了一句，“好久不见，你还好吗？”

虽然住在同一个城市，但有多久没见了？关山脑子里快速地把岁月过了一遍。竟然二十三年了！一个小屁孩都能当爹了。妈的，有那么久吗？

“关山，老曹要死了！”然后哭声就出来了。

“嗯。”老曹是谁？关山又在使劲想。一个不认识的家伙要死了，真是扫了这个时隔二十多年才打来的电话的兴。

“得了肺癌，晚期了。我拖不起了啊，关山！”哀伤仿佛搭载着无线信号，潮汐一般涌来。关山现在有些明白了，小心地问：

“你是说你老公？”这个男人关山真的从未见过。但在多年前的意识里，他就是那个戴着绿帽子、冷不防会拎着双拳来找他算账的丈夫。

“是这个不得好死的……他命苦啊！全世界的药都吃遍了，德国的，美国的。积蓄花光了，我卖房子、卖铺面……还是扛不住啊。”

“哦——”关山的思绪还在当年，她的声音还是没有变，轻柔、圆润、磁性，连哭泣都像是昨天才刚刚听见过。犹记得她第一次在他身下时，曾抽抽搭搭地说，关山，你要对我好。

“关山，你要帮帮我。借我一点钱吧。我……我实在……实在是没有法子了。”刚才的抽泣声变成了呜呜的哭泣。

关山沉默了片刻，竟然奇怪地有揽她入怀的冲动——如果此时她在他面前的话。这个女人二十三年前楚楚动人的泪眼，关山差不多要遗忘了。一个男人一生要被多少女人的眼泪浸泡，才会变得坚强起来？关山不知道。反正他是最见不得女人哭的，无论是他的母亲，他的妻子，他的妹妹，以及一些与他在人生的旅途中擦肩而过眼泪就飞过来的女子。每当看见她们的泪水，关山的心就被泡软了，有时自己也忍不住想掉泪。这世界上，谁眼窝浅，谁就命苦。

“要多少？”关山下意识地用手摸了一下西服内衣口袋，里面鼓鼓的信封还在。那是刚才刘董递给他的一万元出场费。

“山哥，能借我五万吗？美国来的进口药明天就要付钱。”

“这个……有效吗？”

“我怎么知道？今天这个说美国药好，明天那个说中药管用。病急乱投医，我能有什么法子？买不到药，他就跟我发火。骂人摔东西，一天到晚寻死觅活的。”

“怎么能这样？”关山想一个得了癌症的人，还寻什么死？

“你能跟一个被判了死刑的人讲道理吗？我经常想，我死在他前面好了。”哭声又起。

“这样吧，我……我先借你一万。不好意思，我儿子还在美国读研，每年都得要几十万的学费；去年我们又刚买了一套房子，还在还贷款呢。所以，所以，手上也不是很宽裕。你看，这个这个，你先救救急。”关山觉得在冒虚汗了，比自己在女人面前办不了事儿还难堪。他感到很羞愧。

电话那头在沉默，每延长一秒钟，仿佛都在拉长关山的羞愧。终于，吕晓萍说话了。“山哥，我知道这个世界上就你对我好。”

她叫他“山哥”了，仿佛昨日重现。关山长吁一口气，说：“那明天我把钱给你送来？”他已经在幻想他们见面时的情景了，岁月不知在大家的脸上都雕刻了些什么。

“不用不用。”吕晓萍急切地说，“我加你微信，你微信转我就是了。”

在20世纪90年代，还是报纸的黄金时期。那时关山入职还不到十年，但已是报界前途可观的青年名记了。1993年春天的时候，省里在大理洱海边办了个为期一个月的青年记者培训班，学员大多是全省各报的记者和编辑，关山来自省内第一大报，又刚得过一个全国性的新闻奖，自然就在班里显得鹤立鸡群。关山到这个培训班才发现许多学员们并不是科班出身，不少人还来自他眼里的“野鸡”报纸，这些都市类地方小报除了哗众取宠、低级趣味，赚取市民媚俗、猎奇的眼球外，几近一无是处。但是他们有发行量，有大把的广告收入，是现代都市文化圈里的暴发户。包括吕晓萍供职的《现代快报》，号称发行十万份。关山自然知道这里面的水分，这份同城报纸经常不讲行规，时不时被主管部门勒令检查整顿。不过吕晓萍倒是那种让人赏心悦目的女子，丰腴妖娆，衣着时尚，为人亲和，又善解人意，培训班上围着她转的男生比郊外的野狗还多，几乎每天晚上都有人请她吃饭、唱歌。那是一个好吃好玩浮躁又迷糊年代，大家都不是很有钱，但也不是那么缺钱花；都找不到北，但都很自负且信心满满。市场经济的大门刚开了一条缝，到处都在谈下海经商，每人手里都有钢材、车皮、水泥、橡胶、香烟等紧缺物资的大把信息，在每一张激动夸张的、充满欲望的嘴唇间倒来倒去，但却没有见到谁最终赚到天文数字般的差价或中介费。关山是不屑与这帮人为伍的，你们是皮条客还是商人呢？那个年代许多记者在采访中见到那些厂长、经理啥的，眼睛都会发亮，总是想着搂草打兔子，发一笔横财。这世上有那么好打的兔子吗？关山那时正准备考研究生，把新闻当学问来做，因此晚上他一般都躲在宿舍里恶补功课。有个周末晚上他们那个小组出去聚餐，关山是组长，这种场合必须在场的。酒足饭饱后大家伙儿又嚷着去唱歌，这是必备节目，关山差不多在微醺状态，不想再去歌厅喝了，就说自己要回去休息。

可是，他刚回到房间打开书本，外面就传来敲门声。他起身去开门，嘴里喝道，不是跟你们说了老子有约会吗？烦不烦啊！

门开了，吕晓萍娉娉婷婷地站在门口："跟谁有约会啊？"

关山愣在那里，尴尬地说："你，你不是去唱歌了吗？"

"我来捉奸呀。"吕晓萍笑嘻嘻地说。她在班上以敢说敢讲著称，再黄的段子都不会让她脸红。据说她去拉广告，在酒桌上喝酒是高手，讲黄段子也是一绝招，那些老总们常常在黄段子催生的性幻想中就把广告合同签给她了。

关山让开门，说："你进来看看，除我以外还有没有人。"

"大家都在等你，派我来请你移驾尊步，我的大组长。"她踱进房间，环视了一下四周，才回眸一笑说，"现在房间里有两个人了，别人可以来捉奸成双啦。"

关山被搞得心跳了几下，马上就被吕晓萍捕捉到了，她哈哈一笑，说你脸红什么呀。关山忙说："没没，没脸红。喝茶吗？"

“真是个笨笨。精神焕发都不会说。”吕晓萍用手点了一下关山的额头。他看见她桃花一样灿烂盛开的眼眸，看见她白皙滋润的瓜子脸，薄薄的嘴唇涂抹着红色的欲望。关山有点不知所措，心猿意马了。

平常他们走得也不算多近，但关山感觉到他们之间有一种气场，无论是在教室还是食堂，以及其他视力可及的地方，他感受得到她飘逸的目光，就像她被风吹起的长发，风从哪里来，那股神秘的气息就在哪里蜿蜒盘旋，像伊甸园里的那条蛇。千百年来有几个人经受得住那条蛇的诱惑？关山不知道。他那时只情愿自己是自作多情。多年以后关山已阅人无数，像非洲草原上的雄狮，异性求欢的气息不用嗅都能辨别出来，他偶尔会回想起洱海边的这个夜晚，并为自己的稚嫩感到好笑。

那晚他们最终没有在屋子里久待，不是怕被人“捉奸成双”，而是关山想反正这个晚上也废了，就去跟大家乐一乐吧。他们到外面打车，站了半天也不见一辆的士过来。吕晓萍就说我们走过去吧，反正也不远。这一走，歌厅仿佛就在地球另一端，永远也走不到，而两颗漂泊的心却越走越近了。

那是一个有春雨的夜晚，洱海融在夜色里，只有隐约的涛声传来，岸边有几盏渔火，看上去很孤单，却很诗意。关山愿意来参加这个短训班，一个主要的原因是它的办学地点在洱海边。他的名字为“山”，但他却喜欢水，从小就喜欢听浪涛的声音。那个年代有一首风靡全国的歌《涛声依旧》。似乎所有的文青手上都攥着一张旧船票，期待登上怀旧的客船。关山大学毕业两年后就结了婚，青春的客船就空留回忆；毕业第五个年头他有了儿子，那条满载青春好时光的客船就渐行渐远，手里的船票也越来越旧了。都快过期了。关山不无哀伤地说。哪里嘛，你还很年轻，风华正茂哦。吕晓萍说。她佩服关山这样名牌大学毕业的才子，而她只考上了个师专，教了几年书，就自己跑出来了。外面的世界很精彩，客船的风帆才刚刚扬起，它不停泊在过去，而正驶向未来。《涛声依旧》那句歌词应该改一下，不是旧船票，而是刚刚买到的船票，花钱买的。上不了船的人活该倒霉，有本事的人才有资格阔阔气气地登上那条驶向远方的客船，做大事，赚大钱。

关山惊讶地望着她，一时无语。

风刮得很猛，夹带着冰凉的雨丝，打在人脸上，不知是天上飘下的雨还是湖里刮来的水。吕晓萍穿的是一袭亚麻米色长裙，外加一个披肩。风把她的裙子吹得四处翻飞，哗啦啦作响。我感觉你要被吹到天上去了。关山说。那你不拉紧我？吕晓萍仰起头问，她的半边脸也被风吹乱的头发遮住了，在昏暗的路灯下极像某个电影海报上的女明星。关山刚才还在嫌弃她的肤浅，但现在他动情了，被蛇引诱了。他把自己的夹克脱下来，披在吕晓萍身上。她就顺势往他怀里靠过去，两人就这样被洱海的风吹在了一起。

嘉年华之夜关山喝得有点高，刘董派车将他送回家。到小区门时都快十一点了，关山没有注意到保安室里溜出来一女子，一直尾随他到单元门，待他要进电梯时，那女子从他身后拉住了他。

“又出去喝酒啦，也不管管我。”

关山回头，惊得所有的酒都差不多吓出来了。“你怎么又来了？”他压低声音喝道。

“给我钱。”那女子说得斩钉截铁，似乎为了证明自己的分量，她又加了一句，“不然我就闹到你家里去。”

“别闹了。我月初才给了你两千。”关山底气不足地说。

“早花完了。”

“我不管！”

“你不管我就闹。”

关山重重叹了口气，恨不得甩这女人两个嘴巴。尽管他常常连杀了她的心都有，但他却从来没有动过这女人一根指头。他背过身去，从西服口袋里的信封中抽出一沓票子，数也不数就递了过去。“快回去睡了。”

女人一把抓过钱，飞快地数了数，斜着眼问：“你打发叫花子呀？”

“滚！”关山怒不可遏，攥紧了拳头。

女人冷笑，把脸伸了过来，说：“来，打我一拳，再加一千。你打呀。”

关山正想是不是把她拎起来，扔到单元门外去。电梯“叮当”一声响，电梯门打开了，一个男人牵一条大狗出来遛狗，纳闷地看着这一男一女。关山扭曲的肌肉僵在脸上，尴尬地冲遛狗男人笑笑，闪身进了电梯，向外面挥手说：“走吧，明天再说。晚安了哈。”

电梯升到自己家的楼层，关山还不想出电梯，因为他的脸上挂满了泪水。

他后来坐在黑暗的楼道里抽了差不多半包烟。今天真是邪门了，仿佛全世界的女人都来找我要钱。我他妈上辈子欠这些女人的啊？

刚才找他要钱的女人是他的妹妹关梅。关山的母亲去世前把两兄妹叫到面前，说山儿，你爸爸走得早，我拉扯你们两个长大不容易啊。你妹妹读书少，不省事，我走了后，长兄当父，这个家就靠你，你妹妹就靠你了。你不要骂她打她，她是女人，是你妹妹。她就是烧房子杀人，也是你妹妹。山儿，你给我发誓，要保护好你妹妹。你不说这话，我死了也不闭眼。我看着你们哩。

关山的母亲死时真的没有合上眼，关山一边给母亲搓揉眼眶，一边哭着说，妈，您就安心走吧。您的话我记住了，我不会让您在那边操心的。

关梅是个离婚的女人，女儿判给了夫家。关梅本来也遗传了老关家的优秀基因，大眼俏鼻，肤色白皙，身段匀称。但没有哪个男人能够和她过日子，当然也没有哪个男人能够当好她的哥哥。自工作后迷上了打麻将，关梅就生生把自己给毁了，一天不摸麻将牌心里就发慌。要命的是关梅后来越赌越大，赌到最后工作丢了，老公走了，也失去了女儿抚养权（在判决他们离婚时，连法官都厌恶她这个当母亲的，一锤定音把孩子判给男方）。半年前关梅找到他哥说，她打牌借了高利贷，现在利滚利下来有三百多万了，她把母亲留下来的房子也卖了去还债，但还是差一大截，如果一年之内还不清赌债，她就要被人砍去一条胳膊。关山当时气得要吐血，母亲当年就多次被嗜赌的妹妹气得大吐血，可以说是她气死了母亲。关山每每恨不得把这个已没有了廉耻心的妹妹直接送到监狱里去，但面对妹妹泪流满面的脸，他只能一次又一次地给钱、给钱。你若是一次给钱晚了，她就到家里来闹，到关山单位去闹。可赌债这个窟窿岂是他的工资收入填得满的？没有谁知道报社的关山关副总是最缺钱的人。妻子赵明慧为他妹妹的事，不知跟他吵了多少架，生了多少气。关山曾经通过警界的朋友，请他们追查一下是哪些人在跟关梅赌博，半个月后警方回话说，你妹妹中了一个赌博团伙的套了，这个团伙的头目已在逃，正在通缉中。钱是很难追回来了，唯一的法子只有让她尽快戒赌。关山说你们把她抓进去吧，牢房里不会有麻将桌。那警察朋友说，关总，你还分管你们报纸的法制版，你妹妹既不坐庄设赌，也不放高利贷，她只是参与赌博的受害者。没有充分的证据，我们能说抓就抓吗？

兜里的钱还有八千多，明天还要给吕晓萍打一万，关山犯难了。自关梅染上赌瘾后，老婆就把关山的工资卡收了，关山平常的开销只能靠自己的稿费、夜班补贴、零散碎打的奖金、外出参加活动的出场费等应付。如果不去填关梅的赌资，关山的私房钱还是充裕的。明天关山打算找报社的哪位兄弟借几千块钱，先把吕晓萍的钱打出去再说。

想到吕晓萍，他就还不想进家门面对妻子赵明慧。他和吕晓萍有那事儿后，儿子才四岁。他的妻子是他的高中同学，虽然没有他的学历高，但多年来两人在生活中达到的那种默契，也许在他们上高中偷偷摸摸地早恋时就形成了。那是一个眼神就将对方的心事了然于胸的一箭穿心。他当然不会考虑为了吕晓萍跟妻子离婚，他们的性格气质、教育背景、成长环境让他们根本就无法在一起生活，他们只适合做露水夫妻。她的文化品位太差，时而暴露出骨子里的小市民气息，尽管在床上他们的欲望高度一致，她让他感受到了从没有过的欢乐——不仅仅是快感，那太动物性了，欢乐是从生理到心理再到情绪乃至情感的高密度、高频率的共振。他们有一次共赴爱河，在两三个小时的时间内竟然来回畅游了四次！这在关山的情事中空前绝后。那期间这女人对他是如此痴情，像嚼在嘴里的口香糖，从嚼着甜，到成为一种本能。培训班结束后回到省城，每周他们都要找时间幽会。有一次他们约好了时间地点，没想到快下班时，省里忽然要报社派人去参加一个紧急会议，老总又不在家，电话指示关山参加。他硬着头皮开会到晚上十点，才匆匆赶去酒店。关山现在想起了女人那个晚上充满柔情蜜意又欲望毕露的眼神，她说，你就是来五分钟，我也要要你一次。

有一段时间关山感到他们的关系要崩盘了。不是他想到要离婚，而是吕晓萍如此痴迷于情欲，要占有他的欲望一天比一天高涨，他担心这女人走向了极端，去找他老婆摊牌。好在他慢慢察觉到吕晓萍不是那种女人。她时常在关山面前说起她老公——啊，他叫老曹，肺癌晚期了，愿上帝保佑他——的种种能耐。他辞职下海经商了，跟人合开贸易公司。他去广州进货了。他认识了个台湾大老板。他的生意做到了缅甸。老曹在商品经济的海洋里如鱼得水，高歌猛进。她和他在床上尽情地鱼水之欢，也在高歌猛进。那个时候关山的收入还不高，尽管每次外出都是他很绅士地大包大揽，但他感觉得出来，和人家做大生意的老公相比，他不过是吃公职饭的一介穷书生而已。因此，在吕晓萍不经意地炫耀自己老公的风光时，关山暗暗舒了一口气。

世事无常，谁知道他们会落魄到这一天呢？对那个戴绿帽子的丈夫，关山从前曾经也心怀愧疚。谁年轻时没有荒唐过，现在债主来讨债了。妈的，就算是偿还一笔情债吧。不管是还给老曹，还是还给吕晓萍。

关山掐灭了烟头，起身掏钥匙进家。

有一部关于人的纪录片说，普通人一生大约会和八万人交往，或者擦肩而过、一面之缘，或者至爱亲朋、一生爱人。关山经常被人热情洋溢地打招呼，拉着手拍着肩膀诉说从前，但他就是想不起人家的名字以及与他（她）在何时何地交往过。八万人中你能记住八百个人的面孔吗？如果还能准确无误地回忆起你和他们交往的经历，那你记忆绝对是一等一的好。关山认为。关山现在连自己中学同学的名字都记不全。许多亲朋故旧，走着走着就散了，就遗忘了。现代人只长智商，就是不长记性。在人海茫茫中打捞出一个老朋友，也不比在大海里捞针容易多少，哪怕他（她）还是你的老相好呢。人们现在很少千里迢迢地只为去看望一个老朋友，朋友都活在一方小小的屏幕里（连老情人找你借钱，都可以在手机上完成交接，你连一句谢谢的话都听不到）。在一个碎片化的社会，记忆、情感、思念、怀旧，乃至爱，都随着时光的流逝越来越零碎，越来越虚拟，越来越容易被日渐冷漠的现实过滤掉。就像吕晓萍，她已经被关山在忙碌的岁月中几乎过滤掉了。不是关山冷酷无情，而是“琵琶起舞换新声，总是关山旧别情”。

关山刚进报社时，跟时政部的黄老师跑新闻，他是20世纪50年代俄语专业的大学生，老派正直，功底扎实，关山从这个前辈身上学到不少为人为文的道理。黄老师念大学时中苏正是同志加兄弟的蜜月期，那时的大学热衷于组织大家给老大哥大学里的学生写信交朋友，刘老师幸运地和一个名叫娜佳的莫斯科大学地理系大二女生通上了信。他们谈友谊，谈理想，谈人生，谈托尔斯泰、普希金、契诃夫和李白、杜甫。你们相爱了吗？关山曾经这样多次问过黄老师。黄老师要么顾左右而言他，要么陷入沉思。关山知道，尽管他和娜佳除了互赠照片，连面都没有见到过，但因为这些通信，黄老师在“文革”时没少吃苦头。直到黄老师退休，关山帮他收拾办公室。黄老师从书柜里抽出一本书，抱在怀里在窗户前伫立许久，忽然说，退休了，我可以去找她了。关山问找谁呀？黄老师从书里翻出一张夹着的照片给关山看，说，娜佳，我的初恋。关山当时差点笑出来，说老黄你都是当爷爷的人了。但他忽然看见一滴老泪从黄老师苍老的脸上滑落下来，他顿时如过电一般地战栗，震撼。这一代人，何以爱得如此坚韧、真挚？

比起前辈，关山自愧弗如。他不能想象一个连面都没有见过的异国恋人，会让一颗心没齿难忘。接到吕晓萍电话后，他便陷入反思、忏悔，直至厌恶自己的泥淖。他在夜深人静的时候开始追忆一些早已碎片化了的细节，并且很享受这种略带点幸福又伤感的怀旧。是什么原因让两个人相忘于江湖？又是什么时候，让两颗心开始渐行渐远渐无书的呢？他想也许他们再见面了，有些遗忘的往事，某些生命中的动人之处，会在某种怀旧的氛围中慢慢地被钩沉出来。

关山喜欢值夜班，看版，签清，最后目送同人们采写编排好的报纸送到印制车间，就像送自己的孩子走向社会。到晚上十二点左右，一天繁忙紧张的工作结束，约上身边的几个兄弟，到报社外面的烧烤摊喝上一顿夜啤酒，把周身的烦恼在酒精中麻痹到没有知觉，再回家倒头大睡。报社的老总们谁有个事情值不了夜班，都喜欢找关山顶班。说老关就你身体好，还可以踢足球，我们现在熬不起夜啦。关山在报社从小关熬到老关，自己也不清楚什么时候就跟“老”字沾边了。是鬓角出了白发，还是皱纹爬上了额头？老婆赵明慧说现在大家都在谈养生，都说熬夜催人老。这夜班难道要值到退休吗？看看你还有几根头发？再看看你的脸，才五十多岁，老年斑都出来了。关山通常笑而不答，至多说上一句，工作性质决定的嘛。这不是一句废话吗？老婆说报社又不是没有年轻人，报纸也不是你一个人办的，凭什么事事要你顶在前面？你以为我是心疼你熬夜，我是担心你在熬命。

去年报社刚走了个部门主任，值完夜班回去一觉睡去就再没有醒来，才四十二岁。搞得报社上了点年岁的人都在谈养生。现在网络时代，大家都在刷手机，有多少人还在看报纸？报人的生存压力前所未有的大。养生有何用？活下去才是关键。活下去就是熬下去，生命从来就是一场战斗。你选择了一份职业，靠它谋生，养家糊口，为它奉献了你的一切，和它有了感情。你在其中找到了快乐，找到了成就感，现在它即便成了一艘越来越负重的客船，你也得和它一起熬下去。你手里的那张旧船票也不能丢。

报社办的有一家《大视野》周刊，图文并茂，内容广博，非常亲民，一度十分红火。这份周刊由关山分管，现在发行量虽然下降得厉害，但总还能维持着办下去。这天老总找到关山说，《大视野》的营运成本得想法子降下来，不然就不好办了。关山问怎么降？裁人？减页码？老总说这是不可能的事。印制成本上你想想办法。关山明白老总是想将《大视野》的承印厂家从新华印刷厂换到一家私营印刷企业去。这个事情上个月老总就跟他提起过。说那家企业从设计、排版、印刷、装订，一套流程下来，印制成本比国营企业至少降低15%。关山当时就回答说，新华厂是我们的老合作伙伴，况且还是上面指定印刷的定点单位，我们换了厂，上面如何交代？老总当时意味深长地说，指定印刷的是报纸，《大视野》是副刊。你再想想。现在老总再提此事，关山就不能再推了。

这是一个雷。关山约见那家叫蒲瑞缇印刷有限责任公司的老总高红兵时就有预感了。报社的印制部、物资采购部、广告发行部是最容易出问题的部门，这两年已经被纪委带走四个人了。关山主要是管采编业务的领导，虽然没有那么多油水，但安全。现在这种反腐高压态势下，有些好处你最好没有机会，正如有的美女你最好别见，见了也别惹。伊甸园虽美好，但里面有那条蛇。

关山约高红兵来他的办公室见面。对那些首次打交道的私企老板，关山始终抱有提防心理。他看了高红兵带来的印制样品，感觉质量基本能达到要求，又询问了蒲瑞缇公司的大体情况，然后告诉高红兵，成本要求要比原厂家下降20%，你们才有竞争力。高红兵说，关副总，那我的工人不要吃饭了。关山说，按上级部门的相关要求，这样的项目是要公开招标的，你来竞标嘛。高红兵说，我已经左测算右计划，只有一点点毛利了。能成为《大视野》的印刷厂家，我完全是图个名气呢。成本降低15%，是你们的老总对我的要求。关山不客气地将他顶回去，你不要拿我们老总来压我，我按规矩办事。

高红兵递过来一支新版大重九，借凑过来为关山点烟时说："关总，在原印制成本上降低15%已经说得过去了。我还给《大视野》周刊准备了2%的返点，校对费、编辑费、车马费、接待费，随关总任意处置。"

关山瞪大了眼，差点没有被一口烟呛住。这种时候了，还敢来行贿？你想害老子进班房吗？他想说。这时他的手机微信提示音"布谷"了一声。他的心莫名地颤了颤，不知是为那声"布谷"，还是脑子里快速转动后得出的2%返点，具体到钱的数目。他还想到另一个数字：倘若被纪委的人查获了，他至少要入刑四年。

他有些心烦意乱，索性掏出手机来看是谁的微信。是吕晓萍用语音发来的。关山走到窗前才点开接听。山哥，中午能一起吃个饭吗？声音还是那样圆润、柔美，似风中传来的一串风铃。让关山倏然想起有一年他们去一座寺庙烧香，蓝天如洗，庙堂巍峨，佛像庄严，群山静谧，有布谷鸟的叫声更加深了山野的幽深空旷，还有叮当作响的铃声时而从山谷中飘来。那天关山说过一句话：头顶三尺有神明，他主宰人间的爱，也洞察人间的恶。

现实的世界这样龌龊，神在哪里？人间已无伊甸园，却到处都是引诱你的蛇。诱惑就是刀口上的蜜，明知有危险却偏要去舔。关山对高红兵说，能不能给你们做，不由我说了算。我还得请示我们老总。

中午时，关山赶到约好的饭店。吕晓萍还没有到，他先点了菜，要了一杯茶。他得让自己稍微平静一点。二十三年了，他们生活在同一座城市，竟然有一道如过去年代的台湾海峡，把两个有情人分隔在城市的两端，互不相闻相问。和吕晓萍分手后，关山也有过一些或轻或重的女朋友，大家逢场作戏，谁也不会当真的。网络时代，交个朋友太容易。一不小心就投缘，一言不合就失联。现代人的情爱真是薄如蝉翼，飞翔起来时美丽自由，浪漫多姿，掂在心里又是那样的轻飘易折，难以辨析，连灵魂的表层都抵达不到。

她现在是胖了还是瘦了呢？关山的心里忽然泛起一阵温情。人一生的故交中有发小、同学、老友、邻居、同事、情人，等等。他们在你的生命中留下或深或浅的印迹。有的是一同经历的磨难，有的是共同拥有的寻常，当然故交中最重的还是那些爱心留痕的人。爱的伤口当初再如何淌血，留下的疤痕也未尝不美丽；天之涯地之角，故交半零落，也未尝不是人生的浪漫。念旧是一个多么温暖的词汇，就像古巷深处的一盏灯，有个熟悉的身影在灯下等你。这个身影美好过现在你身边的任何人、任何事，纯真、拙朴、洁净、诗意。总有那么一天，经过时光打磨的往昔，经过岁月浸染的身影，从荒芜的旷野中走来，你可曾有一座遮蔽风雨的长亭？

往事扑面而来，关山感觉自己成了一个为怀旧而活着爱着的人了。他没来由地想起多年前的一次幽会，他不知为什么把自己喝醉了。回到酒店房间里他像一摊烂泥般躺在床上，又是吐又是哭。吕晓萍为他擦身，把他搂在怀里像哄小孩那样拍打他入睡。他醒来时房间里只有他一个人了。他打电话给她，问她在哪里？她回答说，在家给老公做饭呢。

生活多么荒谬啊。一个吃着老婆做的可口饭菜的男人，何以知道三四个小时前他的妻子还是别人的菜？

关山正在胡思乱想之际，吕晓萍忽然就站在了他的身后。他挑选的是一个卡座，自己还特意坐在面朝大堂进来的方向。但没想到吕晓萍从另一侧门进来，在听到她在背后叫他时，搞得关山有些措手不及，慌忙扭身站起来，差点把腰都闪了。

老情人相见，或许不该是这个样子的。但现在又能怎样呢？他们简单寒暄两句便分头落座，连手都没有握一下。她的体形变化不大，必定是经过精心打扮才出的门，脸上的粉很厚，极力遮盖着二十多年来因胶原蛋白的丧失而松弛下来的肌肤和暗淡下去的容颜，抬头纹和鱼尾纹是有一些了，但不明显；眼影周边有些黛青，不知是妆色还是因为昨晚的哭泣。嘴唇上涂着淡淡的口红，还有些发光，唇线文得很精致，像一方温情的海岸线。

“你还是那样年轻。”他笑笑说。

“哪里嘛，我这阵子都不敢出门。你才是没有多大变化。”她嫣然一笑，现出初次见面才会有的那种羞涩。

“老了。上面掉毛，下面长膘。”

她“扑哧”一声笑了，往关山微微鼓起的肚子瞄了一眼，说你还是那么幽默。看见你真是开心，我好久都没有这样轻松过了。然后脸色就沉了下去。

关山忙招呼服务员上菜，问吕晓萍要不要喝点什么，红酒还是鲜榨果汁？吕晓萍问你开车来的吗？关山回答说是，但可以找代驾。吕晓萍说那就果汁吧。大中午的喝酒也没有那个气氛。

菜上来了，关山点了一条蒸罗非鱼，一罐坛子肉，一份蔬菜，一个汤。蒸罗非鱼是吕晓萍喜欢吃的，而关山喜欢吃肥肉，他们在一起吃饭时，红烧肉、回锅肉、粉蒸肉，至少得有一样。当这个家伙吃得满嘴淌油时，满足感、幸福感才会荡漾开他总是紧蹙的眉头。

这样的一个中午外面阳光明媚，餐厅里气氛和谐，飘荡着各种人类古老的欲望。他们斜对面的一个卡座里，一个四十多岁的中年男子正在向一个三十来岁的少妇喋喋不休，大献殷勤。仿佛恨不得把餐桌直接变成欲火燃烧的大床。兄弟，悠着点吧，都是要还的。关山仿佛在别人身上看到了自己过去的嘴脸，如饥似渴，情欲难耐。如今他老了，像一个圣徒一样心怀拯救别人也救赎自身的悲悯情怀。

“现在怎么样了？”简单的寒暄之后，他挑起了话头，就等于把女人的泪腺挑破了，吕晓萍啜泣一阵，才缓慢打开话题——

我们采取的是保守疗法，没有手术，有一种美国的抗癌靶向药泰瑞沙，也叫奥希替尼的。这种药专门攻击癌细胞，对其他细胞没有损害，毒副作用小，人家说是治疗癌症的“生物导弹”。但是它贵啊。五万多一盒，只能吃一个月；半年为一个疗程，还要配合中医中药辅助治疗，我们已经给他吃了四个疗程了。效果当然有一些，但两年多下来，癌细胞还是转移到淋巴上去了。医生说，这种药用多了，病人也会产生抗药性，癌细胞该转移的还转移。为了救命，我们跑北京、去上海，天南地北地寻医问药，家里的钱流水一样淌出去，我一看见肿瘤医院那道大门，就像看到一张血盆大口。无数人为了保命，把一捆一捆的钱往里面扔。唉！辛辛苦苦几十年，一病回到解放前。最近些年老曹的公司效益也不好，早就没有什么生意好做，我们已经把能卖的家产都卖了。山哥，人健康的时候，个个都活得潇洒，天不怕地不怕的，可这人一生病，再强的汉子也尿了，也怕死啊。上周我们去青灵寺烧香，那个大师父说，要烧六百六十六的高香才能有求必应。可这笔香火费我也拿不出来呀！回来的路上他还跟我生气，说我得罪了菩萨，哪个来救他的命？

“那么，现在怎么办？”关山面对哭泣的女人，一筹莫展。

“吃中药拖呗。”吕晓萍已经用完一包餐巾纸了，关山忙招呼服务员再送一包来，那服务生用诧异的眼光看着他们，关山用硬硬的眼光将他顶回去。“过去我认为中药便宜，人家推荐的那些号称能治癌的名中医，随便抓一服药也要几百上千。明天又该去看中医了，可是……可是，一说看医生，我就心头发紧……”

关山递过一张餐巾纸过去说，说你吃点菜吧。他已经预感到什么了。

她泪光幽幽地望着他：“山哥，我……我真的很难为情，真的不晓得如何感谢你好！我……我们那么多年没有联系过，更没有见过面。你……还对我那样好。那天第一次打你电话，你没接，我想了许多许多。是我不该这样脸皮厚的，我羞愧得恨不得一头撞死自己……我那天想，我拨到第三次，你要再不接电话，我……我们……老天爷啊，你的电话打回来了，你救了我啊，山哥！”

“别这么说。”面对楚楚可怜的女人，关山的心似火中的酥油。

“山哥，你不晓得这些日子我是怎么过来的。没钱就没钱吧，几乎所有的亲戚朋友都躲着我。电话一打通就掐断，也不回短信，好像我是丧门星样。连老曹的亲哥哥都不接我电话！

什么叫世态炎凉，我这一年是尝够了。”

关山心虚地问：“那天……你没有这样想我吧？”

“山哥，你是用一根救命绳把我从悬崖边拉回来的人。”

关山笑笑：“过奖了。可惜的是，不能帮你更多。”他此刻像个助人为乐的好人，很享受别人的鸣谢。

“我也知道，没有谁能够帮我一下子填平这个窟窿。我有个朋友，打牌欠了三百万的债。但人家家境好啊，老公出钱给她还了这笔债，还送到国外去戒赌。我命苦，什么都得自己去对付。东借一点西借一笔，先把眼前的药费对付过去，以后……以后，等老曹走了后，再慢慢还吧。山哥，你借我的钱我一定会还的，你要相信我。”

“先别说这个。”关山眼睛望向别处。不敢说不要她还，也不好意思说以后慢慢还。现在的黄世仁可不好当。

“山哥，能再借我两万吗？我真的……真的很难……”吕晓萍垂下了眼帘。

关山沉吟再沉吟，汗都逼出来了。“我想想办法……”在女人面前，他是个不会说“不”的人。

吕晓萍很善解人意地说，山哥你能帮就帮，千万别为难自己。她的双眼通红，像即将走向屠宰场的兔子，泪光闪闪，凄迷哀婉。她的嘴唇也微微启合，鲜艳欲滴；她的胸脯起伏，身姿柔弱，似风中杨柳，似乎渴望一个拥抱，渴望一双温暖的手去安抚。要是在多年以前，关山知道接下来自己该做什么，但他现在波澜不惊。吕晓萍继续说，我知道山哥是个古道热肠的人，我们在一起培训的时候，同学们都这样说。哦，对了山哥你还记得大头吗？他当州公路局局长了。上个月来省里开会，打电话给我约吃饭。我说没空没心情出来。他后来还是问出了我家的情况，有一天就开车到我楼下，非要见我不可。我只好下来见他。人家多话不说，递给我一张建行的卡，说你拿去花吧，密码在卡背后。我怎么会受他这份情？我就是讨饭也不会跟他借钱。山哥你是知道我的。

不会是赃款吧？关山用了十二分的努力，才把嘴里这话咽了回去。在培训班时，大头也是围着吕晓萍转的野狗之一。有一次大家在外面喝酒，大头借着酒劲要跟关山过招，两人差点没打起来。现在她提大头送卡的事，关山用脚指头也能想出来其中的含意。大头这种人，是用笔来敲命运之门，用新闻稿来铺晋升之路的，关山从来就没有把他当业内同行。但他现在让关山深感惭愧。

“你现在还在做什么事吗？”关山忽然想起，他对她这二十多年的现状还一无所知。他们就像刚刚认识的朋友，他却要为她去担天大的风险。

吕晓萍恢复了常态，说："山哥你知道的，我辞职去深圳干了一段时间，因为孩子小，终究还是回来了。这些年从事了好多职业，开过服装店，做过旅行社，还在一家民企里当过营销总监，现在我代卖人寿保险。如果老曹不生病，我的收入也养得活家人的。可这世上，我给人推销保险，自己的生活却一点都不保险。就像我们家老曹，过去医疗保险从来不交不买，生病了，你想花钱保命也不可能了。"

"生命无常，谁能够给生活上保险？"关山悻悻地说，"我认识的一些人，头天还在一起开会，慷慨激昂地发言，第二天就被带走了。他们跟你老公一样，生不如死啦。说不定还不如人家老曹，死也死得不清不白。"

"为什么呀？"

关山白了她一眼："你是生活在国外啊？还不是因为拿了不该拿的钱。"

关山忽然眼光发呆地望着吕晓萍，既不温情，也不严厉，是那种自己找不到北却要仰望星空的空洞眼神。吕晓萍被他看得心里发瘆。

那次见面之后，他们本来约着年后再吃一次饭，但关山忽然面临"被离婚"的艰难境地。当然，这跟吕晓萍无关。

年前一周，关山出了趟短差。回到家里看见妻子靠在沙发上哭泣。关山诧异地问怎么了？妻子扑上来就是一顿好骂。你还晓得回这个家啊？你老婆都被人欺负成这样，你在哪里啊？你看看我这被抓烂的脸！看看这手上的伤？都到学校来打我了，我还怎么当老师？还有什么脸做人？你要是个男人，就先给你老婆出了这口气，再进这个家门。

原来这天上午，关梅跑到了赵明慧的学校要他们的房产证。理由是关山是她唯一的亲哥哥，他哥哥的一处房产她也应该有一份。现在她要拿它去抵债。天下没有比这更荒唐的要求了，赵明慧当然严词拒绝，结果两姑嫂就在教研室争吵起来，最后竟然还动了手，让赵老师在学校简直斯文扫尽。关山一听这经过，脑袋里就不是乱成一锅粥了，而是粥糊了一脑袋。更要命的是，赵明慧还发现了两兄妹的一个秘密。

赵明慧说："关山，你竟敢背着我把儿子的房子给你妹妹住。你心里还有没有这个家？"

男人在家庭争吵中，最容易被扣上这顶帽子。他们心中即便没有装天下，也塞满了事业、工作、前途、野心、梦想以及朋友、哥们儿、酒局、牌局、球赛、钓鱼、情人等等。他们做的仿佛都是不得不做的事情，饭桌上少喝一杯酒，都会让他们感到自己不是男人。这种时候他们会忘记还有个妻子在为他们操心，还有个家等他归去。他们不是心中没有家，而是要应对的事物太多。就像关山，他比别人还多一件麻烦，他还有个妹妹在打牌，在败家。

关梅从前有自己的房子，但离婚后法院判给了前夫，父母名下的房子本来应该算兄妹俩的，关山都让给她了，可竟然被她卖了还赌债。关梅有一天打电话来说她无家可归了，哥哥的家就是她的家。赵明慧拎一把菜刀横在关山面前，说你妹妹要敢踏进这个家门一步，我砍不死她，就自己抹脖子。反正这日子是没法过了。关山实在没有办法，就把家里另一处房子偷偷借给了关梅，还不敢告诉妻子。这是一套三居室的郊区房，关山两口子原说是给儿子准备的，还没有装修。关山私下里买了一张床和一些简单的家具，让妹妹先住下来，涕泗横流地劝说妹妹，说看在父母在天之灵的分上，拜托你再不要打麻将了。你打的不是麻将，打的是老关家祖宗的脸啊！那个下午关梅跪在地上，抱着她哥哥的脚指天发誓地说，她再也不会摸一下麻将牌了。再摸，哥哥你就剁了我的手。关山看她哭得比在法院那天失去孩子的抚养权还伤心，心一下就软了。便承诺说只要妹妹下决心戒赌，他每月会给她两千块钱生活费。可哪想到这个被赌博彻底毁了的妹妹，会像一个瘾君子一般堕落到不可救药。

关山只能先劝妻子平静下来，为她递纸巾，赔着小心说好话，自我检讨不该自作主张借房子给关梅。他说自己也是实在没有办法了，总不能看着妹妹露宿街头。他只是想让她先住那里躲一躲债主，等风声过去了再给她找个工作。

“狗改不了吃屎。你难道不相信这个真理？”

“她就是吃屎，也是我妹妹。”关山说。

“那么，是我重要呢，还是你妹妹？”赵明慧声音大了起来。

关山回答说：“你是我老婆，她是我妹妹。你问这样的问题不愚蠢吗？”

赵明慧说：“你的意思是说，老婆你可以再找，妹妹你只有一个。是不是？”

“你无理取闹！”

赵明慧发作了，拿出在课堂上训斥学生的劲头。“关山，你脑子里到底在想什么？在你妹妹面前，我这个当妻子的，永远都没有道理，是不是？我们朝九晚五地上班，挤地铁、搭公交，在课堂上讲得嗓子冒烟，两条腿都站成静脉曲张了，谁也不会来过问一下。晚上回家买菜做饭、批改作业，周六周天还要给学生补课，挣点外快，努力想让这个家过得好一点。买房子买车、还贷款、送孩子出去留学，哪一笔钱不是大家舍命干出来的？可你那个妹妹呢？早上睡到十二点才起床，下午出去打麻将，一坐下来就打到第二天天亮。楼要倒了都不会挪一下屁股。老公孩子打没了，房子积蓄打光了，金山银山都会被她打光！可你还把她放在心窝处，你把我放在哪里？这个家你又放在哪里呢？我不和你们关家争一分钱，但我们家的财产，你妹妹一分也拿不到！你要是屁股还坐在你妹妹一边，我们就大年三十算总账，不过了！”

为了妹妹的事，关山就差没有给老婆下跪。他就像一条被双面煎的鱼，这边是老婆寸土不让，那边是妹妹败家不断。他一边赔不是，一边填窟窿，结果两边都是罪人。工作已经够繁重的了，生活还搞得如此千疮百孔、狼狈不堪，还有什么事情能够让人稍微感到舒心一点？女人是拿来爱的吗？不完全是。女人是一笔债，记在你人生的账本上，让你逐年逐月逐日地偿还。

关山没有再跟妻子争吵，出门开车就往关梅那边赶。他的怒火冲到脑门上，头发都冲得立起来了。在妹妹赌博这个问题上，他知道老婆有九十九个理由，他只占一条道理：她是我妹妹。即便有法律规定可以断绝兄妹关系，关山也绝不会为己所用。有些人陷入了赌、毒的魔窟，连上帝也拯救不了。关山记得妹妹怀孕八个多月了，还挺着大肚子漏夜打麻将，直到羊水破了，才从麻将桌边直接送医院。这个早产近两个月的婴儿在保育房待了十五天才活回来，可怜那孩子一出生就患有先天性的心脏病，还各种疾病缠身，她的胎教“音乐”应该是麻将桌上稀里哗啦的洗牌声吧？打牌毁了自己的生活不说，还影响到下一代的健康，都不能让初为人母妹妹的心回意转、痛改前非。还有谁可以拯救她呢？关山想。老子今天要把她的双手剁了。

关山偶尔也打麻将，但他不会上瘾。那种在牌桌上摸到绝张牌的释然或狂喜都不足以让他痴迷这种消遣，更何况他总是输的时候多。有些事情你输不起，就躲得远远的；正如有的女人，你爱不动，你就别去染指。他想不通的是他的妹妹也是个命中没有赌运的人，他也曾经多次苦口婆心地劝说过关梅，我们关家劳动人民家庭出身，父母都是老老实实的上班族，爷爷奶奶、外公外婆更是乡下的农民，我们不是在赌场上搏人生的那一路人。如果打牌可以改变命运，那你看看你现在的人生吧。关梅人还不到五十，但看上去不是衰老的问题，而是几乎没有性别了。常年的熬夜、抽烟、无规律的生活使她像一棵正在枯萎的树，干涩凌乱的头发、烟灰色的脸、无光彩的眼睛、发乌的嘴唇、垮塌了的肩、神经质的手指以及毫不在意的衣着，让她在大街上行走的时候，活像一具游动的僵尸，尤其是当她打了一个通宵麻将出来时。关山曾逼着她去做了一次体检，医生指着体检报告单对关山说，这是一个六十岁人的心脏，七十岁人的肺。但这些都不足以吓唬到关梅，她说就是抓一把烂牌，也还有和牌的机会。你不放弃，血战到底，终得翻身。关山每当被关梅逼得走投无路时，心中禁不住会怒吼：你去死了算了。不过他又会为此感到害怕，觉得无颜面对父母的在天之灵。

就像当他见到关梅时，他的怜悯之心、兄妹之情等等五味杂陈的情感在心中四海翻腾、云飞涛走。他哪里还能剁他妹妹的手！连一句重话都不好轻易出口了。

关山进门时，关梅正在吃一碗泡饭。关山有些诧异地问，还不到五点，你就吃晚饭了，要出门？关梅有气无力地说，早午饭。然后眼泪就下来了，说哥，我对不起你，对不起嫂子。我也是被逼疯了，我知道错了。

关山本想凶她几句，可一看见妹妹的眼泪，看见她碗里只有几片青菜叶子的泡饭，看见饭桌上四五个方便面空盒子，残汤剩水的，有的已经长霉了，再看看妹妹面容枯槁的脸，他自己也忍不住要落泪。

“唉！”关山重重地叹了口气，“二妹啊，你毁了自己的家不说，还想把你哥哥的生活也毁了吗？”

关梅起身，挪步到她哥面前，跪下，仰起一张泪脸说：“哥，你踢我几脚吧。”

“你起来！”关山扭头不看她。

关梅抱住她哥的小腿：“哥，哥哥，你踢我啊！狠狠地踢呀！我不会怪你的。我晓得我欠打欠杀……我，我是下了一万个狠心不打麻将了，我有半个多月没有跟那些麻友联系了，不接他们的电话，不回他们的短信。晴晴她爸也说，你一个月不摸牌，就可以来看晴晴一次。我给晴晴她爸赌咒发誓，我这个月摸一下牌就不是当妈的。”

“可是呢？”关山冷冷地问。在麻将面前，关梅就像个不断检讨不断犯错的小学生，她就是把祖先的牌位抬出来顶在头上发誓，你也只能劝她别玷污了祖宗的灵牌。

“那天……那天我去菜市场买菜，小街上有一处工地。一个工人拉一车砖往地上一倒，我就……我就控制不了自己了。就像人家吸海洛因的闻不得那种味道。”

“别人盖房子跟你有什么关系？”

“那些砖……那些砖哗啦啦地滚落在地上，就像在洗牌……”

哪有这样联想的？关山哭笑不得。他说二妹，人得有点毅力。关梅说我是在用吃奶的力气不去想那些一地的砖头。她嘟起了嘴。毕竟是女人啊。关山恍惚间回到了遥远的童年，回到了两条羊角小辫还在关梅的头上一晃又一晃的年代。那时他们的父亲还没有平反，在离省城三十多里的一家农场接受劳动改造。有时母亲忙不过来，就让关山带他妹妹去探望父亲。他带着她去挤乡村公共汽车，下了汽车还要走四五里路。他们走在乡间的田埂上，最怕的就是农家看家护院的狗。那些狗就像旷野里的狼一般凶恶，专门欺负陌生的小孩。每次都是关山拿一根棍子把妹妹挡在身后。有一次母亲做了一饭盒红烧肉，让两兄妹带给缺油少荤的父亲。也许乡间的那些也吃不饱肚子的狗们闻到肉香，向兄妹俩发起了疯狂的进攻。结果红烧肉撒了一地，被狗们一抢而空，关山还被咬伤了小腿。妹妹哭着嘟起嘴为哥哥的伤口吹气。多年以后，关山在书本上学到一个词，吐气若兰。他就会想起妹妹关梅为他的伤口吹气的模样。

在关山一走神想逃回到美好的童年时光中去时，关梅又残忍地斩断了他的念旧。她说：“可偏偏那时我的一个好姐妹打电话来，说去郊外的农家乐吃杀猪饭。我还特意告诉她说我不打牌。她也答应了的。可是等人家牌桌一摆开……”

关山说，叫你不要交那些损友。忘记去年中人家圈套的教训啦？关梅嘀咕道，吕晓萍不是损友。

关山睁大了眼睛：“你刚才说谁？”

关梅怔怔地看着她哥说："吕晓萍。我们一起打牌好多年了。"

关山脑子飞速地转，转得他头脑发热，眼冒金星。不会是同名同姓的人吧？他一把将她妹妹从地上扯起来："哪个吕晓萍？有她的照片吗？"

关梅觉得她哥哥要崩溃了。她哆哆嗦嗦地从手机里翻出那天在农家乐大家的合影，指着一个穿桃红色羽绒衣的女子说："这个就是吕晓萍。"她看见她哥哥的脸都红涨成了猪肝色，他抓着手机的手青筋暴涨、骨节山峦起伏，似乎要把那手机捏碎。她想这回真的要挨哥哥的打了！她赔着十万个小心问：

"哥，你也认识她？"

\B

关山在二十三年后接到老情人吕晓萍的电话时，有一个声音在他耳边说，麻烦来了吧。他装作没听见，他情愿眼前岁月静好。

但就像你有病装没病一样，病灶在你体内，迟早麻烦会来。一个失联二十三年的故交张口就向你借五万，你就是家财万贯，也得掂量掂量吧。关山这一掂量，就在往事和现实之间，两头不是人了。

他答应借她一万，心里想就当今晚没有拿到“出场费”。因为他压根儿就不指望吕晓萍会还这笔钱。多年前的那份情缘，现在来说借啊还的，说得出口吗？但不说那个“还”字，它就是胃里的那个嗝，时不时就冒出来，让人不舒服，叫人烦恼。关山不是那种小家子气的男人，却是一个较真的人。如果他还爱着吕晓萍，别说给他借一万，就是借十万，他去卖血也愿意。情义无价里面，旧情最重，但这份旧情也要因人而异。前几年关山一个在工厂工作的发小工伤砸断了脚，退养在家。偏偏又要买房子给儿子结婚，首付十万都拿不出来。家里闹得天翻地覆、鸡犬不宁，父子反目、妻子离婚相逼。关山闻说后，眼皮都不眨地一下拿出八万给了这老兄弟。在老哥们儿的泪光中，他的心情是那种救人一难的惬意和高尚。是的，一般人的高尚，只对你认为值得付出的人，这是关山这一代人所接受的教育能够结出的最好果实。只有耶稣基督才会对他的仇人表现出无人匹敌的仁慈和高尚。关山不是耶稣，吕晓萍现在也不是他的情人或者仇人，她只是一枝风中飘逝的玫瑰。

在吕晓萍还是他们那个培训班的“班花”时，他对她的情感还谈不上恨不相逢未嫁时。那时大家都还年轻，她擅长交际，他也多少有些玩世不恭。围着她转的男生很多，当然都不是关山的对手，但在关山之上，那些手握重权的人，那些腰缠万贯的老板，时不时就开着豪车来把吕晓萍接走了。这个是她叔叔，那个是她父亲的战友，还有几个干爹和社会上的结拜大哥。有一次他跟着吕晓萍去蹭饭局，饭桌上有一个副省级、三个厅官、四个处长和几个文艺界的名流。吕晓萍向他解释说，我这人就是有人缘，吃一次饭要收一大堆名片。关山想说，你的名片不过是那张脸。可是他依然很虚荣地收存了吕晓萍的这张“名片”——现在还有多少人能拿得出一张二十几年前的名片？又还有多少人在意它？

那个年代从官到商，从大学教授到街头小贩，见人就发名片。发了，你就有身份和地位，连祖宗脸上也有了光彩；不发，你则来路不明，或是无名鼠辈。关山记得那时吕晓萍的名片至少有五六个头衔，而他的名片除了单位名称和自己名字外，头衔就一个记者。吕晓萍曾经说你这个才是有含金量的，我的那些都是虚头巴脑骗人的。那些年新闻行业也三教九流、鱼龙混杂。关山时常在私下里追问：吕晓萍是个新闻工作者吗？以他所受的科班训练的眼光来看，她做个报纸校对的资格都够呛。但是她在社会上却比他风光。

有一次吕晓萍忽然给关山打电话说，她要马上去北京一趟，让关山送她去机场。在路上吕晓萍说她的身份证拿回老家办房子的过户手续了，临时借了一个小姐妹的身份证，用人家的名字买的票，看看能不能混过去。关山说那怎么行？你们长得像吗？吕晓萍说，像啊，平常人家都说我们是亲姊妹。尽管关山知道吕晓萍是路子很野的人，但再野也不能闯机场啊？可是吕晓萍用她所向披靡的美丽，昂首走向机场。她办票时倒是糊弄过去了，但过安检时，安检员拿着身份证左对右看的，然后向后面一招手，关山看见两个机场警察从公安室出来，直接走到吕晓萍面前，问了几句话就将她带走了。她进公安室时扭头向关山求助的目光，让关山紧张得汗都出来了，生怕警察转过身来把他当同谋也带走。他想应该去救她，在警察面前亮出自己的记者证，为她做担保，为她证明。是证明吕晓萍不是吕晓萍呢，还是证明她就是吕晓萍？如果警察问，你是她什么人？那他又如何说得清？假设警察再问，你还是党报记者，怎么也不明白机场的管理条例？关山也有几个警察朋友，但电话打过去求助，朋友们都说这个忙帮不了，机场安检的事，开不得玩笑。关山兀自在机场大厅抓耳挠腮了三个多小时，也不见吕晓萍出来，最后只得灰溜溜地回去。那一天他感到自己是世界上最无用的人，也是最胆怯懦弱的人，连自己的女朋友都保护不了。到办公室不久，吕晓萍的电话就追过来了，关山还没来得及问她怎么出来的，就听吕晓萍笑嘻嘻地，我到北京了，给你报个平安。关山忙问你怎么登的机啊？吕晓萍轻描淡写地说，我一个大哥给民航公安分局的一个副局长打了个电话，他们就乖乖送我登机了呀。关山当时火就上来了，在电话里喊道，你大哥那么多，干吗不让他给你派一架专机啊？你知道我在机场公安室外面守了几个小时吗？吕晓萍在电话那头冷冷地说，你多心了，这个大哥只是在一次吃饭时大家交换了名片。在机场公安室里那几个警察凶我一个弱女子，我能指望谁啊？我只有翻出名片来找人来搭救我。你呀，到底是书生。

到底是书生。这是吕晓萍经常揶揄关山的话，又恰恰是他最不愿意接受的现实。社会就是一座隐匿的丛林，不宜书生发展。书生只有回到书房才是强者，文字里纵横捭阖，思想深邃，坐而论道，光彩照人；来到社会丛林，书生就是一群弱势群体，虽说不至受人欺负，但见官低了头，见钱折了腰，这样的书生已没有了读书人的气质。自入职以来，关山从跑社会新闻到跑时政要闻，大量接触社会的方方面面，他总是想恪守自己读书人的身段，用书呆子气去抗衡社会上的江湖气。但在那座看不见的丛林里踉踉跄跄地一路走来，早已是衣不蔽体、斯文扫尽了。有本事的人从大牢里捞个罪犯都易如反掌，你却连一间小小的公安室的门都不敢进。吕晓萍打这个电话来与其说来报平安，倒不如说是来羞辱你的。

很奇怪的是，他和吕晓萍的情事，既不是始乱终弃，也不是私情暴露，被某一方的另一面发现而被迫中断。既没有战乱，也没有漂泊，只有世俗和日常的鸿沟，看似一步之遥，实则山重水阔了。他们交往有一年多的时候，吕晓萍供职的《现代快报》便开始走下坡路了，她曾经托关山想办法将她调进他所在的报社，但关山那时在单位上说话还没有分量，根本不可能完成情人之托。他有一次不经意间暴露出自己的优越感，说你怎么可以进我们报社？你的学历太低。不多久吕晓萍跟他说她打算跟他一个叔叔到深圳去发展，叔叔是一个电机商，在那边开得有工厂。你觉得呢？她问关山。关山现在想不起自己当时是怎样回答的了，至少他没有说你舍得离开我啊之类挽留的话。他好像抱着你走也好不走也罢无所谓的态度。

其实他们的疏离已经初露端倪了，再潮起潮涌，终有退潮收兵的时候。有时他们一个月也不见一次面，不是他忙，就是她不方便；有几次他们约好吃饭，便仅仅是吃饭而已。双方似乎填饱了肚子，就再没有其他的欲望，像一对心如止水的老夫老妻。大家都有自己的家庭、事业和孩子，没有谁会傻到把对方当作自己生命中的唯一，他们不是情窦初开的少男少女了，他们如此聪明，巧妙地在婚姻与婚外情之间搭了一根平衡木，并在上面自由地舞蹈，玩出各种花式。这种游戏不能有一个人当傻瓜，做痴情者。否则平衡将不复存在。

吕晓萍去深圳那天他们也没有可资回忆的告别。他没有去机场送她，他在外面采访。送机的当然该是人家的老公（或者某个大哥）。那时关山身边有不少他认识的美丽能干的女士都“孔雀东南飞”了，“女人们撩起裙子奔赴商场”。这是他在吕晓萍离开那天写在采访本上感叹，仿佛是为这一段感情画上句号。如果唱出来就是朴树的《白桦林》中“小伙子拿起枪奔赴边疆”那一句的旋律。现在他还回想得起，他当时并没有感到失落，反而有些讥讽。不是讥讽吕晓萍，而是嘲笑自己不中用，有本事你就和心爱的女人一起去深圳打天下——问题是她是关山心甘情愿地为之“奔赴边疆”的女人吗？

那个年代还是传呼机时代，有一天关山在办公室接到传呼台的电话。传呼小姐用甜美的嗓音说，深圳的L小姐问候关先生，她已经平安抵达，并安顿下来。请关先生勿念。关先生需要给L小姐留话吗？关山想了想说，闲时吃稀，忙时吃干。好好干，为特区发展做出新的贡献。过去他们在电话里约会的暗号是：今天是吃稀饭还是吃干饭？如果大家都说吃稀饭，那么就该安排时间地点幽会。关山恶搞了这一次后，就再也收不到吕晓萍的任何音讯了。

往事就像一只野猫走过的脚步，在残雪般的记忆中留下只鳞片爪的印迹。关山在梳理旧情时才慢慢捋清他和吕晓萍渐行渐远的原因。忆往昔，他只是她色彩斑斓生活中的一抹亮色，年轻时的关山除了一身好体魄和名记者的帽子外，和拜倒在吕晓萍石榴裙下的众多成功男士相比起来，实在相形见绌。他们本不是一路人，只是在茫茫人海中一颗浮萍和另一颗浮萍轻轻地撞在了一起，当微波荡漾，迎风起舞时，倒是一段江湖传奇；而风急浪高、激流湍涌时，则欢情易散，爱心破碎了。市场经济滚滚洪流之下，多少根深叶茂的大树都被连根拔起，小小的浮萍又情何以堪？唯剩下故人西辞，孤帆远影矣。

自打跟吕晓萍恢复联系后，关山发现自己的眉头间就多了几道纠缠不清的皱纹。要命的是他的内心，纠结成一团乱麻，几近于被捆缚的粽子。如果去医院照个CT啥的，保准再高明的医生也会视为疑难杂症。需要一次大手术了，把从前一刀两断。因此，在一个鬼使神差的晚上，老婆赵明慧靠在床头翻手机，关山在书房掐灭最后一个烟头，梦游一般踱进卧室说：

“我遇到麻烦了。”

赵明慧头也不抬地说，你妹妹的事不要跟我讲。关山兀自在床边的沙发上坐下，挠了半天头才说：

“跟我妹妹无关。这事儿闹不好，可能会影响到我的提拔。”

赵明慧惊得好像手机漏电，“啪嗒”一声扔在了地板上，呆呆地望着关山，是她有一次钱包在公共汽车上被人偷了的那种表情。上周关山曾告诉过她，报社老总下半年就要退休，现在上面正在考察几个副总，有话语权的人已经给关山暗示过了，他是最有力的竞争者。这周以来，因为关梅的赌债闹离婚的事，赵明慧再也不提了，每天早上为关山沏好养生茶，里面枸杞、西洋参、石斛甚至虫草，天天都不一样。晚上下班回家，关山有新婚时卿卿我我、嘘寒问暖、体贴温柔的那种感觉。久对房事不感冒的妻子，这一周来已经两次主动“提出申请”——过去这样的“申请”需要关山每个月提前一两天“预订”一次。尽管赵明慧在卧室里穿一身新买的粉红色低胸真丝睡裙，脖子上的赘肉和肥厚的肩一览无余，让关山的性趣荡然无存。可是面对妻子的盛情，他还得咬紧牙关完成任务。高潮过后他想：人说政治是男人的春药，女人亦然啊！

因此，当赵明慧听完关山讲述他和吕晓萍的陈年往事及当下的麻烦，再听过关山羞愧难当、泪花闪闪的忏悔，她没有像其他做妻子的那样，面对丈夫的出轨大打出手或者痛哭流涕。

她先是阴沉着脸沉默不语，然后起床来，披上一件外套，在屋子里踱来踱去。最后像一个运筹帷幄、御敌于千里之外的将军，果断地将手一挥说：

“别说了，你被讹诈了。我们不能让她得逞！”

“讹诈？”这是关山想都没有想到的词，他最多想到的一个词是“欺骗”。他今天主动向妻子坦白自己的风流旧账，是因为他在往事的重压下，感到无助和孤单。老妻毕竟还是那种你在外面深受挫败之后，可以为你舔翅抚痕的那个人。

“那个烂女人，她知道你们单位要推老总的事情吗？”赵明慧扬起下巴问。

关山反感妻子这样称呼吕晓萍，但他此刻没有资格做任何辩解，他只能弱弱地回一句：“不可能，这是高度保密的事情。”

“她会去你们单位胡搅蛮缠吗？”

“我想，也不会吧。她……不是那种人。”

“你还在为她着想是不是？”

“没有。”他给妻子解释说，吕晓萍每次向他借钱时，他都本来是想回绝的，但他却怎么也说不出那个“不”字。过去那段旧情是年轻时的荒唐，是一场游戏一场梦。他对不起妻子，对不起家庭。他本来早就抛之脑后了，遗忘了。可人总归得为过去买单，只要吕晓萍一出现，他就失去了判断，在知道吕晓萍和关梅一起打牌后，他更找不到方向了。是他遇人不淑，还是真正的麻烦还在后面？

赵明慧打断他叨叨絮絮的忏悔，鄙夷地说：“说明你心里还对那个烂女人抱有幻想。”

“不是那样的。我是怕把事情闹大。你没有看最近网络上的热点吗？有个影星的前女友把他们过去的事情闹出来，影星被搞得身败名裂。”

“这正是我担心的问题。你都掉进坑里了，还以为在英雄救美。这种社会上的女人，什么事情做不出来？我们要考虑最周全的防范，做最坏的打算。你呀，还是个书生。”

又是书生！关山想。这是当今女人衡量男人无能的标准吗？还是现在又回到了百无一用是书生的时代了？错了，娘子。世界长大了，你老公也他妈老了。上次吕晓萍跟他提再借两万时，他甚至都想到了高红兵许诺的那个2%。拿还是不拿？拿了，别说两万，二十万他也借得起；不拿，他又何以扮演拯救者的角色？可他看的警示教育片多了，过去认为只是去看看，完成上面布置的任务。那些关进铁窗里面的倒霉蛋有许多他都认识，有的还是他的朋友、同僚，不少人都是被女人一手“培养”出来的。所以，最终关山还是断然拒绝了高红兵那2%

返点的诱惑，还把他拉黑了。和个人仕途比起来，《大视野》要不要降低运营成本、甚至还办不办得下去，都不重要。关山认为他可以跟老总赌一把，不去扛这个雷。报社总编的这个位置不是他想传给谁就是谁，还有上面呢。即便老总想捞一笔，又何尝不想保平安？别出事，也别惹事，哪怕不做事。那天他跟老总实话实说，跟蒲瑞缇那家公司合作隐患太多，怕是经不住纪委的人查。我还想平安退休呢。老总狼狈地推推眼镜，说，关山同志，你想多了。不合作就不合作吧。那时关山从老总的眼神中看出了无奈之后的释然。人懂得了放下，哪怕非常之不情愿，但总之是解脱了。

关山认为，这才是他目前能做到的最为周全的防范。老子才不是书生呢。我是干净的，就是最安全的。只是他没有料到的是，风险会来自多年前一场风花雪月的浪漫。

在过年前，吕晓萍一天几次发微信约他，把他搞得像个被催债的，而不是借债的。吕晓萍说他们家已经快揭不开锅了，这个年不知该如何过。关山怕兔子急了也会咬人，关键时刻哪路神仙都不能得罪，就东拼西凑地又转给了她两万。那时他咬紧牙关想这是最后一次了，他对她应该已经仁至义尽了吧；即便已知道吕晓萍在和关梅这样的人打牌时，他也没有多问她一个字，够宽宏大量了吧？

可今天吕晓萍又打电话来说想再借两万，因为要去上海看一个名医。还说他们家老曹最后的心愿就是去见这个名医讨一句实话，如果名医说没救了，他直接跳黄浦江。关山当时脱口而出，别啊，这怎么可以？吕晓萍马上回了一句，要跳就跳吧，未必你能阻止？关山被堵了嘴，无话了。

挂了电话他才想，妈的，我还搞得理亏了！我为什么不问她最近在牌桌上手气怎么样？难道你不能靠打牌给你家老曹挣点医药费？你道开口向人借钱容易？我一个七尺男儿，打拼半辈子，账上还到处都是窟窿，按下葫芦起了瓢。这世上不干净的钱太多，可是我敢拿的？我他妈就是再怜香惜玉，也经不住昨天一万，今天两万，天知道明天还会是多少？这事儿什么时候有个完？

唉！老曹不死，鲁难未已。可怜的老曹，你究竟有病还是没病？

离肿瘤医院一站地有一片城中村，都是五层、六层参差不齐的灰色水泥建筑，和周围新开发的小区比起来，它们就像是从那些高楼大厦中扔出来的包装箱，杂乱无章地堆在那里。狭窄的街道挤满了车，店铺里没有多少让人放心的东西，写着某某大酒店的门前总少不了形迹可疑的人。像许多城郊接合部一样，这是一片被急速膨胀的城市包围了的村庄，农田早已开发成了房地产，种田的人们纷纷“洗脚进城”，成了各式小业主、小老板或者打工一族。曾经炊烟袅袅的村庄也已面目全非，变成了各式客栈、餐馆、店铺、出租屋。因为靠近本地最大的一家肿瘤医院，所以这里的房租直逼学区房的价格，你要在这里找到一处价格适中的房子，还得看运气。

吕晓萍在这里租了套两居室，一楼，临街，虽说吵闹一些，但往返医院、搀扶病人进出方便，这里的房子别指望有电梯，楼梯间能容两个人侧身而过已属不错。老曹有时使性子要逃离那家被死亡笼罩着的医院，她就得把他接出来，在出租屋里住上一两天，然后又好言好语地哄他回去。每一次出门都是一场艰苦异常的战斗，需要淌无数的汗水和眼泪。他们的女儿在外地上大学，老曹刚生病时，还时常回来尽一尽孝道，但这一拖就几年了的不治之症，家人不说孝心不孝心、恩爱不恩爱，不离不弃就好。大家不过都在等一个结局。

吕晓萍在这个城中村已经住了一年多，像一只落草的凤凰，从开初的极不适应，到现在的麻木坦然。人总得学会接受失败，就像一个老妪漠然面对年轻时的照片。她现在不是社会上层的交际花，不是公司的白领，不是各路大佬身边的红人，她的身份只是患者家属，在各种治疗单上签字画押、刷卡付账，在医院、菜场、中药铺、杂货店、厨房进进出出，在城市最为“盲肠”的区域奔波，素面朝天，苦苦支撑。过去她的保险业务都是些有来头的大单位、有势力的大公司，老大一句话，一大沓保险合同都归她代理了。赚钱只在杯酒谈笑间。上周一个也在这附近开一家小加工厂的老板约她见面，说要谈工人五险一金合同代理的事，见面地点却选在一家酒店的套房里。她在电话里就嗅出了危险，但她还是去了。那是一个标准的油腻男，自负、粗俗又淫邪，色眯眯的眼睛从她一进屋就开始剥她的衣服，让她浑身如披针毡。在她还没有解释清保险合同的条款时，这个家伙一双骨节粗大的手就摸到她腿上了。吕晓萍当时脸一沉，说李老板你别搞错了，我只卖保险。那个家伙涎着脸说，你的项目里不是还有捆绑销售嘛。吕晓萍收起合同样本，起身走人，出门前用最轻蔑的口吻说，你不配。

那天她逃出酒店后想到了关山，忍不住又给他发了一条微信。没说约他见面，只是礼节性的问候。她并不指望他会回复，一段时间以来他的回话越来越少，越来越迟，几次婉拒了她约会的请求，不是说工作忙，就是说出差在外。她感受到了他的冷漠，尽管他的话语里也不失热情。有一次她有些动情，说真想找个地方和你好好待上一天，叙叙旧，讲一讲我们的从前。而他的回答克制又不失礼貌——期待。但你丢得开医院里的病人吗？她曾经设想去酒店开个房间，约他来见面，她会用尽全部的激情重新唤醒他们的过去。不是为了感恩，只是因为她是一个女人，为他们年轻时的错失，为他们曾经的爱。她不奢望找回，只希求重温。她现在内心的荒芜，有谁知？又有谁可以倾诉？

老曹那些朋友，交情都在生意上，连条款明晰的合同都常常可以赖账、撕毁，谁还会有恩比天高的救困扶危、仗义疏财。老曹也是个很要面子的人，生病后连电话都扔了。也许他知道，在经济利益上建立起来的朋友圈，黯然"退群"是不给自己添堵的最好选择。老曹曾感叹说，真怀念在单位上的那些日子，虽然穷点，但有同事、有组织，生个病啥的，你可感受到单位的温暖。现在呢，我们是社会的弃儿。吕晓萍第一次为自己的丈夫感到悲哀，一个人活到头，连个真心朋友都没有，挣再多的钱、做再大的事，又有何益？如果世界上所有的人都像躲瘟神一样躲避他们，她只希望不要有关山。他是她年轻时崇拜的人，有学历，有才华，有涵养。当年她嫁给老曹，她的母亲很不满意，说你怎么不找个读书人啊。可那时人年轻，把老板当社会英雄，头上罩着金钱的光芒，连关山他们的报纸也时常吹捧老曹这样的大小企业家和商人。读书人在那个时代显得多寒碜啊。吕晓萍那时都会感受到从关山身上一不小心便散发出来的寒酸之气，而他们家老曹却在挥金如土、豪气干云。平心而论，比关山有钱也优秀的男人吕晓萍见得多了，但关山还是她心目中抹不去的精神偶像——他似乎代表着这个社会某些稀有的品质，正直、单纯、善良、勤勉、温和、悲悯。是的，她承认自己是个没有多少文化的女人，只有一张漂亮的脸蛋，爱美好享受，贪吃贪玩，虚荣轻浮，期图轻松赚到钱。在她还年轻时，有许多男人围着她转，她也和他们做着或轻或重的风流游戏。有一段时间，她不知从哪个男人身上染上了性病，让她首先感到羞于面对的，竟然是关山而不是她家老曹。这让她做出了远走深圳的决定。一个再坏、命运再不堪的女人，心中也是有一块圣地的。他不愿关山把她视作一个烂女人，就像她现在不愿被关山看成不讲信誉的人一样。

她即便情商再低，病急乱借钱，也觉察到了关山的不耐烦，或者不信任。人家凭什么一再给你掏药费？那些和她有过情史的男人，要么是她不愿去找，要么是他们跟她玩失踪。唯有关山，时隔二十多年一个电话打去，热情依旧，雪中送炭。她看出他并不想再续情缘，他援之以手只是出于一个男人的道义，出于对一段旧情的责任。她很感激，也很珍惜，就像在茫茫大海中捞回来了遗失多年的珍宝。你在一个老情人心目中还有分量，既说明你还有魅力，也意味着旧情的价值。她甚至遗憾地想：要是不是因为借钱才重新跟关山恢复联系，他们作为老朋友，哪怕没有当年的激情，也没有性，但时不时一起喝喝茶、聊聊天，回忆分手后各自的经历，生活该多美好。可她明白，她不会有这个命了，往昔的情郎已经是社会名流，而她是昨日的二手玫瑰，是这个社会丛林中饥饿的母兽，用快要凋谢的风韵去面对人生最后的失败——只希望败得尽可能体面一点。

但人在走下坡路的时候，哪有不低头的？跌跌绊绊、连滚带爬的哪顾及得到自尊和脸面？昂起一次头都需要非凡的勇气。吕晓萍在纠结了一个星期后，还是拿起电话给李老板打了电话。这个脚上的泥巴还没有洗干净的家伙，对城里的女人没有判断力却又有病态的渴望。两个小时后，精心打扮过的吕晓萍坐在了人生底线那一端。那个土鳖说，你们城里的女人读的书多，连皮肤都读得白水水的。有句古话说书中有个女人像玉一样白，是这样说的吧？这个男人有一个肥厚的鼻头，词不达意时便鼻翼扇动，紧张得鼻头上都是油珠子，像半生不熟的肉丸。当男人把她压在身下时她并不感到有多羞耻，闭上眼睛不看，麻木心灵不想。但说她是读书人，则让她有万箭穿心之痛。

又一个多星期后，下午快下班时，天空还飘着时急时缓的春雨，路边的行道树被洗涤一新，蒙尘已久的小叶榕树叶翠绿如玉。汽车从积水的街道上驶过，激起的水花声也让人听着有久违的诗意。城市旱了一个冬天了，春雨和春风手牵手拂面而来，让吕晓萍相信，枯萎许久的心也该绽放了。

她给关山发了条微信，说有要事相见，她会在翠华酒楼等他。不见不散。这条信息背后的意思是：你必须来。

五分钟后关山的回复就来了——这是这段时间来他答复最快的一次，他说今晚值夜班，饭就不吃了。八点钟左右他有个空当，你挑个地点，我开车来接你，我们再找个地方坐一会儿。也是不容商量的语气。

他们约好在一家超市门口见面。吕晓萍上车后问，去喝杯咖啡吧，楼上就有家半岛咖啡屋。关山扭头看了看她，说，就在车上聊吧。十点我还得赶回去盯着版，这段时间可出不得娄子。

如今的约会只能是开着车在城里兜圈子了。多年前他们开着车去郊外兜风，在高速路上一路都手牵着手，扑面而来的都是爱。春雨现在变成了丝丝细雨，润物无声地滋润着车窗，让玻璃上的眼泪憋着淌不下来。街道广场上有个青年在细雨中弹唱，吉他声若有若无，他的歌喉真诚得荒腔走板。一个在街边卖烤红薯的大妈努力地扇着炉子，不让生活的希望在这清冷的雨夜熄灭。一对年轻的恋人在雨中奔跑，像正在进行一场浪漫的私奔。

似乎为了找话讲，吕晓萍才幽幽地说：“看你忙慌慌的，可得注意身体。”

“我没什么。你们家老曹，嗯，这个……现在怎样了？”在他的潜意识里——这么着急约我来，这家伙快死了吧？

“老样子，拖着呗。”

“拖着？”关山又扭头看着吕晓萍，似乎想从她的脸上看出某种足以致命的隐患。这个世界上被“拖着”的事情太多了，太神秘莫测了，从一个人的前程，到一条命。只是拖到最后，大都没有好结果。

然后两人许久无话，似乎也在“拖着”一个结局。在等一个红灯时，关山故作轻松地问，你有什么好消息告诉我吗？他觉得今天吕晓萍有些怪怪的，不似以往，要么悲悲戚戚，要么心事重重。她神色平和，眼神飞来飞去，让一双桃花眼更显得妩媚。难道她换了一种方式来求助吗？关山想。

吕晓萍说：“我会有什么好消息给你呀？我知道我总是给你添麻烦。真是不好意思了。”

“你我之间，不存在添麻烦。”关山摆摆手，然后伸进内衣口袋，似乎又想起来什么，将手抽出来，用很郑重的口吻说，“晓萍，我要告诉你一件事，也算个好消息吧。我正在公示期间。”

“是吗？上面要提拔你了？”

“算是吧。但还有很多手续，现在的干部任用，严格得很，一个不小心就前功尽弃、功亏一篑。你明白吧？所以，所以……”

“所以我以后不要再来找你了。”

“嗯，这个，这个……”关山皱起了眉头。他再次把手伸进上衣口袋，掏出一个厚厚的信封来，“晓萍，我知道你现在很难，我在尽量帮你，你应该也明白。这是，这是两万块。先拿去救救急。不过你得保证……让我安静一点吧。拜托了！”

他把信封递过来，吕晓萍没有接，只是侧脸望着他。关山的手尴尬在那里片刻，然后他将信封“啪”的一声扔在副座前方的储物箱上，极不耐烦地说：“拿着。”

吕晓萍双手抱在胸前，忽然觉得身边这个老情人跟占她便宜的李老板没有多大区别。她的眼泪无声地流，也不去揩，任由泪流满面的脸面对外面欲哭无泪的春夜。其实前两天她的一个闺蜜就告诉她关山要提拔的事。闺蜜就是那种可以共享秘密也可以共同使坏的人，她给吕晓萍出的主意是：在这个关键时刻，狠狠敲他一笔。

此刻关山显得很慌乱，车开得七歪八扭的，让后面的跟车喇叭声四起。他低声说，求求你别哭啦，让人看见多不好。谁看得见呢？谁又知道他多么心烦、多么心虚。他想递块纸巾过去，但吕晓萍木雕一样一动不动。他又说，你还要我怎么做？苍天有眼，我对你问心无愧了。可是吕晓萍的眼泪还没有淌完，似乎没有几十年的光阴，那两条泪水之河不会干涸。关山终于崩溃了，妈的，我知道你一边在侍候病人，却还有时间去打麻将。打的还不小吧？药费是打回来了还是输出去了？我×，这世界上有我这样的傻瓜，也算你磕头遇到佛了！我不是看在我们过去的分上……你你，你，难道就不珍惜一下我们曾经拥有的过去吗？

吕晓萍不流泪了。她先擦干了脸上的泪痕，把那信封取下来，放在排挡处，然后从坤包里拿出手机，对关山晃了晃，说：

“在你来之前，我已经往你的微信里转了一万块，还写了一段感谢的话。你查看一下。我说过的，借你的钱我会还的，我就是去卖苦力也会还你。只是要请你体谅一下，我只能分期还。我是个没有多少本事的女人，我低俗、没文化、没品位。我生活的世界和你们不一样。不要让我跟你保证什么，你要知道，在我破败不堪的人生中，你是永远温暖着我的那个人。并且，是唯一。”

她收起手机，掏出一张面巾来擦脸，把泪痕仔细擦尽，然后又拿粉盒，往脸上扑粉，将悲伤逐一掩埋。最后她说：

“停车，我要下了。”

关山犹豫了片刻，乖乖把车靠边。他虚弱地问，你要去哪里？我送你吧。

“别了。”她说，果断地拉开了车门。

他没有勇气挽留，更没有目送她的背影远去。他的目光落在自己的手机上，不敢去点开它。他懊恼地想：妈的，刚才急慌慌地赶来，怎么没来得及看一下手机？

她说别了。这是什么意思？

蓝色冰川

1 背包客

尼玛顿珠跟随着导游卓玛来到县城的小酒吧时，已快到晚上十二点了。像往常一样，这个时候酒吧里正是那些红红绿绿的背包客酒到酣处、人声鼎沸的疯狂时刻。尼玛顿珠过去曾经来过这酒吧，在他看来，这些不知从什么地方跑来藏区的汉人背包客，都是些酒量小小的家伙，灌下一泡马尿就闹嚷得像夏季里的澜沧江。尼玛顿珠即便喝下一江水的酒，也会平静如江边的岩石。

他们来到一群怪吼怪叫的汉人堆里，卓玛向一个身体微微发胖的男人勾了一下手指，那男人立即站起来，很自豪地向周围的人说："各位，这是我漂亮的卓玛妹妹。"他说着就很自然地把手搭在了卓玛的肩上。

“噢！”酒桌边一下安静下来，人们的眼光齐刷刷地射向卓玛，她还穿着艳丽的藏装，那是她平时的工作装，这让她在人群中一下就显得卓尔不群。

卓玛稍有些不自然，她看看尼玛顿珠，他脸上的阴云比雪山上的云雾还要重。“你要去冰川的向导，我给你找来了。”她把尼玛顿珠推到前面，“就是他，尼玛顿珠。一个康巴帅哥哦！”

“哇——！”酒桌边响起女孩子们的尖叫。尼玛顿珠黑得发亮的肤色，粗犷宽阔的五官，浓密飘拂的长发披在壮实的肩膀上，还有那透着野性的目光，怎能不叫这帮城里的小姐们尖叫？

两人被让到酒桌边，尼玛顿珠的手被刚才那个男人紧紧攥住。“好兄弟，我叫沧海孤客，我的雪山冰川之行就交给你了。你上去过吗？”

尼玛顿珠用不太友好的口吻说：“不上去我们吃什么？我的牧场就在冰川旁边。”

沧海孤客说：“那就太好了，太好了。我总算遇到了一个原生态的藏族人啦。”他捏捏尼玛顿珠浑圆的肩膀，又炫耀似的补充道，“纯的，纯康巴爷们儿。”

尼玛顿珠问：“你们人几个，上去？”他忽然感觉自己的汉话有些不灵光了。

“我，还有她。”沧海孤客指着他另一侧一个看上去清秀瘦弱的女孩子说。

那女孩子大方地将手伸向尼玛顿珠：“我叫沙漠玉兔，就叫我兔子吧。拜托了。”

尼玛顿珠有些迟疑地伸出了自己的手。不是他在漂亮女孩面前害羞，而是他不明白这两人的名字怎么听起来跟他过去知道的那些汉族人的名字不一样。汉族人也兴用四个字的名字了？

沙漠玉兔问：“尼玛顿珠哥，那冰川最高的海拔有多少啊？”

那声音真甜，尼玛顿珠的心里忽悠了一下。“高……不高，不到四千米吧。不过我们从一个雪山垭口过去，那里有五千三百多米。”

“哦！”一些惊叹不自然地滚落到酒桌边。

沧海孤客豪迈地说：“没什么啦，唐古拉山口也就是那个高度，我不是也过去了嘛。”

沙漠玉兔及时提醒道：“那你是坐车上去的，我们要徒步爬上去啊。”

沧海孤客很内行地说：“这你就不知道了，一步一步上去，反而没有了高山反应了，因为你逐步适应了啊。你坐飞机到拉萨，准有高原反应，而拉萨还没有我们现在待的地儿海拔高呢。跟着我，不，跟着尼玛顿珠，这雪山上的雄鹰，不会有事的。对吧？”

尼玛顿珠就这样和两个将给他的命运带来某种改变的背包客认识了。他后来把他们全喝得躺到了桌子下面，尤其是那个叫沧海孤客的，尼玛顿珠为了刚才他那只搭在卓玛肩膀上的手，足足地灌了他差不多一斤白酒，最后他是被人背回房间的。而那些女孩子们则一会儿哭一会儿笑，啤酒瓶堆得像激战后的火炮阵地。他们来自尼玛顿珠从不知道，知道了也很难去得了的地方。但是他们却要去连地图上都不会标出的村庄和峡谷，雪山和湖泊。这一点倒很让尼玛顿珠自豪的，过去那些千百年来亘古不变、永远宁静的村庄，因为这些背着色彩鲜艳的背包的汉人出现，而显现出些许激动与期待来了。连农家里养的骡马，都识得这些打扮怪异的汉人了。

你们汉族人，这些年都活疯了。尼玛顿珠那个晚上曾经这样对酒吧里的背包客们说。

还是在三年以前，当第一个背包客闯进宁静的村庄里来时，村里人将他当成比乡长还大的干部。因为他说着和电视上的人儿一样好听的汉话，他在村里白吃白住了一个多星期，家家都在杀鸡宰羊，生怕自己错失了和这个汉人喝酒的荣幸。这个家伙走时哭得像死了爹娘，对着神山发誓说他一定会回来看望乡亲们，他会给他们写信，会把为村里人拍的照片寄回来，会让全世界的人都知道斯卡村的藏族人是如何的善良慷慨。村长七林农布——也就是尼玛顿珠的父亲——代表全村人郑重其事地拜托那个汉人，一定要把我们村小学校的事情告诉北京的领导，学生们都在危房里上课啊。可是，澜沧江水枯了肥，黄了绿，那个被托付予全村人重任的背包客却再没有了消息，像一只飞走了的鸟儿。只是到了不断有背背包的城里人前来时，村人才慢慢醒悟过来，原来他们不是上面派下来的干部，是来咱们村里看看冰川雪山的。当有些被藏族人的纯朴感动了的背包客走时把一些钱留给主人时，村人们才发现原来这也一桩生意啊。不就是自家的房子腾出来嘛，不就是自家养的鸡自家地里的菜自己茶桶里打的酥油茶拿出来卖给他们嘛。比他们出去帮人打石头、上山找虫草来钱容易多啦。过去村庄里的藏族人总是以对远方客人所表现出的慷慨大方而闻名，现在这个时代，慷慨也有价了。

第二天下午，尼玛顿珠把两个背包客带进自己的村庄，住在了家里。尼玛顿珠家有一幢两层楼的藏式碉楼，这两年进来的汉人背包客多了，村里脑子灵光的人家，纷纷腾出一两间房子来，以方便背包客们住宿。当然，是要收费的。而且，在周游四方的沧海孤客看来，价格还不低。

斯卡村隐匿在澜沧江峡谷深处，江水在这里舒缓地拐了一个湾，冲积出一片难得的坡地。夏季的河谷里，到处是一大团一大团的绿荫，那是藏族人家房前屋后的核桃树，它们与峡谷两岸荒凉的山冈、浑黄的澜沧江形成鲜明的对比。而卡瓦格博雪山高踞在峡谷上方的云层里，在峡谷里的藏族人心目中，卡瓦格博雪山就像父亲一样伟岸，是支撑他们生存下去的护法神。无论是地里生长的五谷，牧场上的牛羊，还是人们生老病死，都由卡瓦格博雪山掌握。尼玛顿珠对那两个背包客说："夏天一般在峡谷里看不到神山，云层压得太低了，要给它念经做法事，它才会出来……这个这个……接见我们。"

沧海孤客笑了："那它比大领导还难见到啦。"

"好多大领导来了，县长、乡长的最紧张啦。人家领导工作那么忙，来看我们的雪山，可是雪山不开，一点也不给大领导面子。我们就惨啦。"尼玛顿珠说。

"为什么呢？"沧海孤客问。

"上次来一个管教育的领导，说好要给我们村里的学校拨钱盖房子的。因为没看到雪山，领导不高兴，就不给我们钱盖学校了。"

"扯淡。"沧海孤客说。

尼玛顿珠迷惑地望着他。

"看见雪山跟他的工作有什么关系呢？"沧海孤客愤愤不平地说。

"看见了雪山的人有福气；看不见的人，心坏，还可能是贪官。现在哪个当官的不想自己福气好。我们村里这条刚修好的公路，就是一个领导看见雪山高兴了后，给钱修的。"尼玛顿珠小心地说。

两个背包客都哈哈大笑。沧海孤客说："要是我这回看见了雪山，也给你们钱修学校。"

尼玛顿珠当了真："要十万块钱哪！"他的话都在抖了。

沧海孤客满不在乎地说："嘁！十万块也算钱？"

"那我们这次到冰川上，能看见雪山吗？"沙漠玉兔问。

尼玛顿珠好像被沧海孤客说出的那十万块钱噎住了，有些话不着点地说："好人，有佛缘的好人，看得见，看得见的。"

沧海孤客满不在乎地说："我们不仅要看见雪山，还要征服雪山。把它踩在脚下。"

尼玛顿珠提醒他说："我们对神山从来不说这话的，它是我们的父亲。谁会把自己的父亲踩在脚下呢？我们到冰川上去，是去供奉雪山的。”

沙漠玉兔白了沧海孤客一眼：“哎，说话注意点啊。收起你那套汉族人的观点，大自然是不可征服的。”

尼玛顿珠指指头顶，很认真地说：“在神山面前，说话要小心哦，它会听见的。”

“嗬，雪山也会听见人说话？”沧海孤客不屑地说。

“当然会。”尼玛顿珠说，“半年前有个游客上雪山，在雪山下大喊大叫，下山时他就从马上摔下来啦，手摔断，照相机，摔破。我说给他，是神山在罚你。”

沧海孤客耸耸肩，不想再和尼玛顿珠说这些不着边际的话题——至少他认为尼玛顿珠说话总是天一句地一句的。他带着沙漠玉兔去村庄转悠去了，尼玛顿珠开始收拾客人晚上要住的房间。在为他们准备一个房间还是两个房间时，尼玛顿珠犯了难。他们是不是夫妻，尼玛顿珠到现在还没有搞清楚。好像是，又好像不是。那男的对女的倒是蛮殷勤的，处处像一个丈夫的模样。在来村庄的汽车上，尼玛顿珠看见女的靠在男的肩上睡得很香甜。过去有些背包客来到尼玛顿珠家时，有时也男女不分地混住一间，但那是好几个人在一起，出门在外嘛，大家也不怎么讲究。像这种一男一女来的，尼玛顿珠还是第一次碰到。

尼玛顿珠还是为客人收拾出来两间房间。不知为什么，他不喜欢那个男的，因为他对雪山不虔诚，还因为他有些有钱人的那种傲慢，更因为他在卓玛面前太放肆，要不是为了挣钱，他才不会带这种人上雪山呢。当然了，自从卓玛走出村庄去当导游后，这样的事情一定会碰到很多，尼玛顿珠感到卓玛离自己越来越远了。不过，现在尼玛顿珠心里又多了份期盼，要是沧海孤客看见雪山后真能兑现自己的诺言的话，他总算为村里做了件好事。但他情愿他们不是夫妻，他对那个叫兔子的女子感觉良好，她虽然长得并不十分漂亮，但她身上总会隐约飘来一股股香甜的气息。她让尼玛顿珠想起自己中学时的一个汉人年轻女老师，像一株在山谷里幽幽开放的兰花，很柔弱，散发着高贵的淡淡的馨香，一股稍大一点的山风就把它吹得无影无踪，但是偌大一条山谷，有了这默默的坚韧，山谷也不寂寞了。

晚上尼玛顿珠一家人为两个背包客杀了一只鸡，尼玛顿珠的父亲七林农布、大哥扎西轮番给他们敬酒。七林农布还拿出自己珍藏了六年的葡萄酒，并告诉客人说，澜沧江峡谷里的葡萄是最好的，他酿葡萄酒的技术又是村庄里最好的。你们今天喝到的葡萄酒，要县长来了我才拿出来给他喝，乡长都喝不到。尼玛顿珠已经告诉了阿爸，沧海孤客看见了雪山的话，就要为小学校捐款的事。因此在酒桌上，七林农布郑重地宣布："明天你们爬雪山去了后，我会去寺庙请贡噶活佛为你们念经的。一祝福你们平安吉祥，二祈求雪山好好地打开。贡噶活佛的经文很灵的，大领导来了，都是请他念经呢。"

这个充满希望的晚上大家又喝多了。七林农布先醉，然后是尼玛顿珠的大哥扎西，再才是沧海孤客和沙漠玉兔。藏族人总是这么厚道，先把自己灌醉，才能显示出热情。尼玛顿珠不算太醉，在他的喝酒经历中，就没有醉倒的回忆。他发现沧海孤客今晚喝酒比昨天狡猾多了，总是找很多的理由把碗里的美酒关在嘴巴外，可是他对美女似乎就不是这样了。尼玛顿珠看见他把沙漠玉兔扶上楼去，就赶忙上去给他们打开两个房间。尼玛顿珠发现那女的本想进另一个房间，但是男人用有力的臂膀搂住她，将她拥进了自己的屋子，然后他随手就把门关上了。

河谷里夏天的夜晚也比较闷热，尼玛顿珠还不想去睡，独自坐在院子里纳凉。天上的星星离尼玛顿珠很近，有流星从夜空中划过，似乎要直奔尼玛顿珠的脑门而来。尼玛顿珠还听见了星星被摔碎跌落的声音。那不是来自天空，而是来自楼上两个背包客的房间。女人的呻吟和男人的喘气声，隐匿在山村浓酽的黑暗里。

2 蚂蟥

从澜沧江河谷往山上爬，就像走在一条通往琼楼玉宇的台阶上。河谷底部的植被并不好，农人开垦的坡地像大山的补丁，东一团西一块，黄黄绿绿，树木都是一些低矮的次森林，稀稀拉拉的，似老男人秃顶的脑袋。天上太阳正毒，一丝风也没有，两个背包客走得汗流浃背、气喘吁吁。尼玛顿珠牵了一匹马，上面驮的是两个行囊和他们一路上的吃喝用品。这趟冰川雪山之行要走两天的时间，第一天他们要露宿在海拔三千八百米左右的冰川旁，第二天翻越雪山垭口到山那边。两个背包客从那边再搭车继续旅行，而尼玛顿珠原路返回。

山路渐次抬升，路两边的植被也逐渐丰满起来，空气越来越凉爽，人仿佛从炎热的夏季进入了秋天。立体的气候决定了立体的植被，更左右着人"立体"的情感。就像沙漠玉兔现在的心情，从两小时前的闷热难当到现在的心旷神怡，从离开家前的烦躁郁闷到背上行囊出门后的心胸开阔。这不是沙漠玉兔第一次当背包客，亏得生活中还能如此自由地进行角色转换，不然沙漠玉兔真不知道生活该怎么过下去了。因此。当尼玛顿珠问她，你们城里人干吗要来受这么大的罪，跑来我们藏区看冰川时，沙漠玉兔回答说：

“我们都是些吃饱了撑得慌的人。”

以尼玛顿珠有限的汉语能力，这句话让他想了半天，才问：“不消化？”

两个背包客哈哈大笑。沧海孤客抚着自己微微腆起的油肚说：“是啊是啊，都是不消化惹的祸。”

“冰川上融化的水治消化。”尼玛顿珠说。

“真的？”沧海孤客晃晃手中已经空了的矿泉水瓶，“我要满满灌它一瓶。”

“跟你开玩笑的，谁也不会去喝那水，很浑的，喝了还拉肚子。”尼玛顿珠说。

“怎么会呢？我的想象里冰川融化的水应该是冰莹清澈的。”沙漠玉兔说，“难道冰川也被污染了吗？”

尼玛顿珠说：“听老人们讲，过去冰川上下来的水是很清的，这些年就不行了。一些沙子啦小石头啦被风刮到冰川上，冰川就不干净了。”

“怎么搞的哦？”沧海孤客感叹道，“连冰川都被污染了，这么大一个国家，还有一块干净的地方不？”

“听说冰川这几年融化得很快？”沙漠玉兔问尼玛顿珠。

“我小时候上山来放牛，我们现在站的这个地方，都可以看见冰川，像人的舌头那样从森林中伸出来。”

“冰舌。”沧海孤客说。

“那我们快看见冰川了吗？”沙漠玉兔问。

尼玛顿珠看看路的前方，说：“还要走三个小时呢。”

“妈的，”沧海孤客嘀咕道，“看看大自然对我们的惩罚吧。你们藏族人在山坡脚下开地，到山上砍树，植被都被破坏了，冰川哪有不萎缩的？”

尼玛顿珠有些不自然地说：“树不是我们砍的。”

沧海孤客说：“你们村庄里盖的房子，梁用木头，墙用木头，地板也用木头，连瓦都用木板，这要耗费多少木料啊。更不用说你们的火塘，一天要烧多少柴火。嘿嘿，我估计啊，你们一个人一辈子至少要烧掉一座山的柴。”

沙漠玉兔忽然发现尼玛顿珠把手中的缰绳扔了，顺手从路边抓起了一块石头。他的眼睛再不温顺明亮，而是要喷出火花。

“尼玛顿珠，尼玛顿珠，你要干什么？沧海孤客，快别说了！”

"树不是我们砍的！"尼玛顿珠扬起了手中的石头，但终于没有向沧海孤客砸过去，他的眼睛里噙满了泪花。

沙漠玉兔站在两个男人中间，把沧海孤客挡在后面："讨厌，绕嘴饶舌的，就你懂环保！尼玛顿珠，对不起，树不是你们砍的。好吗？"

尼玛顿珠把手里的石头扔了："真的不是我们村的人砍的。这是神山，我们连捡柴火都不敢捡比胳膊还粗的。在这山上砍树，神灵会惩罚我们的。你们不明白。"

沧海孤客躲过一劫，嘴里还不服输："不是你们砍的，那是谁砍的呢？"

"我小时候，峡谷里就有一个森工局，他们是从东北那边过来的，在这里砍树砍了二十多年。前些年他们才搬走。"

沙漠玉兔狠狠盯了沧海孤客一眼："明白了吧，是和你我一样的人砍的。二十多年啊！"

沧海孤客有些惭愧，用登山鞋猛踢了路边的一块石头："这狗日的森工局！到哪里去砍树不好，偏要到人家的神山上来砍树。尼玛顿珠兄弟，对不起。"

尼玛顿珠情绪缓和下来了，说："大哥，那时是'文革'时期，神山啥的村里人不敢提的，说是迷信。那时连给神山烧炷香都不允许呢。"

沙漠玉兔看看周围的松树林：“这些都是砍伐过后新栽的树吗？”

尼玛顿珠说：“是政府派来的飞机栽的。树种撒得满山遍坡都是，几年以后山就变绿了。现在不但不准砍树，还要退耕还林呢，山坡下的地都不准种了。”

“总算有人做点积德的事。”沧海孤客说。

正说着一阵云雾像炊烟一样飘来，雨说来就来了。两个背包客都穿着防水衣裤，倒不怕这场雨。他们看见尼玛顿珠翻出一块塑料布来，不知他怎么一挽，就做成一件临时雨披，顶在头上。尼玛顿珠说：“糟糕了。我们赶快走，蚂蟥要出来了。”

尼玛顿珠从自己的行囊中拿出一包盐来，要大家抹在鞋帮鞋口，说是可以防蚂蟥爬上来。两个背包客那时还不知道蚂蟥的厉害，胡乱在脚上抹了几把。尼玛顿珠告诉他们：“我叫你们快快地跑的时候，一定要赶紧跑哦。”

雨越下越大，山林里充斥着溪流的喧哗，仿佛有千百条在同时轰鸣。要是在晴天，这种大自然的天籁声音是两个背包客想求也求不来的，可是现在他们的心思却被对蚂蟥的恐惧所占据。尼玛顿珠走在前面，一遇到灌木丛生的地方，就大喊：“快跑啊，步子动快点。快走啊快走！”

本来就是上山路，海拔也越来越高，就是平常走都要一步一喘呢。两个人被催赶得上气不接下气。尤其是沙漠玉兔，蚂蟥是什么样子她还不知道。尼玛顿珠告诉她说像蚯蚓，沙漠玉兔长这么大，蚯蚓都没有摸过。像许多女孩子一样，爬行类软体小动物总会让她们的骨头发软。可是现在她的双腿不是被蚂蟥吓软了，而是实在走不动啦。双脚一吃不上劲，人就刺溜一下滑了出去。好在一棵大树刚好挡住了她，不然她真的会像兔子一样滚下山谷里去了。

“尼玛顿珠——”她大喊道。

冲在前面的尼玛顿珠反身回来，脚下的泥水踩得“吧唧吧唧”乱响。“别靠在树上。”尼玛顿珠冲她喊。

“我……我实在走不动了。歇会儿吧。”

“坚持一下。走。”

“下这么大的雨。我们把帐篷支起来躲一会儿雨吧？”

尼玛顿珠说：“哪儿有支帐篷的地方呢？”

沙漠玉兔这才发现狭窄的山道上人立足都很困难，一面是深谷，一面是看不见顶的大山，这个想法真是荒唐透顶。一到了山上，她发现自己的智商几近于零。

“起来走。”尼玛顿珠说。

“我不。”女孩子的任性劲儿上来了，“我要坐在这里等雨停。”

“树下的蚂蟥特别多。”尼玛顿珠实在不愿意说这话，但他不得不说了。

“哪儿呀？”沙漠玉兔就像屁股被蜇了一般跳起来，嘴唇直哆嗦。

尼玛顿珠把她拉到路中间：“看看你的脚、裤腿上。不要动啊！”

“妈妈呀——”沙漠玉兔终于知道蚂蟥为何物了，它们只有火柴棍那么大小。在她的登山鞋鞋面上爬了四五条蚂蟥，裤腿上的都爬到膝盖处了。

尼玛顿珠从怀里掏出盐巴来，一把盐撒上去，蚂蟥们曲蜷着柔软的身躯纷纷往下掉。尼玛顿珠说：“撩开裤脚来，看钻进去没有？”

幸好，蚂蟥还没有钻进去。沧海孤客也赶回来了，手里捏着把瑞士军用小刀，咋呼呼地问：“哪儿，哪儿有蚂蟥？我这儿有刀。”

尼玛顿珠说：“你们看看那些草上、树叶上的蚂蟥，在欢迎你们呢。”

这下两个人才真切地看清了这山上蚂蟥的厉害。它们一条条依附在路边的灌木上，小小的头像进攻的蛇那样昂起来，似乎要合力吸干所有过路者的鲜血。刚才沙漠玉兔依靠的树干上，也爬满了蚂蟥。尼玛顿珠说："你动作慢了，它们就粘在你身上了。所以我们要步子加快。"

"这么小的东西，"沧海孤客轻蔑地说，"看我如何斩杀它们。"他用手中锋利的瑞士军刀去戳那些蚂蟥，可是他要么很难戳准，要么即便将蚂蟥切成了几截，那些家伙竟然不死，仍在四处乱爬。

"你杀不死它们的，它们有九条命。"尼玛顿珠对沙漠玉兔说，"现在你看看自己的手袖口、衣领处，还有腰间，会露在外面的地方，都看看。蚂蟥会到处乱钻的，它叮你的时候半个身子会钻到你肉里去，但你不感到痛也不会觉得痒。它吃饱了自己就掉下来了，只是它叮过的地方要流血。"

沙漠玉兔脸色有些苍白，不知是吓的还是累的，一只手禁不住死死抓住了沧海孤客的胳膊。沧海孤客安慰她道："中国人死都不怕，还怕蚂蟥了？没关系的啦。"

尼玛顿珠还是有些不放心，他问沙漠玉兔："有没有感觉到身上有汗水一样的东西在淌？"

这风雨如注的森林里，天在下雨，树也在下雨，路边的小溪流也飞起来高出人的头顶，人就像在雨幕里穿行。大家都浑身透湿，两个背包客即便都穿的是名牌防水衣裤，但也挡不住绵密的雨水从领口、袖口往里面浸透。听尼玛顿珠这么一说，身上好像到处都湿乎乎的像血在淌呢。

因此沧海孤客有些不高兴地说：“别吓唬兔子了。谁他妈现在身上还有一小块干地儿？”

沙漠玉兔犹犹豫豫地将手伸到身上到处摸，从脖子到手腕脚腕，再到腰间，忽然她“妈妈呀——”一声尖叫。她看见自己刚从腰间拿回来的手掌上一手的鲜血。

“哇……”沙漠玉兔大哭起来。

尼玛顿珠眉头皱起来了，蚂蟥爬她腰上去了。她又是那么娇弱的一个女孩儿，这个事情现在有点不好弄。

沙漠玉兔机械地用手不断去摸腰间，一摸一把血，再摸再一把血。“我的血要流干了！你们救救我啊……”她哭泣着惊恐地喊。

“沧海大哥，快点一支烟。”尼玛顿珠回头说。但他发现那个一向满不在乎的家伙竟然坐在泥水里浑身颤抖。原来他有晕血的毛病，看见沙漠玉兔手上的血，竟然感到天旋地转，人一下瘫在了地上。

尼玛顿珠只得自己摸出烟来点上，——在风雨如磐的时刻要点一支烟有多难啊，但是尼玛顿珠做到了。他猛吸几口烟，似乎下了很大的决心，对沙漠玉兔说：

“转过身去，把衣服撩起来！”

“不要……”沧海孤客坐在泥地里痛苦而软弱地说。

“我要给她止血。”尼玛顿珠对他说。

沙漠玉兔明白了，她鄙夷地看了沧海孤客一眼，转身过去伏在了树上。

尼玛顿珠只感到眼前一片白光，他从来没有见过这么白色娇嫩的肉体。但是这片白色现在正被一条条的鲜血涂鸦。尼玛顿珠的手有些颤抖，他把烟灰抖在蚂蟥叮咬的地方，那里就像一个小小的血泉，尼玛顿珠的烟灰洇上去后，血很快就止住了。

一条足有人的小指头粗的蚂蟥，胖乎乎地蜷缩在她腰际内裤处。尼玛顿珠看到了那腰间的优美曲线，也看到了那令人晕眩的粉色内裤。他迅速将那蚂蟥捉了，远远地扔了出去。

这时他发现另外一个麻烦，令他犹豫不决。不是因为害怕，而是他的手不敢摸向那个地方。

“还有一条蚂蟥。”尼玛顿珠说。

“在……在哪儿啊？”沙漠玉兔颤声说。

“在……在你的……你的腰上，”尼玛顿珠不自然地说。

“快拍死它啊尼玛顿珠！求求你了！”沙漠玉兔几乎用哭声喊。

这条蚂蟥刚好叮在腰的下部曲线起伏处，半个身子已经叮进那白嫩的肉里去了，现在唯一的办法就是在蚂蟥叮的周围皮肤上使劲拍打，将它拍打出来，你如果拔它，将它扯断了不说，它的前半截身子还留在肉里，那就更麻烦了。尼玛顿珠想，这个活儿本不该我来干啊。

尼玛顿珠说："沧海……大哥，你来吧。"

"干什么？"

"帮她把蚂蟥从……从肉里拍打出来。"

"我……我我，尼玛兄弟，还是还是，还是你来吧。"沧海孤客哆嗦着说。

"兔子，你不要，不要怪我啊。"

沙漠玉兔噙着眼泪说："你打吧。"

尼玛顿珠狠了狠心，开始在蚂蟥叮的周围使劲拍打，"啪啪啪啪"的声音像在抽人的耳光。沙漠玉兔忽然想起自己小时候调皮，被父亲按在凳子上打屁股，那狼狈相大约就是现在这个样子吧？一会儿工夫，就听得尼玛顿珠说："这下好了，没事啦。"

沙漠玉兔还在抽泣，沧海孤客也还瘫坐在泥地里将脸扭向一边。不知是不愿意看见鲜血，还是没脸见沙漠玉兔。尼玛顿珠对他说："起来，我们赶快离开这里。"

这下不需要尼玛顿珠再催促他们了，两个背包客在险峻的山道上玩开了夺命狂奔。到沧海孤客回到城里的时候，他会时常向身边的朋友们谈起自己当时在蚂蟥区是如何英勇地闯过，可是他却只字不提自己曾经被一个女孩子腰上的血吓软了双腿。从藏区回到城市，他已然成为了英雄；而在雪山上，他的表现大概连他自己都会害羞。

3　冰川

傍晚的时候，他们终于来到一片高山草甸。在崇山峻岭之中，这片足有两个足球场大的草甸真是大自然的杰作。此刻雨过天晴，草甸上鲜花盛开，像一块巨大的彩色地毯；四周的森林被大雨清洗一新，愈发郁郁苍苍，远处的卡瓦格博雪山在夕阳下一片金黄，仿佛在燃烧，一线白云缠绕在雪山的半山腰，好似它轻曼舞动的衣裙。沧海孤客一看见金色的雪山就双腿跪下了，沙漠玉兔则匍匐在地，嘴里哽咽着说些自己都不明白的疯话儿。尼玛顿珠忙着给马卸下行装，在他跟背包客们当向导的经历中，没有哪个背包客走到这里不激动得忘乎所以的。这个时候你就是用鞭子抽打他们，也不能让他们平静片刻。

“我们今晚就住在这儿啦！”他对他们说。

“天啊，尼玛顿珠，你太伟大啦。”沙漠玉兔用手拍打着草地喊，“我就是浑身爬满了蚂蟥，来到这天堂一样的地方也值啦！”

“值，真他妈的值。”沧海孤客还跪在地上喃喃地说。

“你们要不要去看冰川呀？”尼玛顿珠问。

“冰川，在哪里？”

尼玛顿珠手往草甸的左侧一指说：“那边的山坡下。我们现在已经爬到冰川侧面来了。”

十分钟以后，他们来到了冰川的旁边。如果说远处的雪山让人激动狂喊的话，宁静的冰川则让所有第一眼看见它的人肃穆庄严。冰川从雪山上沿着一条“U”形山谷浩荡铺排下来，像一条凝固了的江河，一些地段簇簇冰峰拔地而起，似倚天宝剑；一些地方巨大的冰缝深不可测，仿佛地狱之门。冰川的表面布满灰褐色的沙砾，远远望去整条冰川黑黑白白，与想象中的洁白、圣洁、晶莹剔透相去甚远。可是在冰川断裂后形成的层层冰壁，却发出蓝幽幽的光芒。那是冰川未经尘世污染的玉体，那是世界上最不能用语言形容的冰蓝！天空中的蓝，海洋深处的蓝，大地上鸢尾花的蓝，蓝宝石的蓝，所有的蓝加起来，都不足以和冰川的蓝相媲美。

“我的天啦……”沧海孤客久久合不拢嘴。

沙漠玉兔连感叹都忘了，只是呆站在冰川前默默地流泪。

很久以后他们才拿出相机，就像扫射一般对着蓝色的冰川一通猛拍。沙漠玉兔边拍边问：“尼玛顿珠大哥，你上去过冰川吗？”自从蚂蟥那事以后，她现在叫尼玛顿珠大哥了。

“有时我的牛跑到山谷那边去了，我就只得从冰川上过去找。”

沧海孤客说：“我要到冰川上去拍照。”

“我也去。”沙漠玉兔说。

“你们不能去，很危险的。看见那些大冰缝了吧，掉下去可不得了。”尼玛顿珠说。

“有人掉下去过吗？”沙漠玉兔问。

“卓玛的牛掉下去过，下去后一点声音都没有，就像被魔鬼一口吞吃了。”

“哪个卓玛？”沧海孤客问。

“就是带你们来的那个导游啊。我们从小就在这片草甸放牛。”

“她是你女朋友吗？”沙漠玉兔好奇地问，女人总是很敏感的。

尼玛顿珠的嘴一咧："过去是，现在，不知道。"

"为什么？"

尼玛顿珠显然很难向一个外人说清这样的问题。他对沧海孤客说："你们不知道冰川的习性，最好不要上去。"

沧海孤客往冰川上仔细看了一遍："冰川会有什么习性呢？它在这里已经沉睡了千万年。喏，那一片冰面紧挨着山谷，还比较平坦。我们就去那上面。"

尼玛顿珠说："我每次上冰川，都要给神山念经，求它原谅我。"

"为什么呢？"沙漠玉兔说。

"冰川是雪山的女儿，人上去，会冒犯她的。"尼玛顿珠诚恳地说。

"哦。"沙漠玉兔心里陡生敬畏之情。

"冒犯，哼！"沧海孤客说，"还有比砍神山的森林更冒犯的事情吗？神山怎么没有惩罚他们。"

"惩罚了，只是你没有看见。"尼玛顿珠说，"我要去烧火做晚饭了。你们千万不要上去啊。神山看得见的。"

尼玛顿珠去露营地了。他以为一句神山看得见，就可以阻挡这两个没有信仰的汉人去冒犯冰川的宁静。沧海孤客才不会相信那一套呢，他跟沙漠玉兔说：“新疆的博格达冰川我也爬过，没有什么的。我们走。”

沙漠玉兔有些犹豫：“可那是新疆的冰川，这里是藏区。”

“嗐，都是冰川，有什么区别。”沧海孤客把沙漠玉兔搂过来，在她的脸上亲了一下。她不知为什么受不了他的温情——尤其是在这样一个特殊的地方，女人的心总是那样脆弱而多情。她把自己的嘴迎了上去。

“尼玛顿珠说，很危险的。”她在他怀里说。

“你别老听那个家伙的，神神道道的。刚才……刚才他的手拍打你的屁股了。”自从蚂蟥事件后，沧海孤客心里已经堵了半天了。

“你……”沙漠玉兔恼了，举起了手里的一截棍子。

“走吧，走吧。算我没说。你不去的话，我就下去啰？”

沧海孤客真的往下走了，沙漠玉兔终于按捺不住自己那颗跃跃欲试的心，也跟了去。那时，她也忘记了神山在注视着他们。

他们来到了冰面上，由于上面铺着一层沙砾，因此并不滑。两个人开始还试探着挪动脚步，慢慢地感觉越来越安全，越来越好，那是一个全新的世界，跟以往的所有经验全然不同。如果你不看冰川两边的山谷和远处的雪山，你会以为自己来到了月球或某个不知名的星球上。对于每一个背包客来说，去到人所不能去的地方，就是他们最大的荣耀。如果有一天他们可以背上背包上月球，谁能保证第一批背包客的名单中没有沧海孤客和沙漠玉兔呢？他们就是在这种不知不觉的兴奋与豪迈中，往冰川的纵深处走去。沧海孤客甚至说："要是带了溜冰鞋来，我们还可以在上面溜冰呢。"

他们目前站的地方，虽然相对平缓，但还是一个斜面。沙漠玉兔已经可以看见下方大约一百米处有一条巨大的冰缝。不知咋的她想起了美国影片《垂直极限》，那个女主角和她的老板跌落在冰缝里，一支塞米松注射液成为人的品格在生死之间的试金石。沙漠玉兔忽然感到不寒而栗，我们不会掉进冰缝里去吧？

"沧海大哥，算了吧。别冒险了。"

"怎么啦？我们出来是为了什么？前面的冰面很白，有一堵蓝色的冰墙，你看见了吗？太漂亮了，我们过去！我要给你在蓝色冰墙前照张相。"

沙漠玉兔当然看见了那堵蓝色的冰墙，像一块高贵晶莹的蓝宝石，泛着令人心醉的光芒。这个世界上谁能拥有这么巨大的蓝宝石啊？谁也不可能拥有，能站在它的面前照张相的人，就是世上最幸福的人了。那时她还不明白，这蓝色的冰川其实是一面可以映照人灵魂的镜子，高尚与卑琐，真情与虚伪，它都可以映照出来。

“我怕滑倒。”沙漠玉兔说。

“看看我带来了什么？”沧海孤客不愧是老背包客，他从腰间抽出一捆专业登山绳来，“我们互相系在腰上，就像那些登山者一样，这样就安全了。”

沙漠玉兔有些感激地望着沧海孤客：“你可想得真周到。”

“咱是老手了嘛。”他自豪地说，麻利地将绳子系上腰间，又帮沙漠玉兔系好。“走哩，注意脚下啊，和我保持距离。”

冰川的表面远远望去似乎很平坦，真正到了面前，他们才发现在冰川上行走跟走在鸡蛋上面的一块薄木板上差不多，你不知道什么时候就把木板下的鸡蛋踩碎了。它不仅坑洼不平，而且随着人的脚踩上去，不断发出些“咔嚓”“咔嚓”的脆响，在寂静了千万年的冰川上，这声音在风声中听来特别刺耳，令人毛骨悚然。而穿越冰面的风似乎也带着冰的森森寒气，刮在脸上生疼生疼的。他们就像眨眼就来到了寒宫，周围一点生命的迹象也没有，冰川上面突兀的冰峰现在看来近在咫尺，就像悬在头上的一把把利剑，随时都可能劈下来。人太渺小了。

沙漠玉兔感到自己毛发竖立，她柔弱的生命已经承受不起冰川上的一阵寒风了。“沧海大哥，我们回去吧。我不行了。”

沧海孤客回过头：“快到啦，顶多还有50米。”

前面的冰面有一小片凹下去了，他们必须先下到凹处，再爬上去。这片凹下去的地方如果是在地上，人几乎可以忽略它。而在冰面上，上坡下坡可不是一件闹着玩儿的事情。

沧海孤客手脚并用地先爬了下去，沙漠玉兔本来不想去的，可是现在两个人绳子拴在一起了。生死都在一起。她忽然心中有了这个令人感动的想法。这个世界上，还能找到这样的人儿吗？她看着沧海孤客宽阔高大的背影想。

沙漠玉兔试探着也下去了，在往坡上爬的时候，沧海孤客已经爬到了坡顶，她刚升起信心，却禁不住忘了小心，脚下忽然就“刺溜”一滑……

“妈妈呀——”

沙漠玉兔向冰坡下滑下去，一小团冰碴被她的双脚登起来，腾起的冰雾霎时笼罩了她。

“稳住啊！”沧海孤客在上面喊，同时抓紧了绳子。但是他惊恐地发现，自己也被带倒了，并且，也在往下滑溜，还越滑越快。

他们忘记了，整条冰川就是一个大斜面，或者说，是一个巨大的冰滑梯。滑倒了就只有当自由滑落体啦。

宁静的冰面上顿时尖叫声一片，沧海孤客死死拉紧绳子，可他自己就是一个下滑者，拉紧绳子又有什么用呢？他知道这个时候应该用冰镐，可是他没有带。他猛然想起身上的瑞士小刀，也许它还能帮点忙。他急忙掏出小刀，弹开刀锋，用小刀去抓冰面。

小刀猛地戳进冰面，沧海孤客止住了下滑。他刚松一口气，又被下面的沙漠玉兔带着往下滑。他明白了，一把小刀救不了两个人的命。

这时他们已经离下面的冰缝不远了，大家都知道掉下去意味着什么。

沧海孤客当然也看过《垂直极限》，他也记得片中的主人翁在关键时刻，如何用身上的小刀救了两个年轻人的命，又了结了自己与仇人一生的恩怨。

但现在，他只想救自己的命。

沙漠玉兔也看见那代表着地狱之门的巨大冰缝了——它怎么有那么大的口啊！她现在已经不尖叫，不是叫不出来，而是叫了也没有用啦。她寄希望于沧海孤客能止住下滑，用那救命的绳子拉她上去。但是她看到了世界上最不愿意看到的一幕……这一幕在电影里是那样的美，那样的崇高悲壮。而在她的世界里，却这样的丑陋。那是魔鬼才会干的事情啊！

现在她一个人往下滑去。如果说刚才他们是在疾走奔向死亡的话，现在她一个人则是在小跑了。

神山的惩罚来了。沙漠玉兔在心里说。

但是神山的拯救来得也很快。沙漠玉兔只感到一个身影从斜刺里冲出来，飞速地出现在冰川上，一团腾起的冰雾挟带着风声升起在她的下方。她重重地撞击在这团冰雾上。而冰雾是实实在在的，原来是赶来的尼玛顿珠。谁也不知道他怎么回来的，又是用怎样的力量和勇气把沙漠玉兔挡在死亡的门槛边。

4 高山牧场

尼玛顿珠过去放牧的牛棚今天显得很拥挤。澜沧江峡谷由于切割纵深，平地稀少，村庄里藏族人家的牧场一般都在雪山下这些大大小小的草甸上。春天以后人们把牛羊赶上来，秋天再赶回去，这就是所谓的夏季高山牧场。人们在牧场上一待就是五六个月，吃住都靠自己打理。牧场上一般都搭建得有牧人的临时住所，那是用石头简单垒起来的一间间小屋，顶上用塑料布覆盖，四面都漏风。不过屋子里有温暖的火塘，所有的寒冷都被火塘的热量驱赶到屋子以外。

尼玛顿珠在冰川上用一把砍柴刀顶住冰面，挡住了沙漠玉兔的下滑。但刀尖滑了一下，扎破了他的脚肚，那是一条长约十厘米、深有两厘米的划伤。尼玛顿珠当时感到一阵钻心窝子的痛，但他咬牙挺住了。鲜血洇红了冰面，可在那危急时刻，谁也没有注意。等大家都回到牛棚里时，沙漠玉兔才发现尼玛顿珠的一只脚踩在血水里。

沙漠玉兔说只带有创可贴，而沧海孤客除了治高山反应和一些感冒拉肚子的药外，没有治愈创伤的药。他们怎么会料到会有今天的这一幕呢？在雪山上，他们所有的经验都不抵用了。创可贴显然不够包扎伤口，尼玛顿珠说草甸上有一种草可以止血愈合伤口，他一瘸一瘸地出去，一会儿工夫手里就捏着一把草回来，放进嘴里嚼烂后，自己敷在伤口上。沙漠玉兔撕了自己的一块头巾，帮尼玛顿珠包扎上。

看得出尼玛顿珠还在生两个不知天高地厚的背包客的气，沙漠玉兔当然也不会再理沧海孤客，也许他们的关系将就此打住了。这个小小的旅行团便陷入某种尴尬和难堪。只有沧海孤客此时似乎是为了弥补什么，一个人在牛棚里外忙里忙外地张罗。到处去找柴火，自己在外面的草地上搭帐篷。他们上雪山前，自信地只带了一顶帐篷，“混帐”嘛，超级驴友中哪个没有这样浪漫的经历？现在沧海孤客没有把握晚上沙漠玉兔还会不会跟他钻进同一片小天地。牛棚里小得只能睡下一个人，那么，今晚她会宿营在哪里呢？不过，他还是心存希望地将她的睡袋丢在了帐篷内。他想：如果沙漠玉兔不愿意与他同一顶帐篷的话，他就自己裹了睡袋睡到野外去。

尼玛顿珠虽然行动不便了，但是牛棚里一切事情还是得由他来做。酥油茶必须他来打，带来的腌肉要他来切，米饭也得他来焖。他如果不干这些事情，那两个人就只有干坐着饿肚子。城里人来到这高山牧场上，做一切都显得笨手笨脚，就是连烧火都不会。沧海孤客开初以为烧火是最简单的事情，结果牛棚里被他搞得烟雾弥漫，沙漠玉兔从冰川上回来后就一直在抹眼泪，现在更是泪水涟涟。尼玛顿珠强撑起来，将火塘里的柴重新架了一遍，一会儿工夫，火就越烧越旺了。也许是刚才失血太多，尼玛顿珠的脸色很灰暗，让沙漠玉兔看着都心疼。

吃晚饭时，牛棚里依然显得很沉闷。尼玛顿珠变戏法似的拿出一瓶青稞酒来，给沧海孤客倒一碗，也给自己倒了一碗。这时沙漠玉兔将手伸过来说：“我也要一碗。”

一碗酒下去，被压抑的话便开始自如地滚落出来了。沧海孤客双手把酒碗举起来："尼玛顿珠兄弟，对不起，添麻烦了！"

尼玛顿珠也把酒碗端起来，没有对着沧海孤客，而是向着雪山方向。"让我们先跟神山说对不起吧，它惩罚我们了。"

两个背包客都怔住了，呆了片刻，仿佛明白了什么，也把碗里的酒献给了雪山。

尼玛顿珠急速地念了一通祈颂神山护佑的经文，然后用食指蘸了点酒，弹向天空，又弹还给大地，再自己一口干了。

两个背包客心中陡然升起一种敬畏之情，这是他们上雪山以来第一次有了这种在平常的生活中很少有的情感。雪山无处不在的神力充盈了他们的心灵，就像溪流充盈了山谷，山谷从此也就有了灵性；雪山有了人不可知的神力，它就不再是一座自然的雪山，而是神灵的雪山了。

酒足饭饱，两个背包客都显得有些多了。沙漠玉兔先出来，沧海孤客紧跟着也来到外面。此刻天已黑尽，但外面风清月朗，万籁俱寂。高远的雪山在月光里泛着青色的光芒，天空中的深蓝即便在黑夜里也让人看得见，仿佛被月光照亮了。沙漠玉兔径直走向帐篷，把自己的睡袋拿了出来。

"你……你要去哪里？"沧海孤客跟在后面问。

她没有理他，只给他一个冷漠的背影。

“兔子，兔子，听我说，我……我想向你解释……冰川上的事……”

沙漠玉兔转过身去，狠狠给了沧海孤客一个耳光。

“魔鬼！”她恨恨地说。

“再来一下。”沧海孤客一动不动地说。

沙漠玉兔再次扬起手，自己的眼泪先出来了。她只好挥泪而去。

“兔子，你睡帐篷吧。我睡在外面，好吗？”沧海孤客冲她的背影喊。

沙漠玉兔已经进了牛棚，门口有一块拦牲畜的一米左右高的木板，她将木板横过来，明白地告诉那个失败的解释者，一切都晚了。

尼玛顿珠问沙漠玉兔：“你要干什么？”

沙漠玉兔说：“尼玛顿珠大哥，今晚我要在这儿照顾你。”她说完一屁股坐在火塘边，那意思是再不想离开了。

尼玛顿珠说：“我没有事。你……你还是回你……男人那里去吧。”

沙漠玉兔认真地说：“尼玛顿珠，他不是我男人，记住了。我们只是驴友而已。”

“驴友？”尼玛顿珠一头雾水。

“驴友就是旅途上结识的朋友。我在网上发了个帖子，问谁要去看冰川，他就跟帖来了。我认识他的时间只比你早两个小时而已。”

尼玛顿珠还是有些听不懂，但他知道了他们下午才认识，晚上就睡到了一块。现在他真不明白这些汉人的玩法了。

“那他是干什么的，你知道吗？”尼玛顿珠忽然对他们两个有了强烈的好奇心。

“不知道。好像是做电脑生意的吧。”

“你呢，你在城里做什么？”

“目前，我什么都不做。尼玛顿珠，我们城里人，活得都很孤独的，比你一个人在这雪山下的牛棚里还孤独。孤独让我们互相不关心别人，甚至漠视别人的生命。今天的事儿你也看到了，这就是城里人的悲哀。”

“你们……干吗要去招惹神山呢？”

“尼玛大哥，对不起，我们不知道。”她想想又说，“我们没有信仰。”

“那，你们相信什么？”

“我们什么都不相信。活得很悲哀，是吧？”

尼玛顿珠为沙漠玉兔重新倒了一碗酥油茶：“原来我还以为，你们城里人，个个都活得很幸福。住在城市里，有很多的钱，有书读，有工作。”

“唉。”沙漠玉兔轻轻叹了一口气，“尼玛大哥，你上过学吗？”

“初中还没有毕业，家里人手不够，我就回来干活了。”

沙漠玉兔又轻叹一口气：“要是你能读书出来，该多好啊。”

尼玛顿珠忽然显得有些烦躁：“我怎么不想读书？可是家里的牛要放，地里的活要干，学校又那么远。你们根本不了解我们藏族人，你还是睡帐篷里去吧。这牛棚脏得很，乱得很。”

“我不怕。”

“那……那你就睡这木板床上吧。”

“你睡哪儿呢？”

“我睡地上。”

沙漠玉兔发现，狭小的牛棚里真的只够一个人睡，只有靠近门口那边还有一小块空地。这牛棚本来就只是放牧者一个人的家啊。

“我们挤在一起睡，暖和。”沙漠玉兔说着便动手去收拾那块权当放牧者床的木板。那木板上只有一块陈旧破烂的毯子，已看不出原来是什么颜色，一股浓烈的酥油味和汗味、牲畜味扑鼻而来。要是在今晚以前，沙漠玉兔这样爱洁净的女孩儿看一眼都会皱鼻头呢。

“我……我还是睡地上吧。”尼玛顿珠说着便去门口那儿腾地方，然后把他挡雨的那块塑料布铺了上去。

“哎呀，尼玛顿珠大哥，地上潮呢。你……你就不能陪陪我吗？”沙漠玉兔拦住了尼玛顿珠，把他拉到木板床上坐下。

打开睡袋，沙漠玉兔发现尼玛顿珠没有盖的被子。大概被她用来垫在木板上的那块破毯子就是尼玛顿珠的被盖了。沙漠玉兔的鼻子有些发酸，一个高山牧场上的放牧人过的日子，我们城里人永远不可能想象。她犹豫了几秒钟，然后毅然将睡袋的拉链全拉开，将睡袋改作两人的盖被。

沙漠玉兔真累了——今天谁不累啊，身体累，心更累。她躺下去后就再不想爬起来。尼玛顿珠坐在木板床的边沿，面向火塘抽烟。那与其说是坐，不如说是蹲、是靠，似乎他只要一坐上木板床，雪山上就会发生雪崩了。

“尼玛顿珠大哥，躺下来吧？”

“我就坐这里。”

沙漠玉兔爬起来，伏在尼玛顿珠的背上，嘴凑近他的耳根说：“你也累了，还受了伤。躺下，啊？听话。”

在尼玛顿珠的人生中，还从来没有女性如此近距离地跟他这样说话。他的耳朵里一片轰鸣，心也翻腾如澜沧江，而骨头却酥软了下去。他只有躺下去了。

木板床于两个人来说，实在太狭小，他们不得不紧紧地挤挨在一起。但这样真暖和。虽然是夏季，但高山牧场上的夜晚还是很凉的。很长一段时间里，牛棚里寂静无声。两个人似乎都在静心倾听外面的松涛声，野兽的啼鸣声，火塘里柴火燃烧的爆裂声，以及大家看似平静实则波浪翻滚的心跳声。

冰川那边忽然传来“嘎巴——”一声脆响，像是一块钢板被猛然折断，余音在山谷里似一支穿越重重黑暗的利箭，刺人耳膜。沙漠玉兔问：“是什么声音？”

“冰崩了。”

“冰崩？像雪崩一样吗？”

“是的。你们看见的那些裂缝，那些蓝色的冰壁，都是冰崩造成的。下面的冰川融化得太快，上面的就崩塌下来了。”

“不是好事情啊。”

“我们村里的老人说，听见冰崩不吉祥。”

“跟我们今天在冰川上走有关系吗？”沙漠玉兔忽然想起自己的双脚踩在脆弱的冰川上时，冰面“嘎吱嘎吱”脆响的情景。

“没有万不得已的事情，我们一般不上冰川的。”

沙漠玉兔心里懊悔不已，眼泪又漫上了眼帘。“对不起，尼玛顿珠大哥。”

她禁不住就侧过身去，一看见尼玛顿珠在火塘的火光映照下古铜色的脸，以及像豹子一样有力的双眼，沙漠玉兔的心就充满了柔情。她感到自己被彻底征服了，就像第一眼看见雪山、看见冰川那般，她要将自己融于其中；也像她下午被巨大的冰缝吸引着滑落下去那样，她的情感一会儿在升华，一会儿又在跌落，她颤抖的身体需要一座大山来依靠，她跌落的灵魂需要一个神灵来拯救。

尼玛顿珠下意识地想往外挪，但是哪里还有地方呢。他也呼吸急促起来，沙漠玉兔伏在那像大山一样结实的身体上，嘴唇就像被一股强大的吸力吸引住了那样，跌进了一个康巴男人爱的旋涡。

外面草地上的帐篷里，沧海孤客久久不能入眠。生活在今天发生了一次巨大的错误，但他认为这并不完全是他的错。在至高无上的生命面前，保护自己的生命和尊重别人的生命一样重要。在寻常的生活中，这个问题几乎无须考虑，你过好自己的日子，不去侵犯别人的利益，就是对己、对他人生命的一种尊重；而到了生死攸关的关键时刻，道德和良知，卑琐和怯弱，就被推上审判台接受审判。如果他要选择崇高，当英雄，那他会把挽救别人的生命摆在第一位。可是现在已经不是一个英雄主义的时代了，聪明人都赞同这一点。沧海孤客绝不笨，作为一个事业有成的商人，他的选择总是合理的，有利的，经得起物质世界利益考验的。至于人性中的怯弱，谁能保证自己永远都坚强呢？谁又能永远都高尚呢？

作为一个背包客，他出来只是为寻开心、来放松自己的，并不是来当英雄的。因此，没有谁有权利要求他为别人做出无谓的牺牲——那绝对是无谓的，不割断绳子两个人都得死。要命的是尼玛顿珠出现了，这个愣头愣脑的藏族人将他推上了道德法庭，让他终生都要接受沙漠玉兔审视的目光。本来，他们只是驴友，按沧海孤客的说法，这种关系不仅是萍水相逢的路人，也可以是脱了衣服上床，掀开被子下床，相忘于江湖，各走各的路。背包一族中的很多人都赞赏这样的人生态度。英雄不问出处，情感不问缘由。既然出了门，那就把世俗生活中的所有枷锁都砸碎、都抛弃。

可是现在，他感到自己被一道目光的枷锁缠绕死了。那是让他永无宁日、良心时常被拷问的目光。

草甸上宁静得都听得见天上星星移动的脚步，听得见月光抚摸大地的吟唱。尼玛顿珠的牛棚里一个男人和一个女人，孤男寡女的，能做什么呢？

沧海孤客脆弱而痛苦的心，竟一时难以承受……

5 雪山

半夜时分下起了瓢泼大雨，沧海孤客的帐篷在风雨中就像一条惊涛骇浪中的小船，似乎随时都会被看不见的魔鬼吞没了去。沧海孤客傍晚时将帐篷搭建在流经草甸的一条小溪流边，那条在草甸上婉约延伸的溪流就像在某幅风景名画中见到的那样。他认为在睡梦中头枕着溪流的流水声，是一件很浪漫的事。可是在夜晚强大的风雨世界统治下，浪漫成了一件苦差事。溪流水涨成河，草甸顷刻变为泽国。当沧海孤客感觉到帐篷成了一条摇摆的小船时，外面已经是一片汪洋了。

沧海孤客钻出帐篷，借助闪电短暂的光芒才看清自己狼狈的处境。大自然的力量在无垠的黑暗中显得无比巨大，令人感到恐惧、卑微、渺小。雨点鞭子一般抽打下来，像上天的惩罚。溪流里漫上来的水冰凉刺骨，咬在皮肤上跟针扎一样。沧海孤客想起了尼玛顿珠在冰川上说的话，神灵之罚不是不存在，也不是我们没有看见，而是时候不到。他向牛棚那边张望，期图能到里面去避避风雨。可是这个念头刚一产生，就被风雨浇灭了，也被他内心中的自卑彻底打散了。他宁可淹没在这风雨中，也不愿意淹死在沙漠玉兔审视的目光里。

一个人影打着手电蹚着雨水来到他的身边：“快去牛棚里吧，那里有火塘。”

“不用啦，雨……雨一会儿就过去了。”沧海孤客磕着牙对尼玛顿珠说。

“你会冻病的。跟我走。”尼玛顿珠不由分说，拉起沧海孤客就走。

牛棚里也好不了多少，到处都在漏雨，好在还有一个火塘。火在原始蛮荒的世界里，在最深沉凄冷的黑夜中，是多么地令人感到亲切和温暖啊。三个人横坐在那木板床上，面向火塘，一夜无话，无眠。

第二天天亮以后，大雨变成了小雨，草甸上雨水盖过人们的脚背，昨天那条浪漫的溪流成了一条滔滔大河，沧海孤客的帐篷被冲到一处巨石前，就像坍塌的小屋；雪山上云雾很厚，似乎里面饱含了太多的水分，就要坠落下来了。

尼玛顿珠皱起了眉头：“我们可能上不去雪山了。”

“是因为你的脚不方便吗？”沙漠玉兔问。

“不是。”尼玛顿珠手往雪山上一指，“那上面魔鬼多了，都在云层后面。”

沧海孤客望望被乌云笼罩着的雪山：“上面会下雪封山吗？”

尼玛顿珠说：“这个季节倒不会，只是路会很难走。”

“那怕什么，我们走。”沧海孤客说。

“你……”沙漠玉兔想说什么，又觉得没有必要。

“你们真的想上去的话，就走吧。”尼玛顿珠说。自从昨晚跟沙漠玉兔过了前半夜后，面对沧海孤客时，就似乎有些不自然了。

“那边接我们的车都联系好了的呢。我们不去人家不是空等了？”

沙漠玉兔知道，沧海孤客已经约好了山那边县城里的一个朋友开车来接，他们原来还有一个计划是到翻山过去后到独龙族人的山寨里去看看。可现在她也不知道该去哪里了，去雪山上冒险她愿意，但有多大的风险谁也不知道。人们只喜欢冒那种有惊无险的风险。而在大自然中，谁说得清呢？

沧海孤客看尼玛顿珠还在犹豫，便说：“这样吧，尼玛顿珠。昨天你的脚受了伤，爬山不方便。今天马就不用来驮行李了，行李我们自己背，你骑马在前面带路就行啦。”

“不不不，你们背不动的。”尼玛顿珠连忙摆手道。

“就这样定了，尼玛顿珠，别争啦。”沧海孤客说着就将冲锋包背上了肩，又顺手挎上沙漠玉兔的一个中型背包。

沙漠玉兔也将自己的冲锋包背上肩，不是她拗不过固执的沧海孤客，而是爬到雪山顶也是她此行的一个梦想。她为此做了几乎半年的思想和体能准备，她怎么肯轻易放弃呢？

三人上路，尼玛顿珠并没有骑马，山路越来越险，人骑在马背上跟悬空走钢丝差不了多少。沧海孤客今天走得特别卖劲，似乎是为了躲避什么，或者，为了赎罪。汗水、雨水伴着粗重的喘气和沉重单调的脚步，让人行色悲壮又凄凉。这真是一趟令人尴尬的旅程，沧海孤客惧怕沙漠玉兔的目光，沙漠玉兔对尼玛顿珠心存敬畏之情——就像敬畏头顶的神山那样，而尼玛顿珠又对沧海孤客充满内疚。冒险带他们上雪山，尽量满足沧海孤客的愿望，也许会让尼玛顿珠感觉自己的罪过稍微轻松一点。

他们沿着昨晚给沧海孤客带来了大麻烦的那条溪流溯流而上，那溪水翻滚跳跃处雪白如盛开的莲花，沉静迴绕处碧绿如跌落的翡翠。一川碎石仿佛来自史前社会，既苍凉荒蛮到要撑破人的眼球，又跃跃欲试地随时都要挟带湍急的流水从人们头顶飞过。有几次沙漠玉兔感觉脚下的大地在微微颤抖，地底下传来“咚咚咚咚”撞击声，好似有神灵在擂响地下的一面战鼓。她问尼玛顿珠是不是地震了？尼玛顿珠指指飞流直往下的溪流说："是它把雪山上的大石头带下来了。"

这条溪流再次给他们带来了麻烦。快到海拔四千米了，人的呼吸已经成为一个负担。前方一堵峭壁拔地而起，路行到了绝境，人马必须横渡过溪流。在两块巨石间，有人用一根圆木搭了一座简便的独木桥。桥大约有十米长，离水面约五米高。

沧海孤客感叹道："这么高的地方，还有这么多水！"

"我们这儿，山有多高，水就有多高。"尼玛顿珠指指独木桥说，"你们从上面过去。"

"你呢？"沙漠玉兔问。

尼玛顿珠说："马不会走独木桥，要从水里走。"

"水很刺骨呢。"沧海孤客昨晚对这看上去很优美如画的溪流有了深刻的认识。现在一提起它，他的身上竟然会起鸡皮疙瘩。

"可是，可是水里不是在跑石头吗？"沙漠玉兔问。她现在已经可以通过溪流底传来的阵阵"咚咚"声，知道有多大的石头在水下跑了。

尼玛顿珠双手合十举过头顶："神山会保佑我的。"

沙漠玉兔看看湍急的溪流，头一阵阵发晕。她此刻才忽然想起，自己有轻微的恐高症啊！要命。她的脚一下就软了，瘫坐在地上。

这种独木桥不要说一个有恐高症的人，就是沧海孤客这样的大老爷们儿也望而生畏，骨头发凉。那根搭在溪流两岸的圆木看上去有些老朽了，上面还湿滑湿滑的，更不用说下面轰鸣湍急的流水。陡峭的落差使溪流像大坝闸口放出来的水，喧闹得人耳膜阵阵发痒。

尼玛顿珠看出了两个人的犹豫。“我先牵马从前面过去，再从那边过来接你们。”

“你会有危险吗？”沙漠玉兔问。

尼玛顿珠笑笑：“没什么。这样的事情，我们经常碰到。”

“你不能去。”沙漠玉兔忽然做出了个很不容易的决定，“我们回去！”

“为什么？”沧海孤客几乎要跳起来了。

“不能再冒险了！”沙漠玉兔喝道。

“尼玛顿珠说过了，神山会保佑我们的。”

“你也开始相信神山了？”沙漠玉兔冷冷地问。

“我……我当然相信了。我还要先给它磕几个头，求它保佑我，保佑我们大家平安过去呢。”沧海孤客说完真的就面向雪山跪下了。

不过是临时抱佛脚的登徒子罢了。她真恨不得踹他一脚。

“好啦，好啦。”尼玛顿珠看见两个人急了，便插进来说，“头也磕了，神山看得见。我先走啦。”

“尼玛顿珠，你……你要小心啊！”沧海孤客脸煞白，舌头都抡不圆了。

“废话！”沙漠玉兔鄙夷地说，看他的目光都可以从那张白脸上剜下一块肉来，让沧海孤客禁不住哆嗦了一下。

尼玛顿珠回过头来给他们一个灿烂的笑脸，在这阴霾的雨天里就像太阳一下映在两个背包客的心上。他赶着马往前走了十多米，来到一处水流稍微平缓点的地方，嘴里“阿瓦！阿瓦！”（藏语：小心）地对着马耳朵喊，牵着马下了水。

沙漠玉兔的心提到了嗓子眼，这是一个多么无畏的康巴人啊。看得出那马并不情愿下水，但尼玛顿珠在前面使劲拽紧了缰绳。水漫过了尼玛顿珠的膝盖，再漫到他的大腿，当他和马快走到溪流的中间时，水已经到了尼玛顿珠的腰间，马的半个身子也在水流之下了。

马开始反抗，它的头不断地高高扬起，试图要挣脱尼玛顿珠的控制，它大大的眼睛里绝望的目光令人心碎，尼玛顿珠在激流中搏斗的身影更令人心紧。一些飞起来的波浪已经盖过了马背，甚至跃过了马头。马在惊恐地嘶鸣。

溪流里的尼玛顿珠现在显得有些力不从心了，他既要站稳脚跟跟激流抗争，又要控制受到惊吓的马。忽然，尼玛顿珠倒在了水里……

“尼玛顿珠……”岸上的两人几乎都要哭出声来了。

尼玛顿珠又从浪花中钻出来了。但这一闪失让马占了上风，它想往回挣扎，尼玛顿珠却死死拽紧缰绳不放，结果是人和马一齐被湍急的溪流打败。

大家都明白，越往下退，落差越大，流水越急。而过了独木桥这个位置后，人想在水中站稳脚跟的机会就再不会有。更可怕的是，下面还有一个六七米高的瀑布，人马摔下去，那才要了命了。

尼玛顿珠踉踉跄跄地往下游败退，他一个人的力量似乎已经耗尽，此刻除非神灵站出来助他一臂之力。

沙漠玉兔永远都不会明白这样的一幕为什么也会在自己的眼前出现，就像昨天在冰川上，她永远也想不到看到了最不愿意看见的一幕一样。人真是世界上最复杂的动物。

沧海孤客忽然疯了一般跳进了溪流中，他手里挥舞着一根木棍，嘴里“呀嗬嗬”地乱叫，好像是为了抵御冰凉的溪流，又仿佛是在为自己壮胆。他跳到马的身后，用棍子使劲地抽打马屁股。那疯狂劲不像是在驱赶马，而是在和死神搏杀。马被打得跳了起来，再蹿了起来！这一蹿一跳，尼玛顿珠得手了。

他重新占了上风，控制了胆怯的马。

沙漠玉兔的眼泪簌簌往下掉，在泪眼蒙眬中目送着两个人将马送上了对岸。经历了生死存亡的一瞬间，目睹了一个人身上呈现出来的天使和魔鬼的两面，她确信自己已经不用害怕什么恐高症了。

她果真如履平地般过了那独木桥。一过桥，便飞扑到尼玛顿珠怀里，狠狠地在尼玛顿珠惊愕的脸上亲了一口，然后又转过身来，对着同样惊讶得目瞪口呆的沧海孤客竖了大拇指，“是个爷们儿。”她说。

尼玛顿珠从独木桥上回去，背过来大家的行囊，翻出青稞酒来，一人倒了一碗。“啊啧啧！”尼玛顿珠感叹道，“今天差点就完了，差点就完了。”

尼玛顿珠把酒碗端起来：“沧海大哥，你救了我，也救了我的马。我像敬神山那样，敬你一碗酒。”

沧海孤客的脸依然惨白如纸，不知是冻的还是因为尼玛顿珠的话而激动，他颤抖着也端起了酒碗。“不，尼玛顿珠兄弟。是你救了我，救了我们！”

“说得好！尼玛顿珠，是你的勇敢拯救了我们。”沙漠玉兔终于接沧海孤客的话头了。

三只土碗碰在一起，三只土碗里的酒同时被一干而尽。然后，三个人一齐把碗摔了，抱在了一起。

对于战胜过死亡的人来说，攀登雪山也就显得易如反掌了。就像进入了一个勇敢者的程序，你在前一道难题是无畏的，下一道难关同样所向披靡。中午，他们终于站在了卡瓦格博雪山垭口。在一些背阴的地方，还有深到膝盖的积雪。沧海孤客一把把抓起积雪，不断地擦洗自己的脸、脖子、手臂，似乎想用这千年万年圣洁的雪，洗尽自己被污染了的身体；沙漠玉兔则瘫坐在雪地上发呆，就像一个躺在大地母亲怀抱里的婴儿。

天空放晴了，云雾在脚下的山腰缠绕，人的灵魂在神山的领域里飘飘欲仙。大地广袤无垠，群山似凝固了的绿色波浪，又像众神狂欢后的定格；天蓝到深处，便是可以看得见、触摸得到的天堂；雪山处子般圣洁，像伟岸的父亲，如衣冠似雪的战神。

“啦嗦啰！阿尼卡瓦格博（注：阿尼是父亲的意思），愿你护佑天下所有善良的人啊！”

尼玛顿珠在雪山垭口的经幡阵中挂上了一条带来的五色经幡。经幡旗被雪山垭口的风吹得猎猎作响，将藏族人虔诚的祈祷吹向四面八方，也将两个背包客被尘世污染的心，吹得干干净净。

6 网吧

一年以后，尼玛顿珠也成了个背包客。不过不是那种走向雪山和大峡谷的都市暴走族，而是走向城市的乡下人。你在火车站、长途汽车站以及城郊接合部，都可以看见这些背着破旧背包的乡下出门人。如果说背上行囊远走他乡、去体验并挑战另外一种生活是一种时尚的话，这个时尚就不仅仅限于城里人了。

应该承认，尼玛顿珠在城市里，所要面临的风险和挑战，要远远大于当初沧海孤客和沙漠玉兔们在雪山峡谷所碰到的一切挑战之总和。在尼玛顿珠看来，这座喧闹的城市就像一个巨大的怪兽，吞噬进那么多的人、汽车、楼房，又呼吸出黏糊糊的空气、尘埃和黑烟，经书中的魔怪也没有它可怕。过去，生活在峡谷深处的尼玛顿珠总对城市充满憧憬和向往，可当他一跳下长途汽车，他的头就晕了，大了。在高山牧场，他曾经一个人面对一只老熊，但也没有像现在这样张皇失措，感到害怕。

他找出沧海孤客当初留给他的名片，这位大哥在与他分手时说得诚恳真切，信誓旦旦。尼玛顿珠你一定要到城里来找我。我请你吃海鲜大餐，看美国大片。我要请你去玩海上乐园，那里面有官兵捉海盗的游戏，有会跳舞的海豚、会唱歌的海鸟。我还要带你去爬我们那儿最高的楼房。当然啰，不是像我们爬雪山这样一步步爬上去，我们坐最先进的高速电梯，一眨眼就到了楼顶。那上面有个旋转餐厅，我们可以一边吃西餐一边欣赏城市的夜景，灯火看上去就像落在地上的星星。

这些犹如藏族人的神话般的美好描述，尼玛顿珠在他们走后不知在心里想了多少次，在梦里见过多少回。在刚分手的那段时间里，他们还时常互通电话，那两个城里人总是在电话里热情地说，尼玛顿珠，你怎么还不来呀。我们想死你了。想死你的冰川、雪山和高山牧场了。

不巧的是那段时间尼玛顿珠总是很忙，要放牧，要做地里的活儿，要接待不断前来的背包客。等尼玛顿珠终于下定了决心，来沧海大哥和沙漠玉兔的城市时，时间已经过了一年多了。一年多的期待，只能加深尼玛顿珠对两个城里人的怀念。在接待新的背包客中，只要有人提到沙漠玉兔他们的城市，尼玛顿珠总会自豪地说，我在那里有一个很好的大哥，还有一个漂亮的妹妹。

可是，当尼玛顿珠拨通沧海孤客的座机时，那边却传来一个女人娇滴滴的声音，尼玛顿珠第一反应是拨错号了，连忙挂机，然后再拨，还是那个虚假的女声，问他找谁。尼玛顿珠赔着小心说：“找我家沧海大哥。”那个娇弱的女声忽然变成了女巫的嗓门，“你打错了！”恼怒和白眼仿佛通过声波传过来了。

尼玛顿珠又拨沧海孤客的手机，一个比刚才那女声好不了多少的嗓音虚情假意地说：“你所拨打的电话已关机……”

尼玛顿珠的头更晕了，怎么在澜沧江峡谷每次打电话都好好的，这一来到他们的城市，就找不见人了？尼玛顿珠还要求他办事情呢。

好在他还有沙漠玉兔的电话。雪山上的神灵啊，让我找到他们吧。我和他们的缘分是因你而结下的啊！尼玛顿珠先在心中祈祷片刻，再拨沙漠玉兔的手机。不知为什么，他的手指颤抖着老按不准号码键。

电话一拨就通了，那边传来沙漠玉兔熟悉的声音。尼玛顿珠说：“兔子，我是尼玛顿珠，来到你的城市了。”

“真的？”电话那头一声惊呼，好像听到了一个大喜讯。尼玛顿珠的心释然了。

尼玛顿珠还清楚地记得当初他们三人在雪山那边分手时

的情景。来接沧海孤客的车已经等在一个叫秋那桶的村庄，沧海孤客赔着小心地问沙漠玉兔，愿不愿意跟他一起去独龙族人的村庄，但是沙漠玉兔不假思索地拒绝了，她勇敢地跳上了一辆手扶拖拉机，和车上的一群藏族人挤在一起，摇摇晃晃地往藏区深处走去。她在车厢上向尼玛顿珠使劲地挥手，还做了个飞吻。尼玛顿珠当时努力想听清她在喊些什么，但手扶拖拉机“突突突突”的响声太吵人了。尼玛顿珠只看见她一张一合的嘴，似乎在说：尼玛顿珠，你一定要来找我啊！

一个小时后，沙漠玉兔开车来长途汽车站接到了尼玛顿珠。那是一辆尼玛顿珠不知道的高级轿车，比尼玛顿珠他们的县长坐的车高级多了。她把他带到一家装潢考究的咖啡厅，在咖啡厅的台阶上尼玛顿珠看见一个穿红衣服的服务生恭敬地对沙漠玉兔喊：“白总，你好。请！”沙漠玉兔头都不点一下，径直走了进去。

那是一个旋转门，沙漠玉兔忘了这门对尼玛顿珠来说还是一件陌生的东西。她进去后发现尼玛顿珠被挡在外面，忙又转出来，正碰上那个服务生在呵斥尼玛顿珠：“干什么干什么？没事儿走远些！”

沙漠玉兔瞪了服务生一眼：“他是我大哥！”

他们挑了个僻静的地方坐下来，尼玛顿珠如同在梦里游荡。眼前的沙漠玉兔和她在雪山上时判若两人，显得高贵、自信、矜持，像个女王。如果他们在大街上碰见，尼玛顿珠都不敢多看她两眼呢。他想都不敢想一个这样的女人，会曾经那般可怜地依偎在他的怀里。

那些服务生不断前来“白总、白总”地叫，为她递上这样那样，沙漠玉兔交代几句，不一会儿工夫，桌子上就摆满了黄黄红红吃的东西。

沙漠玉兔叫过领班来：“叫那门童走人，多给他半月工资。”然后她举起一只精美的红葡萄酒杯，“尼玛顿珠大哥，欢迎你。”

这种场面太正式了，尼玛顿珠紧张地举起酒杯，一口把酒干了。

“尼玛大哥，你肯定饿了，先吃点这个。”沙漠玉兔把比萨饼递到了尼玛顿珠的面前。

尼玛顿珠还真饿了，坐了两天两夜的长途客车，他就没有好好吃顿饭。他用手去抓比萨饼，那上面的油啦酱啦什么的糊了他一手。沙漠玉兔本来想提醒他用刀叉，但想想又忍住了。

尼玛顿珠有些紧张，不知道该怎样弄干净自己的手，沙漠玉兔把一块雪白的毛巾递给了他。“不要拘谨，把这里当你的家吧，这个店是我开的。”

“哦！”尼玛顿珠反倒更拘谨了，原来兔子是个有钱人啊！他在山里接触到的背包客，似乎一个比一个穷，和藏族人砍起价来，算得可精了。

“兔子，没有想到你……你你……”

“不要叫我兔子了，叫我的名字吧，白芸。白色的白，草字头下面一个云层的云。”

“怎么……你不是叫……”尼玛顿珠再次张大了嘴。

“那是我的网名。沧海孤客也是网名，他叫赵国林。你联系过他吗？”

“难怪。”尼玛顿珠想，他们在雪山下和在城里，不仅身份不一样，活得不一样，连名字都不一样了。

“难怪什么？”白芸问。

“我打他办公室的电话，说找沧海大哥，人家那边说打错了。”

白芸笑了，优雅地点上一支烟。“别管他。明天我派个人带你在城里好好玩玩。”

这话让尼玛顿珠心里有些不高兴。他不是来玩的，是来办事看老朋友的，她怎么就不陪陪他呀？在雪山上时他可是和她寸步不离。

这时，刚才呵斥尼玛顿珠的门童跟在领班的后面来到沙漠玉兔面前，哀求白总原谅他，他不知道尼玛顿珠是白总的大哥。他会好好干的。

白芸看也不看他一眼，抽烟眼看着窗外。

尼玛顿珠这才弄明白是因为自己，这个打工的被炒了，便对白芸说：“留下他吧，是我不晓得怎么进门。”

白芸瞪着一双大而严厉的眼睛说：“引导客人进门正是他的职责。他失职了，当然就要走人啦。”

领班拉着门童走了。尼玛顿珠仿佛看见那大男孩眼睛里的泪花，他忽然感到这个曾经在雪山下被称为兔子的女人其实很厉害。

他问白芸：“兔子……哦，白芸，我……我要去找沧海大……他叫什么，赵国林？对，他不在吗？我还要找他办事呢。”

“什么事，他答应帮你们建学校的那事？”

尼玛顿珠撇撇嘴：“他回来后就再没有提起过。”尽管他当初在雪山下发过誓，也对尼玛顿珠的父亲许下过诺言。不过也许这样的人尼玛顿珠见得多了，也就不太计较，那些来到村庄里的背包客，哪个不是吹得天花乱坠，哪个不是感动得一塌糊涂。就是他眼前的白芸，不是也说过，想到村庄里来当一名尽义务的乡村教师吗？可你看看她现在的生活，尼玛顿珠就知道，她当初是在说梦话。

“我想在村里开个网吧呀。跟你在电话上说起过的，也跟赵总说过了，他说要送给我两台电脑，还要帮我建一个什么站？说比建学校对我们帮助更大。”

“网站。”白芸说。她想起了，这事还跟自己有关。从雪山上回来后，她在网上发过一篇帖子，叙说自己在冰川、雪山还有大峡谷里的神奇之旅。一段时间里白芸曾经在网络上爆得大名。跟帖的人很多，还有更多的人根据她文章里描述的路线，跑到澜沧江峡谷找尼玛顿珠带路去看冰川雪山。尼玛顿珠曾经打电话来告诉过她，村庄里来的背包客越来越多，他的向导业务十分红火，还为白芸帮峡谷里的村庄做宣传一再感谢她。而现在，白芸已经对自己多嘴多舌相当懊悔了。

尼玛顿珠却不知道白芸的心思。他在跟赵国林的电话瞎聊中，有了在村里开个酒吧兼客栈的想法。赵国林当时就爽快地说，只开酒吧有什么用，你把网络这东西也搞上，搞个网吧，再建个网站。我会帮你弄的。尼玛顿珠当时问网站是做啥的，赵国林说，有了网站你的冰川就和世界上各个地方都联结起来了，等于说在你们村里修了一条看不见的四通八达的路。

“尼玛顿珠，你真想建一个网站？”白芸把玩着手里的酒杯问。

“想。”尼玛顿珠肯定地说，“赵总说，这样来看我们的冰川、雪山的人就更多了。”

“你懂电脑吗？”

“不懂，我慢慢学吧。赵总说找人教我。”

“这个混账东西，没有一点脑子。”白芸好像有些生气。白芸现在加入了一个民间的环保组织，从里面学到了许多冰川保护的知识。她目前最大的愿望，就是为那条曾经和自己有过生死之缘的冰川做点有意义的事情。“尼玛顿珠，你知道你们的冰川冰崩是怎么一回事吗？”白芸问。

“这还用说。冰川的传说从我爷爷的爷爷那里，就开始讲了。”

“那些故事你说过给我的。你还说过，这些年冰川在加速缩小，对吗？”

“是的，缩小得越来越快啦。”尼玛顿珠的口气有些伤感。

“这就是了。尼玛顿珠，你知道冰川为什么会加速缩小？”

“不知道。是神山生气了吧？”

“不对。这跟神山没有关系，跟我们人有关系。尼玛顿珠，我回来后看了一些有关冰川的资料，人类的活动加剧了世界上各种冰川的萎缩。就像你们村庄上面的那条冰川，如果上去看冰川的游客越来越多，冰川萎缩得就更快。那是一条多么脆弱而美丽的冰川啊，它不能毁在你们这代人手里。你明白吗？”

尼玛顿珠听得发愣：“可是，可是要是不来游客，我们怎么赚钱？这两年村庄里家家都在盖新房子，都是靠牵马当向导挣来的钱啊。”

白芸的口气忽然变得有些严厉：“你们只考虑自己挣钱，冰川谁来保护？”

尼玛顿珠被白芸的话吓住了，嘟囔道：“那……那你要我们怎么办呢？冰川又不能当粮食吃。”

“尽自己的爱心吧，尼玛顿珠，”她开始不叫他大哥了，“我反对你建那个网站。你招徕越多的游客，我越为那条蓝色的冰川心疼。谁都去冰川雪山糟蹋那里的环境，那藏区还有什么神秘感？”

尼玛顿珠深感委屈。这叫什么话？我们藏族人从来都把远方来的客人当亲人看待，从来都是献上最洁白的哈达，捧上最热乎的酥油茶，倒出最醇香的青稞酒。哪个藏族人会拒绝一个客人的造访呢？当初是谁愣要爬到冰川上去？自己都能去，别人就不能去了吗？保护冰川，为谁保护呢？要是你们这些背包客不来，村里人除了放牛才上去，谁会去惊动冰川啊？

“我做过这样一个梦，尼玛顿珠。”白芸继续说，“我梦见冰川上站满很多背包客，狭长的冰川就像城里的大街，甚至还有汽车在上面开来开去。我们，包括你，也站在冰川上，被来来往往的人群挤得东倒西歪。我还看见头顶的雪山上也挤满了人，而那些神灵们也和我们一样，被人们挤到一边。你向我抱怨说，雪山上的神灵连立足的地方都快没有了。我们感觉到神灵要发怒了，冰川就要坍塌了。我们向人群喊：让开啊！快离开这里！我还看见峡谷里的村庄里，家家户户的老人都在神龛前敬香磕头，在屋顶的香炉里煨桑祈祷；寺庙里的喇嘛们坐满措钦大殿，诵经的声音如澜沧江翻滚的波涛，法号阵阵，法鼓咚咚，可是这都没有阻挡更多的人来到冰川上，反而人群越拥越多，像夏季里涨水的澜沧江。雪崩了。冰崩了。没有雪崩惊天动地的巨响，也没有冰崩如钢刀折断的脆响。只听得见人们的惊叫，就像那天我滑向冰缝前的惊叫一样，刺人耳膜，令人心惊！我最后还看见，冰川变成了澜沧江，从我们的眼前飞快地流走了。”

“冰川不会变成澜沧江的，它坚固得很呢。遇上下大雪的年头，它又丰满起来了。”尼玛顿珠说。

“谁知道？”白芸耸耸肩，“尼玛顿珠，我们这个星球上消失的冰川多得很。”

尼玛顿珠问：“都是因为上去的人太多吗？”

“不全是。”

“那我们送几个游客上去会有什么错呢？一年加起来，还不到一千人。”尼玛顿珠的话有些不客气了，“村庄里人们的生活也因为这些游客来，才好了许多。”

白芸无话可说了，低头喝杯里的苏打水。她在心里深深叹了口气。

尼玛顿珠没有想到盼望已久的见面会是这个样子。他第一次感到他和白芸这样的人的真实距离，或者说，感到了雪山冰川上的沙漠玉兔和现在的白芸白总之间的距离。就像在澜沧江峡谷，一个峡谷这边，一个在峡谷那边。

这个距离一旦被发现，就让这餐洋派十足的午饭吃得味同嚼蜡。白芸问尼玛顿珠和卓玛的关系怎么样了？尼玛顿珠回答说，因为他给游客当向导，挣钱比以前多了，卓玛已经重新喜欢上了他。

白芸不客气地说：“你为了自己的爱，不惜牺牲冰川的宁静吗？”

尼玛顿珠也不客气地问：“难道我不该爱卓玛吗？”

白芸更难回答这个问题。尤其是，她和他还在高山牧场上有过那浪漫的一夜。她曾经在回来后问过自己，是不是真的爱上了一个康巴人？回答是温柔的否定——那只是旅途上一件浪漫的事情而已。就像现在她吐在那个康巴青年头顶上的烟，当初浓烈炽热的爱意，现在已经随风飘散了。她甚至为此感到很庆幸。

餐桌上再度陷入沉闷。白芸只有问，冰川上的冰还蓝吗？雪山上的雪多起来了吗？草甸上的牛羊还那么多吗？

尼玛顿珠一概回答：“是。”

吃完饭后白芸把尼玛顿珠安排到一家宾馆里住下，说自己下午还有事情要办，晚上她会派人来接尼玛顿珠出去吃饭。尼玛顿珠说，不要麻烦了，晚上我自己解决。他不想在饭桌上再听白芸的教诲，他现在已经在心目中把她当成了另外一个人，一个指手画脚的干部，或者一个一点也不了解藏族人的城里人。

白芸没有更多地坚持，似乎她也对这次见面很失望。人家说士别三日当刮目相看，没想到连尼玛顿珠这样纯朴的藏族人，在这市场经济的大潮中，你也要另眼相看了。她感到，要走进藏区的自然很容易，但要走进藏族人的心灵，则太难太难了。

白芸走后，尼玛顿珠躺在床上发呆，迷迷糊糊地想睡一觉。他也想做一个关于冰川的梦，看能不能梦见白芸梦里的景象。藏族人过去认为人们的梦是可以互相交流的，甚至可以做同一个梦。父亲告诉过他梦是由神灵控制的，代表着神灵的某些神秘的旨意，甚至还预示着人的生死。如果你梦见雪山上飞过的雄鹰，或者草甸上飞架的彩虹，那就是很吉祥的梦；而要是你梦见一个穿黑衣服的男人，那就是见到阎王派来的小鬼了。梦是生活的另一面，和现实生活密切相关。多年来，村庄里的藏族人都这样认为。

天黑了，外面依然很喧嚣，尼玛顿珠对这吵闹声很不习惯，虽然很疲倦，但就是睡不着。他在这个城市里没有梦，他怀念起乡村的宁静来。

他从来没有像白芸那样，对冰川想那么多。冰川就像他家屋后的一棵树，生长着动人的传说与故事，滋润着峡谷里的田野坡地，也庇荫着他不断成长的岁月。对峡谷里的人来说，过去冰川是雪山的女儿，是神灵布施给大地的哈达，人们世世代代敬畏它、礼赞它。现在，背包客进来了，冰川带给村庄丰厚的收入，人们便认为是神灵赐予众生的礼物，藏族人祖祖辈辈对它的敬畏总算有了回报。谁能说藏族人不爱自己的冰川呢？谁又有一个峡谷里的藏族人对冰川了解得那么深刻、并有那么深厚的情感呢？

尼玛顿珠终于没有睡着。他一直在用手机拨打沧海孤客——赵国林的电话，他要问他，你爱我们的冰川吗？冰川会不会像澜沧江一样飞快地从我们的眼皮底下流走？人们会不会沿着网络那看不见又四通八达的道路，都拥到我们的冰川上来？网络是魔鬼的阴谋还是神灵赐予我们的大礼？

快到晚上十二点时，尼玛顿珠肚子饿了，才想起今天还没有吃晚饭。他跑到宾馆外面，看到路边有一排烧烤摊，一些人坐在小凳子上喝酒吃烧烤。尼玛顿珠便过去要了一瓶白酒，点了几样烧烤自斟自饮起来。一瓶酒快喝完了，他还没有停止给那个永远在说是空号的手机拨电话。就在尼玛顿珠酒到酣处时，他的手机响了，尼玛顿珠简直以为是在梦里，这个时候还会有谁给他打电话呢？而且还是一个他不熟悉的号码！

他紧张地按下接听键，“喂——”他说。

电话里静默了几秒钟，突然，那边传来“嘎嘣——！”一声脆响，就像冰崩的声音。然后，电话就断了。

尼玛顿珠惊出一身冷汗。看看四周，烧烤摊上喝酒的人已经没有了，街边的路灯下似乎鬼影幢幢。他把瓶里的酒一口喝干了，跟老板结了账，偏偏倒倒地回自己的房间。他不打算就着那个神秘的电话号码打回去，他相信那是雪山上的神灵打来的电话。他也不打算再去想冰川的事情、网站的事情，今晚他要好好睡一觉。

2006年9月7日晚十一时初稿

2006年9月29日晨改定

香格里拉客栈

我是一个活得很啰唆的人，因为我的目光经常在地图上旅行。一个只能看地图解闷儿，却永远走不出家门的家伙，是够啰唆的了。

在我的床前有一张1∶500000的西藏地图。我知道今生我的目光永远也走不出这张地图了。那些熟悉的或陌生的地名，就像一个个散落的故事，等待着我去把它们串起来；那些像血管一样蜿蜒的江河，让我血管里的血脉也激情澎湃；而那些代表着雪山的白色小三角形，以及海拔标高，则让我目光中时常噙着泪水，仿佛感受到了雪风的刺骨清凉和它们的圣洁高远。

我们中的很多人，都会在地图上为自己圈出一个理想的目的地，或者家园。我们对着它朝思暮想，满怀憧憬。这是我今生一定要去的地方。我们在心中一千遍一万遍地对自己说，甚至一千遍一万遍地做准备。但是很多人，永远都在地图上做心灵的旅行。

可能地图上有些地名是有磁性的，或者像是被内心里的GPS定位了的，你一睁开眼，目光就被吸引住了。你盯着它看，怀想，怀想，一再怀想。仿佛远方游子对故乡的怀想。

而对众多游子来说，故乡也不过是个客栈而已。你少小离家，四海漂泊；你两鬓斑白，归去来兮；你乡音不改，却已无人相识。可有人用熟悉而温柔的声音在你耳边轻声呼唤：

这是你的家，你随时都可以来。

让我们先从客栈说起吧，对某些人来说，它是家的另一种形式，是他们在大地尽头的另一个家。客栈是中国的词汇中很古老的、颇有文化含量的一个名词。很多人从武侠小说、古典言情小说中看到过它。在路上的人，总少不了它。北京这样的大都市拒绝客栈，这里到处是试图刺破那阴霾天空的四星级、五星级的大饭店。最糟糕的地下室，也羞羞答答地用苍白日光灯箱打一“××招待所”的招牌。像我儿子那一辈人，就不知道客栈为何物。客栈在古老中国的往昔，从来都生存得理直气壮，尽管它可能只是穷乡僻壤中的一幢普通的农家小楼，简朴、单纯、温馨。通常，有几棵百年大树环绕着这样的客栈，树下有懒散的狗和同样懒散的男主人乘凉或者酣睡。在这里你撒一把碎银子，就可以大碗喝酒，大块吃肉。行者——书生或者脚夫，更或者侠士——风尘仆仆走来，高呼一声：店家，切二斤肉，温一斤酒！风韵犹存的老板娘从里间一掀蓝布门帘，款款而出，满面春风，口吐珠言。客官辛苦了，楼上有请。于是，客官踏着嘎吱嘎吱呻吟的楼梯，上楼喝酒歇息。而楼上早有先到的客官，已然大醉。

这就是古老中国的客栈。它酒旗招展，风情万种。那是汉朝的酒旗，那是宋朝的风情，既上演风花雪月的故事，也抒写壮怀激烈的人生。进京赶考的书生，在这里吟风弄月，狎妓作诗；亡命天涯的侠士，在这里酒到酣处，杀心四起，事毕豪迈地蘸血在墙上大书：杀人者，武松也。

也不知从什么时候起，客栈这个词先是被彻底遗忘，它们被诸如“人民旅馆”“东风旅馆”之类缺乏想象力的名字取代，后来又被动辄冠之以某某大酒店、大饭店之流的称号，在肮脏破败的前台后面的墙上，贴上一些五角星，像一个列兵往自己的肩章上乱缝星星。然而，风水轮流转，到20世纪末21世纪初，客栈又像被时光之水淘尽后遗下的金沙，悄然晾晒在中国的一些边缘地方。大都市摈弃了它，其他地方可把它当宝贝。它甚至登上了旅游指南之类的行者必备之书。倒是那些被北京、上海、香港、广州这样的大都市烦透了的背包客，甚至那些不远万里来到中国的老外们，并不是为了做一个高尚的人，只是为了做一个纯粹的人，一个享受低级趣味的人，如过江之鲫在形形色色的客栈里进出。貌似干净的床单，公用的卫生间，到处流淌的污水，大红大绿的窗帘，狭窄的走廊，劣质的白酒，粗糙的香烟，猖狂的蚊虫跳蚤，操着蹩脚普通话的打工妹，以及楼上某个房间里快活的呻吟、粗重的喘气，被大声喊叫的厨子，增添了生活的无数生动色彩。开饭了开饭了，下面的××吃饱了，上面的嘴巴也要吃啊！当然了，在这样的场景中，间或也有破帽遮颜的我，混迹于其中，像个在逃犯一样形迹可疑。

我在寻找我的客栈。我的香格里拉客栈。

什么客栈？

就是接待像我这样到处漂泊的汉族人的地方。他们来到你们的村庄，你们提供给他们吃的、住的。一碗辣辣的青稞酒，一盆热热的洗脚水，一个温暖的被窝。然后他们走时付给你们钱。

啊啧啧，客人来了怎么还要收钱？脸都掉到阿妈的裙子脚去了。

当然要收钱。因为你们为他们付出劳动了。

人家是看得起我们才来家里的啊。从前只有村长家里才会经常来客人。啊啧啧，光彩呢。

我们城里人认为，赚得到人家的钱，这才光彩。

自己家酿的酒，自己家打下的青稞，自己家磨的糌粑，客人那么远地方来，累呢，渴呢，饿呢。神山看得见，只有魔鬼才会去收这些可怜的出门人的钱。就说你吧，来到我们家时，像个要饭的。你可见过哪户人家做了施舍，还要收钱的？

不收钱，你们就要亏本了。

什么叫亏本？

亏本，就是……就是你付出的，比你赚到的，多许多。

佛祖就是这样的。活佛也是这样告诉我们的。施舍给需要帮助的人，就是供奉给佛啊。

但是你们就会永远受穷了。

我们日子好过多了，从前阿妈连神龛前的酥油灯都点不起呢。

噢……卓玛啊卓玛，你想过没有，要是有一天，天南海北的人，汉族人，纳西族人，白族人，甚至还有那些金黄头发蓝色眼睛的外国人，都来你家做客。你们怎么办吗?

啊啧啧，佛祖在上，我们家光彩了。我阿爸在天上也会笑呢。

好。然后他们吃你们家，喝你们家。你们家的青稞柜空了，装青稞酒的水瓮也空了，最后连酥油茶都打不出一碗来了。你又怎么办?

有……有那样多的客人吗?

有。只要你把客栈的招牌打出去的话。

啊啧啧，那我还是去牧场上放牛去算啦。招呼不起客人，就丢不起那个脸。

可是那些人仍然会来，你们这里有这样好的雪山、冰川、大峡谷。要不了几年，你看着吧，他们会比天上的乌鸦还要多。

啊啧啧！你们城里人，跑我们这儿来遭罪干什么呢?

啊啧啧，他们都吃饱了撑得慌。

我不说我是客栈的发现者，那样今天那些出入客栈的人们会打死我；我也不说我是香格里拉客栈的第一个客官，那样我会自己都觉得是亵渎。人生虚荣，争之不尽，我已经是个疲倦的过客，只想尽早找到自己心仪已久的客栈，把酒尽欢，大醉一场。然后，歇息了。

在20世纪末的某一天，我抛弃了所有不堪回首的过去后，独自驾车去了西藏，这是一个喜欢在大地上流浪的人最刺激的选择。听我的没错。我在广袤的雪域高原兜了一大圈，然后走滇藏公路进澜沧江峡谷，像澜沧江水那样从地球上的第三级往第二级台阶上跳。于江水，那是一件轻而易举的事情；于我，那就是从海拔四五千米的地方往海拔两三千米的地方跳，这无异于一场生死之劫。

隐藏在藏东高山峡谷里的澜沧江，就像生活在这里的性格刚烈倔强的康巴汉子。重重大山左一道峰右一道岭地横亘在前，澜沧江暴怒高吼，江流似利斧，波涛像炮弹，刀劈斧砍，狂轰滥炸，重重大山不得不次第让路，列队迎送。它的脾气可大了。一个藏族老人曾经对他说。啊啧啧，跳起来跟他们打。跟谁打？他问。跟雪山啦峡谷啦，跟不敬畏它的人打。打着打着，啊啧啧，它就有自己的路了。

我们就像江水，都在找自己的出路，奔向某一个目标。在路上旅行的人，大都有一个目的地，但我没有。我相信心灵疲倦之时，目的地就到了。在漫漫的不归路上，我不断怀想我的小学老师。她个子不高，漂亮素雅，诲人不倦。她要求我们一定要完成每天的好词好句抄写。什么“人的生命只有一次”啦，什么“随风潜入夜，润物细无声”啦，等等，我们统统不知道是什么意思。你想想，一个小学生，他才活到十来岁，你告诉他生命只有一次，这是什么意思？“随风潜入夜”又是什么意思？班上最有才的孩子，也只将它理解为翻墙入院的小偷，或者鬼子进村。至于“润物细无声”嘛，你就把它想象为吃一根冰棍好啦。而“天高任鸟飞，海阔凭鱼跃”呢？一天我问我可爱的老师，老师眼睛望着教室外的蓝天，半天，郑重其事地答非所问，就是你要从小树立革命的远大理想。

每当我想起小学老师的亲切教诲，我长久驾车的疲劳就没有了，我去国怀乡的小资情感就出来了。谢谢你，亲爱的老师。谢谢你，湛蓝高远的天空。谢谢你，苍茫无际的大地。

可是有的人可能就没有这么好的老师，他们开车时也可能没有这么美好的回忆。这个家伙叫旺堆，是个康巴人，正开一辆东风大卡车与我迎面而来。在澜沧江峡谷的公路上，一路都可以见到这些玩命开车的康巴人。他们没有不超载的，更没有不超速的。他们像玩卡丁车那样在雪山下的那些盘山公路上漂亮地兜圈子。旺堆那天从云南大理拉了一车新鲜蔬菜，打算送到一千多公里远的西藏昌都。他开的不是保鲜车，必须在三天之内送到（这段路我开切诺基，至少要走四天），不然车上的菜就不新鲜了，就烂了，他就挣不到钱了。因此他一般不睡觉，不休息，也不停下车来吃饭。渴了就喝口青稞酒，饿了就吃块糌粑牦牛肉什么的，困了就边开车边打盹儿，连撒尿，也是一手把着方向盘，打开车门，半个身子侧身在脚踏板上，开车“唱歌”两不误。

雪山上的神灵啊，请赐予他们平安。雪山上的神灵，也请赐平安与我。

尽管那时我还没有信仰，但我已经学会了祈祷，学会了在这险峻的盘山公路上默念六字真言——唵嘛呢叭咪吽。宗教情感来源于敬畏，对此我深信不疑。过去我们在都市生活，总以为什么都是可以控制的，都是有序的，有组织有单位的，有法律保障的，因此我们不用敬畏什么。现在你来这夏季里澜沧江峡谷破烂不堪的公路上试试。你不知道前面的路通不通，你也不知道什么时候有泥石流下来，有山崩下来，有滚石像飞鸟一样飞来。你更不知道自己会不会在某一个弯道犯后悔一生的操作失误，把车当飞机开，直接飞到澜沧江峡谷里。我曾经上过北京东三环边的国贸大厦顶楼，从那儿往下面的街道看，汽车就像甲壳虫，人就像蚂蚁。现在我从峡谷半山腰往下看，就有那样的感觉。只是下面不是甲壳虫和蚂蚁，而是飘带一般环绕的澜沧江，还有轻曼的山岚，像唐朝的宫廷贵妇们飘落的霓裳羽衣，高远亮丽的雪山一会儿在头顶，一会儿在身边，仿佛伸手可及，让我有开飞机的感受。但让人有些心生忧虑的是，我并不是飞行员。

说了这么多，只是想延缓我那悲惨的一幕。那个叫旺堆的家伙，在与我猝然相遇前，是家里的好丈夫，孩子的好父亲，朋友们中的好汉。但他于我来说，就是澜沧江峡谷里的杀手——一个让你欢喜让你忧的杀手。

噢，让我这还没有完全摔碎的脑袋瓜想想事情的经过吧。那是中午刚过一会儿，我在车上嚼了坨方便面，啃了几块风干的生牦牛肉，那是昨天一个藏族大妈给我的。她说生牦牛肉好，吃了长力气。像我的母亲从前说的话。我看她嚼在嘴里就像吃巧克力，而当时我吃得满牙缝都是讨厌的肉末。看看我们汉族人稀松娇贵的牙齿！峡谷里很闷热，我有些饭饱神虚。我把一盒亚东的录音带塞进卡座，音量开得大大的。在西藏久了，你就不得不喜欢亚东，他就是你心目中的康巴汉子。粗犷豪放，歌声中浸淫着野性和酒。我认识的一个也在搞音乐的康巴兄弟告诉我说，多年以前，他和亚东都还在打拼时，一次亚东带了一个汉族妞开一辆破吉普在西藏流浪。一天，太阳很大，坐在驾驶副座上的汉族妞抱怨道，这狗日的太阳。开车的亚东一脚就将她踹下去了，恶狠狠地丢下一句话：在我们藏族人眼里，太阳从来都是吉祥的。你可以×你妈，但你不能骂太阳！

我知道自己得集中精力，我也不愿意停下车来小睡一会儿。这该死的盘山路，仿佛永远走不完。绕了一大圈，好像又绕回来了。耐心，耐心。小心，小心。我不断提醒自己，双手机械麻木地打着方向盘，想小学老师的好词好句，自己偷着乐了一回，精神稍微振作些了。

在那个要命的弯道处，我虽然也有睡意，但我绝对还是清醒的。那是一个内弯，我的右侧就是澜沧江，我刚才还抽空看了看峡谷深处的江面，它好像静止不动了。上午我从峡谷的底部爬上来时，江面的波浪跳起来有两人多高，我好像从炮火连天的战场中穿过。正要进弯道，一只西藏之鹰在我的前方滑翔，张开的翅膀尖像人的手指在描绘蓝天。就在这时，一辆大卡车几乎占了本来就狭窄的路面的三分之二，"轰隆隆"冲过来了。天啊！我只来得及……什么都来不及了。

他来到了天堂。或者说，天堂就是他眼前看到的这个样子吧？是旺堆这个莽撞的家伙把他一步撞进天堂的啊。他在心里抱怨。空气湿润清新，像婴儿呼出来的味道，带着生命娇嫩纯洁的乳香；大地纤尘不染，宁静得听得见炊烟的絮语，听得见云飞雾走的窸窣脚步，听得见鸟儿们的喃喃细语，听得见他左前方那座寺庙里隐约传来的诵经声和低沉的法鼓声，也听得见他右前方那座教堂召唤教友前去望弥撒的悠扬钟声。寺庙的顶端金光灿灿，翘起的飞檐系着一团祥云，浑圆的经幢上降落五彩的鸟儿；而那座被青山环绕的巴洛克风格的教堂，过去他只有在欧洲风光的明信片上才看到过。是谁把教堂和寺庙建在一起，让它们像兄弟一样互相守望？是谁让佛光和耶稣的光交相辉映，共同关照护佑着这些幸福的人们？是谁进寺庙磕长头？又是谁进教堂望弥撒？以他在尘世的常识，这两类持不同信仰、祭拜不同神灵的人们是走不到一起的，他们常常因为最终的归宿问题而相互争论、鄙视甚至残杀。尽管他们有相似的天国，就像现在他眼前看到的一样美好。在神界与大地之间，白色的云雾悬在前方的雪山雪线以下，下部就像被一把锋利的剑一刀挥去，只有神灵的剑才这样巨大无比，干净利落。冰川像一条巨大的哈达，从云雾中飘落而下，沿着一条深绿色的“U”形山谷浩荡铺排，簇簇耸立的冰峰、冰柱，好似天国之门前列队的白盔白甲的战士。一些低矮点的山峰在云雾中若隐若现，比水墨画更写意，比仙境更真实。有一束强光从浓厚的云层缝隙中射出来，像巨大的舞台追光，打在诗意盎然的大地，打在香烟袅袅的村庄，照亮了渴望天国之光的每一颗心灵。每户农舍的屋顶，都可以看到藏族人煨桑的青烟，像少女飘拂的裙摆，婀娜摇曳，直达天庭。山坡上是遍坡的葱绿，正是土豆苗开花的季节，黄色的小花点缀着大片大片的绿意。他从来没有看见过土豆开花如此诗意，如此壮观。对于那些平凡的花儿，它们往往以海洋潮汐一般的气势取胜，就像平凡普通的人们，当他们手挽手站在一起时，任何尊贵的统治者都要为之折服一样。在他小时候，中国大地还一片饥馑，土豆是他们不得不吃的主食之一，它是多么难以下咽又是多么令他们年少的胃憎恨啊！可是现在，土豆花开得宛如天国的花儿，能化腐朽为神奇的地方，不是天堂又是哪里？

他想起20世纪30年代英国作家詹姆斯·希尔顿曾经写过一部书，叫《消失的地平线》，一度轰动全球。书中的故事发生在一个叫“香格里拉”的地方。据说这个名字在英语里代表“遥远而迷人的地方”，在法语中的意思是“人间仙境”，西班牙语里叫“天堂”，而汉语则解释为“世外桃源”。

那么，他是在香格里拉了？抑或，他是在天堂里了？

他像每个人一样，向往天堂；他也像每个人一样，当来到天堂时，对人间也还有些许的留念。就是说，他们都有点害怕死。

他现在住在天堂里，这毋庸置疑；他死了吗？这值得怀疑。

我好像还活着。这是那些日子里我一直试图说服自己的话。我住进了医院，和死亡当邻居。我感到了痛，十八层地狱里有什么样的煎熬，我都一一领略了。我的脸像被老熊抓了一把，腮帮也被撞掉了，牙齿散落在大地，再也无迹可寻；脖子上套了一个笨重的圆圈。我的肋骨没有一根是完整的，肺差一点被穿破；我的脾脏开裂，这让我以后再没有脾气可发；我的左膝盖啊，让我想起上大学时踢足球，一个体育系的家伙和我对脚，两个年轻的膝盖猛然相碰，我的半月板撕裂，一块指甲大的骨头粉碎。当时我们都在足球场上痛得打滚，大声号叫。现在比起来，那点伤痛，不过像是一点皮外擦伤而已。我的膝盖骨头都飞出来了！医生在我身上大动干戈，东缝缝西补补，下拉拉上垫垫，夹板、护套、钢托什么的戴了一身，有点像个“变形金刚”。我醒来后就一直在想，将来要是还能正常走路，大概比人家上月球还难。

没有膝盖的人照样走路。过去的土司头人们有种刑罚，把让他不高兴的人膝盖取下来。我们村庄里就有一个这样的人，走起路来甩手甩脚，啰里啰唆，像解放军阅兵时踢正步。

这话是那个莽撞的家伙旺堆说的。他长得有些像亚东，人高马大，一个标准康巴人的体魄，常见的康巴人的性格。他把我撞得体无完肤，还有心思给我开玩笑。你再听听他怎么说——

那天我在车上大概喝了一斤半青稞酒。天气热啊，不喝怎么行？酒嘛，水做的嘛。他不当回事地说。其实喝酒开车不啰唆，主要是……他有些不好意思了。

主要是什么？说啊！在医院的那些日子里，我已经跟他有些熟了，妈的，不撞不成交吧。

他说，主要是，我睡着了，在做梦。啰唆啰。

啊啧啧，我被一个喝了一斤多白酒又还在做真正的白日梦的莽撞家伙撞进澜沧江峡谷了！他把我的生活从此改变了，就因为他边开车边做梦！

那个时候，旺堆说，我正梦见一只岩羊，它就顺着公路跑。它很肥。夏天了嘛，漫坡的青草催肥了这些狗娘养的。我的头不断地撞到方向盘上，我以为是路太颠了。那些狗娘养的说，就要铺柏油路面了，马上马上。啰里啰唆的，说了好多年了。我放开脚追……

可你是在开车！我及时提醒他。

啊啧啧，是啰，我是在开车。他吐了一下舌头，然后振振有词地说，我忘了，我睡着了，做梦以为自己在追岩羊，就恨不得一脚踩到油箱里去。狗娘养的。我就看你的车对着我过来了，我还以为你把我的岩羊抢走了呢。

我大声抗议道，是你在弯道处占着我的道，一下就冲过来啦！

是啰，是啰，所以我要服务你这个啰唆的家伙嘛，就差没有吃你的屎啦。狗娘养的，你拉的屎真臭啊。做完手术那几天，医生说你能拉出屎才能活，害得我天天恨不得掰开你的屁眼。旺堆还做出一脸很遭罪的样子，让你真想给他一拳，但是你又打不过他，哪怕你不是浑身缠满绷带。他总是给人威风八面的感觉，左一个“啰唆”，右一个“狗娘养的”，我想这都是跟汉族人学的吧，而且我敢肯定，前一句口头禅源自某个干部之口，后一句嘛，自然是跟像我这样的在藏区转悠的流浪汉学的。藏族人学说汉话，总是学到汉语言里最有个性的地方。

一切都是因缘，他说，一下又像个知书识礼的喇嘛。我们都逃脱不了因缘大法的。你早一分钟进那狗娘养的弯道，或者我早一分钟转出来，我们两个就碰不到一起啦。朋友，前世我们就是有缘的。你说，啰唆不吗？

好像我们两个是多年不见的老哥们儿，在一个弯道处终于碰见了，我们应该对这该死的因缘感恩戴德，热烈握手，激情拥抱，然后啰里啰唆地在那个弯道处立一个胜利会师的纪念碑。有时候，你真拿这样的康巴人没有办法。

我要成瘸子了。残废！你懂吗？我愤懑地说。

旺堆嘴唇上浓密的胡子撇下来了。你还活着，就不要啰唆啦。当时我看见你从车上飞出来，像只鸟儿一样——他竟然滑稽地模仿鸟儿展翅飞翔的动作，好像那很好玩。我就想，这下啰唆啰，又一个家伙下去了。没想到你挂在了树上。你要感谢佛祖的保佑，能走路后，一定要给神山好好烧一炷香。

我在县医院躺了整整三个月！真是一段最啰唆的人生。我拒绝告诉家人和所有的朋友，也拒绝旺堆的询问。我只说我是个流浪汉，没有家人。旺堆这个家伙虽然外表粗糙，胡子拉碴，做事马虎，但不会像我们那边，经常有人肇事逃逸什么的。交警判了旺堆负90%的交通事故责任，他没有辩解。不但承担了所有的医药费，还隔三岔五地来看我，为我端屎倒尿什么的。我们真的成了朋友，这个家伙鼓励你的话仅仅是：喂，朋友，你不要啰唆了，什么时候可以起来和我们喝酒啊？

事情经过就是这样。你碰到一个无所畏惧的康巴人，要是在战争年代，他绝对会成为英雄。但是在公路上行车，你最好离他远点。

你成了一只被撞飞的鸟，在澜沧江上空做了短暂的飞翔，然后降落在一棵高山雪松上，你在那一瞬间看见了自己的灵魂出了窍，在澜沧江峡谷游荡。他甚至看见他儿子了，不是在美国加州，而是在澜沧江峡谷的雪山上，他带儿子捕雪鸟，追逐狗熊。他还听见自己告诉儿子说，美国的科罗拉多大峡谷算什么，比起澜沧江峡谷来，一条小山沟而已。你根本来不及想明白这到底是怎么一回事情。车横滚着飞了出去，人在车里像玩迪士尼乐园里的过山车。人一生都在渴望飞翔，真的飞起来了，可不怎么好玩。生命如此精彩，生命又如此惊险。死亡这一次与你撞了个满怀，但是它留了一手，让你生不如死。就像现在。

其实你早就在过着生不如死的日子了，你只是不承认，你只是偶尔会这样感叹。你和很多人一样，畏惧死亡，苟且偷生。有时，当你被烦恼困扰，被欲望压迫，你无从解脱，你只有从内心深处感叹：这叫过的什么日子？

从前的有些时候，你和几个老同学喝酒，酒到酣处，大家都会这样说。也在人生的某个时间段上，通过越洋电话，你也会这样问你的前妻。她的话语穿越太平洋，穿越两个不同的国家，勉强拉扯着南辕北辙的两个心灵。什么日子？好好的日子。就像你们中国的一个歌星唱的那样煽情和肤浅，今天明天都是好日子，天天都是好日子。太阳每天从你那边落下，然后在我这边升起。比起那些还在打仗的地方，还吃不饱饭的地方，中国美国过的都是好日子。日子就是一天又一天，日子就是上班、挣钱。日子就是你和我，一天天去实现自己的梦想。你想要过什么日子呢？

你说，你也不知道要过什么样的日子。反正不是现在这种日子。

其实，你只要扛得住躺在病床上的日子，什么日子都是好日子了。到第四个月，我可以下床拄着一双拐棍走路了，像一个蹒跚学步的婴儿，生命仿佛倒回去重新过。医生委婉地提醒我说，经过这一番折腾，我的右脚已经比左脚短了约十厘米。我达观地安慰那个有些可怜我的医生。我还活着，这就够了。

我已经不是厌倦医院了，而是对它充满仇恨。一天，旺堆来看我，发现了我眼睛里的愤怒。他说，不要啰唆啦，我接你去我婶婶家，村庄里的糌粑和酥油茶肯定让你好得更快。你看看你的脚嘛，跟山鸡脚一样细。我们村庄风景又好，人家说是香格里拉呢。

就这样，我感到自己从医院一步跨进了天堂。旺堆开着他那辆大卡车轰隆隆驶进这个有着香格里拉美丽传说的村庄。旺堆的婶婶娜珍大妈和我所认识的所有藏族大妈几乎一样，纯朴、善良、慈悲，甚至还很羞涩胆小。旺堆的两个堂妹妹央金卓玛和其美卓玛是对孪生姐妹，更是我从没有见到过的漂亮藏族姑娘，宛如人间天使。而她们的父亲，这个家里的男主人，人们说他多年前出去赶马，一去就没有回来。

（也许就像人家在我生活过的北京如此评述我一样。）

尽管早已不是战争年代，但还是有一些离家出走的人一去不归。要么是人不归心仍在，要么是人已回心不归。更残酷的莫如他的前妻，人、心都已不归了。

柳青青是他愿意为之去死的女人。不是说当他向她表达他的爱时，他像所有那些被爱搅晕了头脑的人，说这些昏头昏脑的肤浅的疯话，而是他面对爱还是不爱，这个难以做出抉择的问题时，他想到了死，也想到了天堂。如果他当时能想象到的天堂就是他后来看到的香格里拉，爱又如何？不爱又何妨？

就像你们已经猜到的，也就像他早已怀疑的那样，一切都在你们的想象中，对吧？但是你永远想象不到隔着一个太平洋的事情，想象不到在加利福尼亚州灿烂的阳光下，一个美国男人如何向一个只身在外打拼的中国女人表达他的爱；想象不到在一个叫肯特小镇的汽车旅馆，那个美国佬到底向他的妻子说了什么，又做了什么！酒精的错？大麻的罪？还是乡村音乐在这种时候为虎作伥？他的妻子在他们的孩子只有两岁的时候就去了美国加州，先是托单位的福去进修，然后就读博士，然后就在那个肯特小镇的汽车旅馆里一失足成千古恨，不回来了。然后，孩子在他一个人的抚养下，慢慢长大了，该上初中了。再然后，这个叫柳青青的女人，这个已经如愿拿到绿卡的中国母亲，从美国回来跟他说，为了儿子的前程，她要接他去美国。她把一纸离婚协议书摆在他的面前，那感觉就像如果他拒绝，中美两个大国就要开战了。为了中美两国人民的友谊，就签了吧。

婚姻早已名存实亡，过去他为了儿子忍受着一切。相依为命在当下的中国是这样一些情况：冬天，早上六点起床，七点前出门，骑自行车顶风冒雪一个小时，送孩子到幼儿园；夏天，所有的周六周日陪孩子去公园，去各种培训班，一起看动画片，去郊外钓鱼，去医院矫牙，去超市买一周的菜，去被儿子打伤的同学家道歉……平常，他总是拒绝出差，拒绝朋友们的聚会，他总是说，我儿子一个人在家呢。像祥林嫂，先是叫人同情，久了就令人生厌。因此他一直在单位没有进步，得不到组织考察的荣幸。儿子要是晚了半个小时不回家，当父亲的就心神不定，到处打电话，一次一次站在窗户边向下面张望；家长会上，小学老师像训孙子一样训他这个拥有硕士学位的大男人；餐桌上，他总是希望像魔术师一样，变换出各种不同口味的菜肴，但是儿子说，他刚才在外面跟同学一起吃麦当劳了。

就像儿子轻易就否定了他殚精竭虑搞好的一桌美味，儿子也轻易忽略了一个父亲的感情。当他妈妈问他愿不愿意去美国时，儿子看都没有看他父亲一眼，说，当然要去了。

狗日的美国，你粉碎了我的爱情；狗日的美国，你还夺走了我的儿子。他在无数个夜晚，独自愤怒地低声呜咽。

他没有告诉儿子，他被美帝国主义打败了。他也没有告诉儿子，那个美国佬以后不会随时提醒你添加衣服，不会炒你喜欢吃的火腿鸡蛋饭、煮你酷爱的酸菜鱼，不会给你扎风筝，不会在假期里带你去乡下推滑轮车玩，不会抱你坐在自行车后座上，顶着风雪，顶着日晒，顶着沙尘，顶着大雨，穿行于繁华闹市，告诉你，怎样成为一个勇敢坚韧的中国人。

他们曾经爱过，已不重要，现在不爱了，这才要命。更要命的是，连父子间的亲情也没有了。被太平洋隔离了，被两种社会隔离了，被人心里各自的私欲隔离了。

他曾经的天使降落在别国的土地上。他重新一无所有，赤手空拳，索性辞了工作，做了一个浪迹天涯的流浪汉。

每天，两个天使从开满土豆花的碧绿山坡上走来。她们长得一模一样，也长得如土豆花一般朴素、娇嫩。她们是大地上的天使，尘世的风情与她们无关；她们是透明的，从眸子到笑容，从话语到心灵，一览无余，清澈见底；她们的歌声是干净的，不带任何杂质，那是在高山牧场上和牛羊一起成长、与鲜花一起盛开、同森林中的百鸟一起歌唱的歌儿，是被雪山上的风浸染过的歌儿，是被冰川溪流清洗过的歌儿，是被森林里的松涛滋润过的歌儿，是让我这个流浪汉一听心尖尖都在颤抖的歌儿。她们不唱则已，一唱，天地动容，江河无语，行云伫足，冰川起舞，雪山聆听。当她们唱歌的时候，我总是想到仿佛是前世学过的一句诗行，“座中泣下谁最多，江州司马青衫湿”。不过那不是感世伤怀的眼泪，而是当你听到了天籁之音时，内心深处那根从来没有被拨动过的琴弦，被一双温柔的手，轻轻地触摸到了。

时间就像我房间对面山腰上薄纱般的山岚，带有美丽又诡秘的不确定性。在某些情况下，时间的存在不是以时针分针或者太阳的起落来确定，而可能会是其他的一些东西。寺庙里的暮鼓晨钟，教堂里的赞美诗；挤奶姑娘将奶汁抚摸入桶的“唰唰”冲击声，娜珍大妈的火塘死灰复燃，炊烟升腾，穿过火塘上方的天窗去唤醒沉睡的大地；每天喝早酥油茶时必然来到的一场细雨，院子下面的那头母犏牛不经意地鸣叫，几个农人在地里默默地劳作，间或传来一串歌声；马帮的铃铛在村庄的幽静中叮当响起，像大地上跳动的音符，渐行渐远；村口的那座平安塔前，几个藏族老人手摇转经筒，又开始他们一天的转经；山腰上的云雾被风一把扯走，大幕拉开，雪山露出它雄伟的身姿，圣洁得耀眼，纯净得心醉，让人目瞪口呆。面对雪山，任何礼赞的词汇都显得贫乏俗套，你只会发呆。雪山适合人发呆。相看两不厌，只有敬亭山，那也是一种发呆的感受。这个时候，时间往往停滞，人不知天上人间。心灵里经年的污垢被高远的雪山一遍又一遍地洗涤，你甚至感到自己在雪山的映照下，会越来越透明。直到娜珍大妈又到藏式土掌房的平顶上煨桑，面对雪山——神山——高声呼喊：啦嗦啰，神胜利了！直到一座村庄的桑烟东一团、西一处地袅袅升起，直到神灵巡行在天空中的身影渐渐模糊，直到天国的仙女央金卓玛或其美卓玛中的一个——我总是分不清这对孪生姐妹中谁是谁，她们不是相像多少的问题，而仿佛一个就是另一个的镜子——从牧场上赶着牛羊翻过一座山岗，跨过三条溪流，走过土豆花盛开的田野，绕过村口的白塔，在暮色中推门而归，然后款款来到我躺的床前，说，大哥，吃晚饭了。这才让人一时不知今夕何夕，今年何年。

但有一点我知道，和大地，和天空，和雪山，和云雾，和感受得到的诸神，和天国里的万般景象神交的一天，又过去了。

这样的一天，是梦幻的，又是真实的。梦幻处让我感到身处天堂，真实到让我疲惫的心恬静安详。

我现在住在娜珍大妈的藏式土掌房的三楼，这种建筑是河谷地区的藏族人所喜爱的。它一般建成方形、平顶，用土巴夯墙，圆木架柱，木板铺地，通常有两层或三层高。底楼关牲畜，楼上住人。门、窗绘以朱红或黑色的颜色，非常夺目，具有很强的装饰效果，实际上那是房主人心中敬畏的某个神灵喜欢的颜色。我住的是这家人供佛的房间，有一个地铺，一个占了一面墙的神龛。神龛前有一排铜净水碗，有小香炉，每天早上娜珍大妈起床第一件事情就是来更换净水，那是卓玛从很远的地方背来的山泉水。神龛上方除了供奉有本地护法神的神像外，还有班禅大师的像，毛主席的像。毛主席也是藏族人最大的保护神，娜珍大妈告诉我说。每年的春季，要播种之前，娜珍大妈会请喇嘛上师来家里念经三天，喇嘛们就睡在这个房间里。平常，其美卓玛告诉我说，只有尊贵的客人来了，我们才会打开这道门的。我不由得心生敬畏，我是和神灵们住在一起呢。

每天傍晚，十八岁的孪生姐妹中的一个，会来搀扶我到二楼的火塘边，和她们一起吃晚饭，然后在火塘边和大家一起消磨一个宁静的夜晚。这是一个巨大的房间，足有六七十平方米，是藏族人会客、喝茶、吃饭、讲神灵的故事、说唱格萨尔的地方。有一台电视机，但是村庄里经常停电，信号也不稳定。这样我们就听着火塘里柴火噼啪燃烧的声音，和那母女仨有一搭没一搭地闲聊，度过这漫长寂静的夜晚。很多时候我自私地情愿村庄里永远不要来电，这样我有种正在过着日子的真实快感。

开初我搬到这个家来时，感到拘谨、羞涩、愧疚的不是我，而是这家的主人。旺堆那家伙大大咧咧，指手画脚，仿佛是这里的男主人。他把我像抱一个孩子似的抱进这幢房子里。他是我的好朋友，被我撞啦，在你家住几天。然后将我往三楼一撂，仿佛我是堆某种麻烦的货物，在人家这里存放一下。他临走时还特意回过头来说，婶婶，卓玛，你们要仔细些，我的朋友可是北京的，大干部。

后来我想也许就是旺堆这句话吓着纯朴善良的母女仨了。村里连来个县上的干部都鸡飞狗跳呢，我这个“北京的大干部”，岂不让人家赶紧杀鸡宰羊，把最好的火腿割下来，把最浓的酥油茶端上来。村里的人慢慢开始揣着小心和好奇，在晚上往娜珍大妈家蹭。他们不是来慰问我的，而是来看北京的，是来争先恐后声讨旺堆的。啊啧啧，这个造孽的旺堆，把北京撞成这样。他们在我的面前低声感叹。我忽然有种不称职的惶惑，我岂敢代表北京？

应该承认，纯朴的村民附加在我身上的光荣，真让我很受用。我主动担负起了北京的义务宣传员。天安门，长安街，亚运村，立交桥，在地下开的火车，高楼，故宫，中南海——给人家那感觉好像我就在中南海上班。我甚至还给他们讲了雍和宫，在那里经常可以看到穿袈裟的喇嘛上师。当他们在我的拙劣讲解中还是拿捏不准北京时，我只有更拙劣地说，你们就把北京想象成一个很大很大的村庄好了。一个中年康巴汉子鼓起勇气问：可有五个县城大？是的，就是那么大。我肯定地回答道。啊啧啧。一片感叹声滚落在火塘边。那个康巴汉子一脸荣耀，就像在电视里有奖问答的节目中猜中了问题的幸运者。

在我恢复到可以喝第一碗青稞酒时，娜珍大妈先把酒在火塘边温热了，往酒碗里加了一大勺酥油，央金卓玛又往里面加大大一勺蜂蜜。我试着喝了一小口，又甜，又腻，又辣。其美卓玛在一边柔声说，平常我们过年时，给老人的酒碗里才加这些呢。

唉，那一晚我没有因酒而醉，而是因幸福甜蜜而醉了。

央金卓玛和其美卓玛并不是我过去认为的那种热情奔放、大胆泼辣的康巴姑娘，她们是羞涩的、胆小的、温顺的。当她们中的一个——我想不起是谁了——第一次来搀扶我下楼时，我曾经听见楼梯口那儿俩姐妹叽叽咕咕说了一大通藏语，仿佛她们在互相推托，这个说，你去吧；那个说，你去嘛，我要帮阿妈打茶呢。然后是一阵害羞迟疑的脚步声，终于磨蹭到了我的面前，大大……大……哥，走……

她的脸红得像早晨被霞光映照的雪山，娇嫩得像刚刚怒放的杜鹃。这时他想起了他的初恋，当他第一次说他爱那个姑娘时，姑娘脸上的神态，就是花儿含苞欲放的模样。佛祖在上，神山看得见，那时我确实离不开拐杖或搀扶，要不我真的感到自己太为难人家了。我靠在她的身上时，她的心跳得连地板都在震动，我也在颤抖。不是因为伤痛，而是由于难为情。

随着与她们相处得日益融洽，这一幕后来成为每天折磨我的一个烦恼。他昨晚又梦见了卓玛，他梦见他们在高山牧场上，她唱歌儿给他听。他还梦见自己躺在卓玛的裙子边，而卓玛的头上戴满了他采摘的野花。不是我希望她们中的哪一个快快来到我的床前，而是我已经明显感到，这个光荣的搀扶任务，已经生分了两姐妹的情感。在我大体已经能区分她们谁是谁时，我发现两个卓玛一个赛着一个早地来楼上。她们开始找各种理由，送壶酥油茶，拿来小学时的课本和作业给我看——她们都是小学刚毕业就辍学了，也是她们的父亲再不归来的那一年。有一次，央金卓玛递来一包藏药粉给我，说是专门去喇嘛寺找益西活佛给我请的。益西活佛专门为你念经，加持法力，药里有了。央金卓玛眼睛不看着我，说。我闭着眼睛把那包微辣、酸涩、味道奇怪的药粉一口吞下，喝下一大口水才强迫自己没有吐出来。想起一个作家的作品标题：《美人赐我蒙汗药》。第二天，其美卓玛竟然到雪山上采来新鲜的雪莲，说是要给我泡酒喝。我心里哼哼，上帝啊，我就等着天天醉吧。

这两姊妹在竞争，可是我深知她们搞错了对象。不是我不爱她们，而是我不配。更不用说旺堆那只大拳，足以打得我重新戴上医院里那些夹板啦钢托啦什么的。

我后来有一个小小的秘密，我感觉自己已经不需要搀扶就可以上下楼梯了，但是我秘而不宣。我偷偷地享受着一个藏族姑娘小心谨慎的搀扶。我的一只胳膊搭在她浑圆的肩膀上，我嗅着她浓密的头发间隐约散发出来的草原的气味，牲畜的气味，森林的气味，田野里的气味，当然了，还有一个少女青春的气味。我从那肩头上感受大地的信息，感受一个姑娘爱的信息。我故作行走艰难，身子尽量地挨近她。吃豆腐，爸爸，那个男人吃阿姨的豆腐。不要脸。他儿子五岁的时候，有一天看着电视里的某个画面说。她或者是央金卓玛，或者是其美卓玛，一个扶我下楼，另一个一定会争着扶我上楼。每天晚上，我在神龛前为自己的罪过忏悔，藏族人的楼梯很陡，我身上的伤还没有完全好。明天，我要自己走下去了。可是第二天，我还是装模作样地依靠在一个卓玛的肩头上。

有一天，央金卓玛甚至在下午四点钟就来扶我下去了。那时，太阳还高挂在天空，对面山上的云层还白得耀眼；那时，娜珍大妈还在屋顶用连枷打青稞，我仿佛是前世才见过这样的劳动场面；那时，一清早就放出去的犏牛还没有归圈，它们像朝九晚五的北京人，努力在这个世界觅食吃；那时，地里收割青稞的人们的歌声，还在不时飘来。他们把汗水洒在大地，将歌声供奉给蓝天，将灵魂供奉给神山，艺术起源于劳动生活，这是谁说的呢？那时，我还没有做好准备，接受一个藏族姑娘爱的表白。

那时，当我们下到楼梯口时，我分明看到了其美卓玛脸上的失落。

央金卓玛肯定也感受到了其美卓玛的心情，孪生姐妹嘛。她好像是对空空的屋子说，我扶大哥下来先喝碗茶。

其美卓玛扭身上楼顶平台，去帮她妈妈去了。

我尴尬地说，卓玛，时候还早，我也不是很想喝茶的。你去帮娜珍大妈打青稞吧。

央金卓玛埋头拨弄火塘，我感觉她内心里燃烧的火已经足以烧开一壶酥油茶。她只是说，喝茶，喝茶。你喝嘛。我马上就烧好了。

其美卓玛忽然从楼梯口探出脑袋来说，大哥，明天我带你去高山牧场，那里的花儿好看死了。

我羞得脑袋埋得比刚才的央金卓玛还低，央金卓玛及时帮我解围。瞎说什么呀，大哥还不能走那么远的路的。

老鼠爬到他的铺上时，大哥跳起来比那些有法力的喇嘛还要高。其美卓玛的嘴很厉害呢。

昨天晚上，其美卓玛扶我回去睡觉时，我掀开被窝，一只老鼠倏地钻了出来，吓得我往后猛地一跳两尺远。那是一个正常人这种情况下跳起来的高度和距离。如果说其美卓玛的前一句话让我感到羞愧，这后一句，差不多要我的命了。

一段时间以来，我开始祈祷自己不要好得那么快。雪山上分管健康的神灵啊，就让我这里也痛，那里也不好吧；就让我永远这样依偎着两个卓玛上下楼吧；就让我在这个家里安安静静地躺着，靠着，呼呼大睡着吧；就让我永远早上起来喝一整壶酥油茶，看着窗户外面的雪山在晨曦的照耀下由红变白，中午吃着她们送上来的水汽粑粑——一种既蒸又烙的饼，晚上就着一碗醇香的青稞酒，吃着糌粑和牛肉吧。就让我成为跟她们一样的人，从来不知道烦恼为何物吧。

北戴河的疗养院我去过，五星级的大饭店我也住过，尽管这里的铺里可能会蹿出来老鼠，尽管跳蚤、蚊虫是我每天夜里的伴儿——它们吸我的血一定像碰到了一顿海鲜大餐。但我在这天堂一样的地方，不缺吃，不缺养，更不缺爱。

我可以甩开拐杖了，我可以离开那透着泥土芳香的肩头了，我甚至可以跟着她们去浪漫的高山牧场了。我身上一度萎缩的肌肉在神速地恢复，我的力量像春天里牧场上的青草，春风吹又生；我脸上的血色正像晨曦中的雪山慢慢变红。我的情思也死灰复燃，甚至已经燃烧成了山火，这里扑灭了，那里又燃起。但我坚决否认它。

我已经能准确无误地区分两个卓玛。不是像我们汉族人遇到这种情况会以出生的先后顺序来区分她们谁是姐姐、谁是妹妹。娜珍大妈也不知道她们俩谁先谁后，她一个人在山上打柴时就将她们生下来了。这里的习俗是妇女生孩子不能在家里，要么她去羊圈，要么她去山上。双生胎，一起出来的啰。当母亲的曾经这样告诉我。人们也不热心区别她们的大小，反正她们有不同的名字，她们有不同的性格，时间长了，你自然就知道了。是谁在山坡那边唱山歌，清脆干净的调子分明在洗涤我的心灵，分明在表达她的爱；是谁又在溪流边为我洗衣裳，搅得一条溪流喧闹不已，骚动不安，像她不平静的心。是谁在半夜里喃喃呓语、诉说内心深处的秘密，又是谁在给楼顶的香炉煨桑时祈求爱的祝福、虔诚地坦陈自己的爱。雪山上的神灵知道，牧场上的牛羊知道，草地上的花儿知道，袅袅上升的香烟知道，按时归家的犏牛也知道。独独我装作不知道。

我能下床走路以后，我第一个去的地方，就是为雪山烧香敬拜的焚香台。那个地方有一字排开的十三座白塔，面对雪山正面，就像一群孩子面对一位慈祥的父亲，面对一个威力无比的神灵。他是本地人的护法神，护佑了这片峡谷上千年了。当地人从来没有称他为雪山，他们只是习惯叫他神山。神山有自己的妻子，有孩子，还有情人，更有无数的传说。在传说中，这座神山是一个骑白马、穿白盔白甲的战神。

我像藏族人那样恭恭敬敬地往香炉里煨一把松柏枝，抛撒五谷和圣水，双手合十向神山磕头。我还像娜珍大妈那样高喊：

啦嗦啰，神胜利了！

啦嗦啰，生命复活了！

噢——啦嗦啰！雪山上的神灵啊，请赐我一双好脚吧……

我在焚香台前低声啜泣。他只在送他儿子去美国的那天，在机场上这样哭过。可他儿子认为这样太丢脸了。不断叫他回去吧回去吧。爸爸回去吧我走了你回去吧。仿佛那不过是平常当父亲的送孩子到学校门口；仿佛就是多年以前，他的母亲送他去上大学，他对在车窗外徘徊往返的母亲说，回去吧回去吧，妈妈你走吧。所有的儿女，就是这样轻率地告别他们心碎的父母；所有的儿女，就是这样把父母沉重的惦记与思念，轻轻地一挥手，挡回去了。自出门游荡以来，我认为自己已经被一路的艰辛熬干了眼泪，但是眼泪还是不争气。不就是一条腿比另一条短了十来厘米吗？不要啰里啰唆了。

大哥，你去挂经幡吧。一条五彩的经幡递到我的泪眼前，上面印有字迹模糊的祈颂吉祥的藏文经文。我抬眼看着央金卓玛，怀疑是自己的眼泪洇湿了她纯朴的面庞。噢，卓玛，不要哭。我说。大哥你先不哭。你还可以走路嘛。央金卓玛说。我不是哭我的瘸腿，我说，我哭我的儿子。你儿子……不在了吗？这里的人说死叫不在。我脸上荡开一个苦涩的笑，噢，我儿子在……不在我身边，他在……美国，和他妈妈在一起。我艰难地说，很想拭去她脸上的泪花。我看见阳光又重新回到央金卓玛的脸上。佛祖保佑，她说，你不是和我在一起吗？

是啊，感谢佛祖，我和她，和她们在一起。这也很好。我接过经幡，手指触摸到她略显粗糙的手掌。过去的一段时光里，我已经很熟悉这勤劳的双手，还有健壮有力的手臂，它们搀扶着我，从绝望的边缘走出来，它们递给我酥油茶，递给我青稞酒，递给我洗好的衣服，递给我从草原上采摘的鲜花，递给我她的爱，仅差一点，这双手啊，就递给我一颗真诚的心。

白塔前方有一排密密的青冈木树丛，上面挂满了敬拜神山的人悬挂的五彩经幡，看上去像一片彩色的丛林。风吹拂着经幡猎猎作响，那是向蓝天祈颂的经文，是向大地吟唱的歌谣，更是心灵招展的旗帜。在藏地的每一个雪山垭口，在神灵驻足的地方，在天神的庙宇，在地神的宫殿，每一面经幡都寄托着藏族人的祝福，都存放着他们的敬畏。雪山上的神灵一定看见了，有一个心灵里的创伤远远重于皮肉之伤的瘸子，也把一条祈颂吉祥平安的经幡，敬奉给他了。

益西活佛戴一副老式的黑框眼镜，虾着背坐在一间全用木头装饰的小房间里侧的藏式卡垫上。阳光从他背后的窗户处射进来，在他的肩头和花白的头顶镀了一层白色的亮光，使他看上去就像一个立马就要逆光升腾而去的神灵。我随央金卓玛进来，跪在活佛的面前，向他敬献了一条哈达。活佛给我摸顶祝福，他枯瘦而苍老的手掌触摸在我的头顶，我并没有其他奇异的感觉，只身感到某种悲悯。不是来自头顶，而是内心深处。

人们告诉我说，益西活佛法力无边。关于他的传说在村庄里我已经听了很多。比如说，一次益西活佛到一户人家做法事，当他念经时，生病的女主人头顶上开始冒白气；又比如，有人看见过他把澜沧江边的一块鹅卵石捏出水来；还有人对着神山发誓说，他目睹了益西活佛从澜沧江江面凌波微步，涉水而过。不过我情愿相信，益西活佛是个修行严谨、佛学造诣精深的苦行僧。他经常去雪山下的一处山洞闭关修行，据说最长的一次是三年。我不知道人在黑暗的山洞里独自待三年，会有什么样的收获。我在病床上躺了三个月，就要发疯了。

在现在这个浮躁的世界，谁比我有耐心，谁比我更安静，都是我的上师。

裹在一袭绛红色袈裟中的益西活佛显得瘦小、坚硬，过去我也见过一些膀大腰圆、面如菩萨的活佛。与他们比起来，益西活佛更显谦逊、悲悯，像个潜心学问的老教授。我在他的侧面坐下，仿佛一问道求法的童子。

北京来的领导，请用茶。益西活佛指着案几上一个小喇嘛刚冲上的一碗酥油茶，微笑着说。

我吓了一跳，忙说，尊敬的活佛，我不是什么领导。只是一个在北京工作过的普通人。

我们都是普通人。活佛轻声说。

可是，可是你是活佛呢。

是活佛，但也是人。不然我们就不用修行闭关，求闻善知识了。

请问尊敬的活佛，什么是善知识？

益西活佛没有正面回答我的话，只将手里的一串陈旧的佛珠捻了一圈。北京来的修行者，你出来学到什么了吗？

修行者？我的惊讶不亚于人家问我，你是留洋回来的博士吗？我说，我岂敢称修行者？一个背井离乡、到处流浪的人而已。

远离家乡的人，都是在修行。活佛和颜悦色地说，背井离乡让我们升起断除贪、嗔、痴三毒的正见。这是一个修行者舍离己身的第一步。

我仔细想了想，出门在外的日子里，我的心情为什么总是那么愉快轻松啊？我不再想从前单位上的钩心斗角，也很少想家人孩子，更没有多少虚荣心和物质欲望。我抛弃了一切，我就是一个大地上快乐的流浪汉，哪怕已经九死一生，但我愿意过这样的日子。是谁改变我的？

我说，活佛，你说得对。远离家乡让我少了许多烦恼。

你还有烦恼吗？

有。我说，它就像澜沧江的水，无穷无尽，有时都快要淹死我啦。

澜沧江的源头在哪里，年轻人？活佛问。他叫我年轻人我真高兴，一下就拉进了我和他的距离。他此刻已经不是一个活佛，而是一个慈祥的长者了。

据我所知……在青藏高原的某座雪山下吧？我试探着说。

任何大江大河，都是从一滴滴水开始汇成的，是这样吗？

是。

它从青藏高原一路走来，上千公里的路，沿途的溪流、湖泊、江河，不断加入进去，就成了我们现在看到的澜沧江。

是的。我想，这和我的烦恼有什么关系？

人的生命也是如此啊。婴儿刚出世，就像澜沧江源头那一滴水，圆满纯洁，晶莹闪亮，只知饱暖，不知烦恼；随着生命长大，一生走的路，有没有澜沧江长，年轻人？

我想了想，说，有。或许更长。

人生之路，漫长遥远，各种欲望一路相随，贪、嗔、痴三毒，有如注入江河之水，更何况人生虚荣，最难解脱；虚荣愈甚，烦恼愈重。五尺之躯，其何以堪？

我好像有些明白了，又好像不甚明白。

活佛说，烦恼由心生，心不净，是为污垢之心；污垢从何而来，是贪、嗔、痴三毒未除。所以，心不净是因，烦恼是果。这就是你的因果，也是尘世中许多人无法回避的因果啊。

我明白了。我的不堪重负、饱受尘世污染的心啊，唉！

益西活佛从我的叹息声中，好像看透了我的无奈。他拿起案几上一块大理石镇纸石，说，把它扔到湖里，湖面再怎么兴风作浪，它在湖底一动不动。在尘世中，心就要像这湖底的石头，而不要像树上跳来跳去的猴子。这就是你要求闻的善知识。

怎么做得到？我是说，我怎么把自己的心变成一块湖底的石头？我问。

修行。益西活佛回答道。

依我肤浅的理解，修行是一种学习，也是一种克制。这个世界上有很多事物可以通过学习来掌握，从飞上天的飞船，到益西活佛在水面上行走的法力，但却有不少的东西难以克制。比如，爱和欲望。

爱是一种烦恼，欲望是一种罪恶。我们都懂，但是这只是问题的一面，它的另一面令人目眩，让我们看不清脚下的路，让我们惨败，让我们跌跤，更何况我一个瘸子。

我们经常给自己打气，爱就爱了，哪怕是糊涂的爱，是刀刃上的爱。但可能很少有人碰见我这样的问题：在两姊妹中，你要怎么爱？不是不好确定哪一个更可爱，也不是两个都难以取舍，而是，爱了一个，就要伤害另一个。尽管你可以说爱总是要伤害到旁人的，但这些都不是问题的最难点。

在我基本痊愈后，事态的变化就像云开雾散、雪山慢慢显露出真容一般越来越明晰。央金卓玛带我去寺庙回来后，其美卓玛就病了，三天茶饭不思，连我劝也不管用。第四天她趁央金卓玛背水还没有回来的当儿，不容我多问，拉起我就往牧场上跑，我的瘸腿紧赶慢走，气喘吁吁，好不容易挣扎到高山牧场。那真是令人忘了自己是谁的一天，草坡上的花儿开得有我的脚腕高，最高的齐至膝盖——哪怕是那条不短十厘米的腿！峡谷地区的高山牧场跟那曲地区的那种高原牧场不一样，没有那么空旷浩渺，有一块足球场大小、相对平缓的坡地或高原台地，就算是一块不错的牧场了。但它也有它的风情，它们一般在雪山脚下，被森林所簇拥，被弯弯曲曲的溪流所滋润；牧场边缘处的森林就像墨绿色的城堡，高远的雪山就是神灵在天国的琼楼玉宇。对此我深信不疑。其美卓玛动用了一个牧羊姑娘的所有热情与智慧来让我高兴，来显示她的非凡才华。她用一片树叶吹出让我要淌眼泪的调子，她扔石子打头羊的准头让我自愧弗如，她给我头上编织的野花冠比雅典奥运会上的冠军戴的还漂亮，她甚至还去找来了一匹马，没有马鞍马镫就跳到了马背上，疯跑一圈后还要拉我上去。——那时刻我想起了久远的一部日本影片《追捕》。可惜我不是高仓健。

孪生姐妹是上帝为了考验人们的情商，设下的一个美丽陷阱。她们一样善良美丽，她们也同样激情似火。哪怕她们身上的一些细微差别，也让你不好鉴别谁更善良，谁更美。外表上她们互为镜子，互相映照，内心里的爱虽然一样深厚，但就像雪山之水哺育大地，从不同的溪流里潺潺流淌下来。央金卓玛递给我酥油茶时，她的双目垂下，手在微微颤抖，因为她的心总是跳跃如小鹿；而其美卓玛递给我任何东西时，不论是一碗酒，一团糌粑，或是一颗剥好的核桃，她总是要让你明白，这是她给你的，不是别人，这是她的爱，她的心。因为她的一双大眼睛里流淌出来的柔情，席卷了你。就像风席卷了云，骤雨覆盖了大地。如果央金卓玛悄悄收走了我换洗的衣服，独自默默地去了溪流边；其美卓玛就会站在院子里高喊：大哥，下来帮我劈柴。——实际上是看她劈柴，因为斧子不太听我使唤，而在她手里就像一根绣花针。如果其美卓玛在某个夜晚在火塘边边打茶边哼唱某首浪漫的情歌，央金卓玛就会忽然把电视的声音开得很大，挤在我身边故意问这问那。就像现在在牧场上，其美卓玛的笑声和她的话语一样多，她的问题和牧场上的牛羊一样多，她的心，则像雪山一样晶莹剔透。

从浪漫的高山牧场回来后，我才知道又闯祸了。央金卓玛开始不说话，不仅不跟我和其美卓玛说话，也不跟娜珍大妈说话。她脸上的憔悴，是一个失恋了的姑娘的憔悴，她舌头后面的话语，难道也像益西活佛讲的，成了湖底的石头了？

天下哪有母亲不知儿女心事的。你也别以为娜珍大妈一天到晚忙进忙出，从来不知道两个女儿在你面前玩的那些明争暗斗的小把戏；你也别以为一个纯朴羞涩的藏族老大妈，一点也不知道你这个城里人的花花心肠；你更别以为娜珍大妈一天跟你说不上三句话，她就没有最重要的话要说。你一定要记住，一个藏族老人发话时，相似于半个神灵。

那天晚上，又停电，火塘里的柴被烧得“噗噗”地笑。藏族人终生都离不开火塘，对火塘他们有丰厚的想象力，也寄托了丰富的希望。他们认为，火塘里柴火燃烧发出的声响，是神灵的笑声。它预示着：要么是有客人要到了，要么是有大吉祥了。

请耐心等待。

央金卓玛已经八天不说话了，而其美卓玛的话却越来越多，仿佛这对孪生姐妹约好了，一个代替一个说话，一个代替一个做所有的事情。在这些天里，央金卓玛打回来的柴堆成了小山，连娜珍大妈也说，啊啧啧，才是秋天，这个冬天的柴都够了。每天早上天还没有亮尽，央金卓玛就把奶牛的奶挤完了，然后去山上背水，家里石缸里的水满了，可央金卓玛还在背，汗涔涔地把一绺头发咬在嘴里，把炽热的爱埋在心里。其美卓玛想去找我的衣服洗，可是我穿过的和还没有穿过的衣服，全都湿淋淋地晾晒在院子里，以至于有几天我都没有合适的衣服穿；甚至我的一双开了口的登山靴，也擦洗得没有一点泥土，连开裂的口都缝好了。至于打茶做饭，斟酒捏糌粑这些轻松活儿，其美卓玛根本插不上手。青稞收了，山坡上的地都闲着，明年开春藏族人才会去翻挖那些土地，然后撒下希望的种子。可是有一天，央金卓玛拎把锄头就下地去了，一挖就是一整天。连寺庙里最博学的喇嘛都费解呢。

火塘里的火烧得很旺，柴火不断发笑。那是在笑我啊。这时娜珍大妈发话了。她对我说——

姑娘两个都大了，牧场上的母羊都跟种羊走，一起赶出去，一起赶回来。

这个意思用我们的话来翻译就是：要么你一起娶这对孪生姐妹，要么你走人。

我没有立马幸福得晕死过去，而是感到无边无际的迷惑和恐慌。我知道，一妻多夫制和一夫多妻制在一些比较偏远的藏族地区还存在。这个村庄里一女嫁二夫的家庭较多，为的是怕兄弟结婚分家，造成家庭财产流失。但他们是藏族人，有这个民俗习惯，政府不倡导，也不反对。我一个汉族人，一个瘸子，一个流浪汉，何才何德，何德何能，可以一下娶两个老婆?

唉，唉，唉!

旺堆这个家伙像开坦克一般驾着他那辆东风大卡车，轰隆隆地闯进了村庄。他还在院子里就大声喊叫，朋友，下来喝酒去。

村庄里有一个小卖部，日常生活所需物品，几乎都能买到，烟酒糖茶盐，纸笔电池墨，但最贵的烟每包不会超过五块钱，最奢侈的东西不过是本地产的澜沧江牌啤酒。旺堆往车上扛了两整箱。今天我们就喝澜沧江。他说。

我讨厌喝啤酒，尤其是你和一个身强体壮、喝酒像喝水一般的康巴人喝啤酒，又是喝这种牌子的酒，你会感到被灌下一条澜沧江的酒了，他仿佛还才刚开始呢。

旺堆把车开到一处林间空地，有一条小溪从中间穿过，幽静得能听得见水里的小鱼儿跃出水面又插入水中的脆响。从上旺堆的车开始，我就知道这顿酒差不多是一场鸿门宴。我坐在草地上时说，是个杀人越货的好地方。

旺堆正用嘴把啤酒瓶盖儿一瓶一瓶地咬开，他递给我一瓶酒，阴阳怪气地说，不要啰唆，又不杀你，喝死你。

没有任何菜，这个家伙刚才连瓜子也舍不得买一包。这叫请朋友喝酒？

就把酒当澜沧江里的水喝吧。七八瓶啤酒下去后，我已经知道旺堆这些日子去了什么地方。他去拉萨朝圣去了，不是开车去的，而是去尽义务。村庄里有一个叫多杰的年轻人，去年发愿要磕长头去拉萨。这样的壮举一般需要三四个人给他做后援，就是拉一辆板车，装上大家一路上的吃穿住宿等粮食物品，陪伴着磕长头者一路徒步到拉萨。当然后援队伍的成员可能是家里的人，也可能是亲戚朋友。藏族人认为能当磕长头朝圣者的后援，也是一份殊胜的功德，因此视之为荣耀之事，村庄里的年轻人可能会轮流前去。旺堆说多杰是他的一个远房表弟，反正这个村庄里我看几乎人人都是亲戚。在我跟他们讲北京的时光里，前来听讲座的村人不下一百个，其美卓玛告诉我说，他们都是她家的亲戚。

旺堆没有陪着多杰走全程，他跟了最后一程，从林芝到拉萨那一段。他的解释是，朝圣，重要；赚钱，也啰唆。你修车的钱还没有找够，狗娘养的。

啊，我想起了我的那辆老伙计，据说后来从峡谷底的山涧里捞出来时，已经跟一堆废铜烂铁差不多了，我以为它已经彻底报废了呢。旺堆真是个讲信义的人。

还可以修？我问。

未必你让我买一辆新的赔你？

能修好吗？

比对付魔鬼还啰唆。他一口就喝干了一瓶。

那就算了。我真诚地说，这些日子我在娜珍大妈家吃住养伤，更加上她们、你，对我那样好，我想，也值我那辆破车的钱了。旺堆，我不要你赔了。

旺堆眼睛定定地看着我，就像要给我一拳。你不是个城里人。他说。

我以为他在骂我不是人，我做好了挨打的准备，绷紧了浑身的肌肉。

狗娘养的，你是个康巴人。来，干了它。他又举起一瓶啤酒。

我的眼睛有些潮湿，我仰头喝空了那瓶酒。眼泪还是下来了。

怎么啦？

酒……酒呛的。我搪塞，扭头看别处。

哈哈，啰唆的家伙。一瓶酒就熊成这个样子，还想娶我的两个妹妹呢。

我装作吃惊地看着他，你……全知道了？

就当是我赔你的一条腿，就当是我赔你的车。

可是，旺堆……可是，我……

你要好好待她们，两个好姑娘啊！峡谷里的小伙子，没有不想她们俩的。

旺堆，听我说，我不能……

不能什么？你脚瘸了，其他地方不瘸吧？

你这狗娘养的！我说不行就是不行。

为什么不行？嫌她们穷？嫌她们没读过多少书？嫌她们是农村人，还是藏族人？你这个狗娘养的北京人！

不，不！不！！不是那个意思。我高声辩解。

旺堆一把就将我揪起来了，就像拎一只小鸡。那是什么意思，你说！他的眼睛血红，像顶架的牦牛的眼。

我也抓住他的衣襟，厉声说，狗娘养的旺堆，你再说我嫌这嫌那的，我们真的要打一架了！尽管我打不过你。

他放开我，把一个空酒瓶拎在手里，抡了抡，我在寻思他是想砸我头上呢，还是砸哪里。结果他将它扔了出去，酒瓶在溪流对岸的岩石上发出一声惨烈的脆响。说得啰唆了，让我不高兴，那就是你的下场！他恨恨地说。

在他妻子在美国的那些年，曾经有一个女人时常来关照他，给予他情感上的抚慰。他们在业务上有往来，她在一个权力很大的政府部门工作，职位虽然不高，但是管用。有一次他单位要批个项目的立项报告，他的头儿请了她无数次客，但就是批不下那一纸文件。头儿也许在一次又一次的饭桌上看出这个女人对他有意思。那是因为一次他陪吃饭到九点，大家嚷着还要去唱歌，可他说不行不行，我还要回去管孩子呢。就先告辞走了。据说他走后那个女人问了头儿关于他的一切。很仔细，很关切的样子。一天头儿就将待批的文件丢给他，说，给你一周的时间，搞定它。是搞定文件还是搞定她？头儿没有明说，反正都是一个意思吧。有些事情，不好说，说不好，不说好。官场上的事情就是这样。

他就去约她单独出来吃饭，喝咖啡，事情三天就办妥了。女人为他的故事唏嘘长叹，还有什么忙不能帮的呢？你把她们的同情心焕发出来，比焕发她们的爱情更容易，头儿大概深知这一点。而对男女之间的那点事情来说，同情心是爱心的第一步。

在偌大的京城，他才发现原来不只是他一个人孤独，不管是有家的还是没有家的，不管爱人同志在身边还是不在身边。城市越大，孤独越深，城市越大，自己越小。小到像蚂蚁，似尘埃。蚂蚁和蚂蚁触须相碰，尘埃和尘埃随风飘洒，他们走到一起，按藏族人的说法，就是一种因缘。这或许是前世注定了的，也或许是命运中的偶然。

他们之间谈不上相爱，只谈得上需要。因为相爱很复杂，需求则很简单。这个社会需求关系是主流，市场经济是一种需求，官场是需求，爱和欲望也是。你不能把很多东西搞得严肃认真，也不能将它们看得纯洁无瑕。就像超市里的一包小菜，虽然它不新鲜了，很多人也翻动过它了，但总有人需要它。顶不齐贱卖了它。

她当然也有家庭孩子，但她还有其他的需求。用性来慰藉情感，用婚外恋来填补空虚。就是这样，很多人都是这样，他妻子在美国也是这样。开初他还不明白自己的角色，被需要的角色。当他妻子从美国回来说服他在离婚协议上签字时，他想到了她，想到了未来的某种可能，于是他就签了。

他没有想到他打破了某种平衡，她对他说，这是一种社会公认的约定俗成的游戏规则，大家如果按同一个牌理出牌，这牌就好玩；有人不按牌理出牌，就玩不下去了。就要吵架，就有人将牌一扔，不玩了。

后来他慢慢学会该怎样和女人们玩这种牌了。在日喀则，一个来路不明的汉族女人要搭他的车。她皮肤黑得发亮，气质高贵，超凡脱俗，见识比他还广，胆子也比他大，有女侠风范。他喜欢这样的女人，她们懂男人，因为她们几乎和男人一样疯狂；他喜欢这样的爱情，因为它带给他重燃激情的欲望。他们在扎什伦布寺相识，一起听了一个高僧讲经说法，出来后就裹在一起，把高僧去欲望、寻解脱的话丢在脑后。他们在肮脏的破旅馆里做爱，在旷野里的帐篷中做爱，在车里的后座上做爱，还在海拔五千多米的雪山垭口做爱，以探查窒息和快感的底线究竟在哪里？我要喘不过气了，我要死了。他说。在西藏，快乐的顶峰就是……她也垂死挣扎地说，……死亡。然后他们结伴去阿里，在离普兰县不远的地方，河水改了道，公路不见了。他的那辆老伙计在关键的时刻背叛了他，他下车站在膝盖深的冰水里捣鼓那破车，左膝忽然就被一块水流带动的石块击中了。他随水而去，身子僵得一点反抗的力量也没有。这时那个他今天还不知道名字的女侠——愿她平安，跳下车来，像一只扑到水里的母藏獒，紧追几步就抓住了他。但他们后来都没有抓住有可能延续下去的爱情。她和他分手时说，各有各的客栈，各有各的路。他把他的小学老师教的好词好句，也相赠予她。他们相忘于江湖。

旺堆说，我一点也没听懂你说的这些啰里啰唆的话。朋友，你看来要挨打了。

我站在他的面前，做好了准备。我始终认为，我说，我不配卓玛姐妹两个人的爱，但我可以配得上和你打一架。来吧，狗娘养的，动手吧。像个康巴人！

旺堆的腮帮咬得嘎嘣嘎嘣响，一双大拳头攥得紧紧的。他说，你先吧。看在是我撞了你的分上，不然你没有今天呢。康巴人打架是要讲脸面的，我先打你的话，让我不会感到骄傲。

想起那狗娘养的车祸，我真的气不打一处来了。我本来打算从西藏到云南，然后经广西到广东。我的一个大学同学在深圳已经做得很发达，身家少说千万了。我打算投奔他去挣点钱什么的，混好了就在那里了度残生，混不好再继续出来到处流窜。

我一个直拳打在旺堆的胸膛上，打得他倒退了几步，脸都白了。然后我站在那里等他。

他喘了一口气，挥拳打来。噢，这狗娘养的，拳头像铁锤砸在木板上！只听得木屑横飞，木板断裂。我飞了出去，再次经历了被撞成一只小鸟的快感。我在草地上连滚两个后滚翻，趴在地上像狗一样大喘气。

站起来。他说。

我摇晃着站了起来，愤怒地看着他。

狗娘养的，再来？他问。

我又打出一记右勾拳，冲他的腮帮去。要是我能一拳打死他，我一定会。我已经知道了殊死搏杀的真正含义。

他被打得侧过了身，转过头来已经一脸是血。狗娘养的，还真啰唆。他骂道，这下真动火啦，他还了我一拳，也是腮帮上。我本来就不多、本来就松动的牙齿又掉了几颗啦。

我跪趴在地上吐嘴里的血和牙齿，脑袋涨痛得仿佛不是自己的，眼前四处迸发的金星像宇宙大爆炸。我干呕了几下，把刚才喝下去的酒全倒出来了。

啊啧啧，不要啰唆啦。打一个瘸子，就像狮子和狗打架，我也不骄傲啊。

旺堆，你他妈的是条骄傲的康巴汉子，今天你就打死我！我边号叫边捶打草地，像个撒泼的娘儿们。卓玛姐妹是我心目中的度母，你知道吗？我可以爱其中的一个，但我不能两个都要，那不是我们汉族人的习惯。你看看我拿什么养活她们？我不会种地，不会放牧，不会劈柴，甚至连酥油茶都不会打！在村庄里，我是最没有本事的人。我也没有钱了，我怎么做两个妻子的丈夫？怎么做一家之主，给她们过上好日子？

旺堆坐在我身边，手掌上都是血，也不知是他的还是我的，因为他抹一把自己的脸，又来帮我擦。这些事情都不要你来啰唆啦，我婶婶和卓玛姐妹会做嘛。你没来之前，她们还不是一样日子过得好好的。多一个人吃饭，不就多了双捏糌粑的手嘛。这雪山峡谷牧场，多养一百个你这样的人，也不啰唆嘛。再说，你读过书，赚钱比我们容易。你看电视上，都是你们这些戴眼镜的家伙在赚大钱。我们，啊啧啧，赚点跑腿钱啰。以后我们俩一起做生意，把北京的东西拉到藏区来，藏区的东西拉到北京去，哪儿能赚钱就跑哪儿。不赚这种钱，你的眼镜白戴了。

他把我搂在他宽广的胸膛前，不断擦干我脸上、嘴边的血，像哄一个孩子。仿佛刚才我们并没有挥拳相向，大打出手。

可是旺堆，现在这个社会，汉族人不兴娶两个老婆的。过去可以，现在不行了。我说。

有什么不行？既然过去都行。你们汉族人就是啰唆。只要家里有需要，一个男人娶两个老婆，一个女人嫁两个男人，都不啰唆嘛。我也是和我哥哥共同一个老婆呢。

啊？我惊讶地看着这个剽悍的康巴人，难以想象他的婚姻生活。

啰唆啥？我阿爸定的婚事。我出去跑车做生意，我哥在家；我回来，我哥去牧场。什么啰唆事情都没有。对吧？

旺堆最后把一只巨掌搭在我的肩头上，很真诚地说，朋友，我把你撞成这个样子，只有这样做，才对得起雪山上的神灵。不然我的造孽大了，来世投生会很啰唆的。再说两姊妹也都喜欢你，喜欢你这戴个眼镜的狗娘养的北京人。你要知道，在你来之前，多少小伙子在她们面前唱歌唱得喉咙都破了，跳舞跳得尿血，两个卓玛看都不看一眼呢。

面对这样的“媒婆”，你还能啰唆什么？

我让旺堆拉我去乡上，那里的乡邮政所可以打长途。我给深圳的同学打电话，那家伙在那边一声尖叫，哇，还以为你死了呢，那么久没有消息。我说，还活着，活得很好。我需要一笔钱，赶快寄我吧。他是睡我上铺的好兄弟，毕业以来，时光越久，我们的感情越深。我同学没有问我要钱干什么，只问要多少。我说，十万。然后告诉他寄的地址。这让他大声惊呼，你他妈跑那儿去了呀，什么地方啊？要盖希望小学吗？我说，差不多吧，不要啰唆了。

在这段时间里，家里有点节日的气氛，娜珍大妈脸上天天就像印了两个笑呵呵的太阳，两个卓玛言归于好，她们不再计较我跟谁去了牧场，又跟谁多说了几句话。歌声随时都可能从她们的喉咙里流淌出来，当然是私下里唱，但我知道是为了谁。她们现在合谋起来捉弄我，一个说大哥，帮我递块茶叶来，我刚刚一瘸一瘸地去橱柜，一个又喊，大哥，我们该去敬香啦，再不去神山要惩罚你的。我在两个卓玛间东扑西忙，像城里某些幸福的男人。

有一天下午，她们趁娜珍大妈不在家，两姊妹忽然将我掀翻在地，将我的眼睛蒙上，要和我玩捉迷藏的游戏。啊，那可真是世界上最刺激、最摸不着头脑的游戏啦。你不蒙上眼睛，还会一时拿不准她们谁是谁，她们的声音一样，气息一样，走路的脚步一样，甚至连心里想的都是一样。这种情况下你能逮住谁？你一个都逮不到。我在黑暗中跌跌撞撞，两手空空，就像我的人生，也像我的爱。爱的欢笑在黑暗的尽头响起，那样的遥远迷人，又是那样的近在咫尺，但你就是把握不住，抓不到。爱太多了，来得太迅猛了，就像决堤的洪水，一下就冲走了大坝下快要渴死的人。

我要放弃了，我这个瘸子不配玩这种游戏。我坐在地板上说，明天我想去教堂看看，谁愿意陪我去？我已经知道，这个村庄里有将近一半的村人信奉天主教，村里的教堂还是过去的外国传教士修的呢。教堂里每个礼拜天都要做弥撒。

我拉下眼睛上的布，发现两个卓玛你看我，我看你，这个说你陪大哥，那个你说去吧。我逗她们，怎么都没有积极性了？其美卓玛说，我们是信佛教的，只进寺庙，一般不进人家的教堂。我说，那好吧，明天我自己去。

第二天我起来后，其美卓玛已经在楼下等我了。我问，你不害怕神山惩罚？她拉起我的手，捂到她丰满的胸前，我不想，就不害怕。我仿佛摸到了她那颗滚烫的心。但我怕烫伤我的手，不自然地缩了回来。

教堂尖顶的钟楼在一片藏式土掌房中显得突兀而奇特，但又别有风情。教堂里大约有三十来个天主教徒，没有神父。其美卓玛说，要过他们的节时，外地来的神父才会来村里的教堂。你是指圣诞节和复活节吗？其美卓玛点点头。我感到很惊讶，这么偏远的村庄，居然还过圣诞节和复活节。但我相信，这里的圣诞节一定比大都市里那些瞎赶时髦、由商家炒作起来的地道、正宗。

信天主教的老人居多，也有少部分年轻人。教堂里的人们自己念经，唱赞美诗，然后再念，再唱。圣台前虽然没有布道的神父，但人们该在他们的神面前做的供奉，分毫不差。就在教堂里，我听到了天籁之音。习惯于唱山歌的嗓子，现在咏唱耶稣的赞美诗，让人灵魂深处震撼不已。据说多年前天主教传到这一带时，曾和藏传佛教发生过剧烈的冲突，一些传教士被杀，官府又派兵来捣毁寺庙，捕杀喇嘛。现在好了，人们再不为信仰而战，生活在一个村庄里信奉两种宗教的人们也再不是敌人。

我们站在教堂的后面，静静地聆听这难得的福音。当前面的天主教徒纷纷跪下做祈祷时，其美卓玛也跟着跪下了。我悄声问她，你不是佛教徒吗，也信他们的？

她说，佛祖和耶稣，都是管我们这块土地的神。是神就要拜。

我想她说得对，我们是把神打倒了的人，但这并不让我们有多少自豪，反而让我们空虚。他们有那么多护佑他们的神灵，而我们一个也没有，不空虚就怪了。

弥撒完后，教堂里的人们安静地离开。女人先走，男人再慢慢地鱼贯而出。这种文雅竟然出现在一个藏族山村，真让我大开眼界。

回来的路上，我对其美卓玛说，我也想我有某种信仰呢。

她问，是信耶稣还是信佛陀？

我随口问，你看我信哪种宗教好？

她认真地看着我，说，信什么，是要讲自己的缘的，大哥。

很多年以后，当他再次来到这座教堂，他便会想起其美卓玛脸上虔诚的表情。

不断有客人来家里祝福，火塘边天天晚上宾客满棚，笑声震天。连益西活佛都来了，还为我们占了一卦，说这是吉祥的婚姻，但最吉祥的日子在一百多天以后。其美卓玛脸上有些失望，而央金卓玛却显得很羞涩。我想真是天遂人愿，我还有充裕的时间做准备。

我同学的钱半个月后就寄到了，我到乡上去取这笔钱时，人们无不睁大了眼睛，就像第一次亲眼看到了财神。

我让旺堆帮我请人，我要在从西藏到云南的214国道边建一座房子。我的要求是，外观是藏式土掌房风格，房子的正面面对雪山，两层，楼下要有大大的厅堂，有厨房厕所，有门面过道，楼上要10间不少于20平方米的房间，每间房子推开窗户就要看到雪山。然后我把一沓钱拍到旺堆手里。

旺堆很能干，很快就找来了包工队。我对旺堆说，房子建好了，我们就举行婚礼。于是旺堆愈加卖力，天天吼得那帮四川来的民工屁股不敢落凳子。不要啰里啰唆，快干快干，人家娃娃都要生出来了，你还不去烧火塘吗？到处都能听到他这样的呵斥声，好像建的是他自己的新房一般。

旺堆问我，新房子建好了，是不是就要把娜珍大妈一个人丢在老房子里不管？我说，不，娜珍大妈搬过来跟大家一起住。这家伙一掌拍在我的肩膀上，这才是康巴人干的事嘛！结婚不分家，我们没有娶了老婆就忘了阿妈的。

我感到自己的眼泪又要掉出来了。建房子的那段时间里，我的眼眶经常是潮湿的，工程进度越快，我那不争气的眼泪就越容易掉下来。这让我感到害怕，我甚至一再对旺堆说，不要着急，慢慢来。旺堆狡黠地说，你不想尽早搂着媳妇睡觉啊？我揉揉自己的眼睛，说，想。但是质量要保证。这狗娘养的眼睛很尖，他问，你们汉族人是不是一高兴了就要哭？我强作欢颜，说，是的，我常常会笑出眼泪来。旺堆呸了一声，你们的心是玻璃做的，啰唆。我们康巴人一高兴就是喝酒、唱歌。

有一天凌晨，窗外风声正紧，我在梦里稀稀拉拉地哭，一个温暖的身子钻进了我的被窝。她丰满的胸脯紧紧地压住我，狂跳的心脏像一只柔软的小拳，急促地叩打我封闭了多年的爱。我一时不知天上人间，梦里梦外。我身子僵硬，然后慢慢地被那团火热的身子软化，再软化，直到再次感到自己强大起来，融了进去……我们都没有说话，只有喘气，慌乱，紧张，亢奋。双手在对方身上四处游走，就像要把握一件不熟悉的东西。黑暗中我真的不知道她是哪一个卓玛，一度试图弄清这个问题，但又为这个想法感到害臊。就把她们姐妹当成一个人来爱好了，这样我心灵里的罪恶感或许会好些。

第二天一整天，我都不确定昨晚的事是一场真实的风花雪夜里的浪漫，还是一场美梦。难道这就是生活与爱情、命运与因缘水到渠成的必然结果？因为两个卓玛同样在我的面前说说笑笑，看我的眼神就像这桩婚事确定下来以后那样，三分喜悦，三分羞涩，三分憧憬，还有一分目光深处的春色。与她们相比，我虽然早已是个坐怀不乱的情场老手，但昨晚的事情已足以让我忐忑不安，我今早在床单上惊恐地发现了几朵像梅花一样绽放的血迹。可这俩姐妹中的一个，何以做得安之若素，爱心坦荡？仿佛昨晚的激情根本就没有发生过。

这更让我分不清真实与梦幻了。唉，记忆的不确定性总是让我们时常挣扎在往事中，难以回首。

有时，身陷迷惑中，是一种美。

乡村里建房子，什么都是现成的，便宜的，木料、沙石，甚至人工。不管是否跟娜珍大妈家沾亲带故的村人，都来帮忙。旺堆说，村庄里盖新房，每人都会来出力，因为这是节日。他们的脸上充满喜悦，他们就像为自己建房一样，把欢乐的歌声渲染得令雪山动容，澜沧江起舞。两个月不到，我要盖的房子就矗立在公路边了，许多跑长途的驾驶员，他们路过这里时还是一片荒地，他们从远方归来的时候，我看见许多驾驶员都不由得踩了一脚刹车。

我让旺堆拉我去一百多公里外的县城买家具。一路上旺堆不断给我补习藏式婚礼的常识。怎么送亲，又怎么迎亲，送、迎亲路上该唱哪些歌儿。婚礼上老辈子要讲什么话，又要唱什么歌儿，舞什么时候跳，跳舞时的歌儿又是哪些。他说因为我是外乡人，没有亲人送亲，就让他来扮演送亲队伍的“拔本”（送亲官），也叫喜官。反正我是你大哥嘛，他说，到时我会找一帮姑娘小伙子换上节日的衣服，跟在你后面，为你唱所有的歌儿。你要知道，歌儿唱得不好听，唱不过迎亲方，你讨不到媳妇的。我们要跳它三天三夜呢。

这些烦琐的仪式听得我头都大了。也许旺堆说得对，打青稞容易，办婚事啰唆。他还说，像你这种上门女婿其实不该花这么多钱。我们藏族人都喜欢去上门，我们说，这叫再找一对父母，岳父岳母家也会说再得一个儿子。我听你们汉族人说，一个女婿半个儿，我们不要半个，我们要全部，把你当真儿子对待。他们会为你准备一切开销，甚至连你身上穿的衣裳。

噢，你这狗娘养的，我婶婶已经为你准备了一身藏装了你知道吗？从帽子到楚巴，再到靴子，都是新的呢。娜珍大妈什么时候在做这些事情呢？我穿一身藏装站在两个卓玛面前是个什么样子呢？我不敢想象。

在县城，我买了二十张单人床，十张四方桌子，几十条凳子，还买了一堆床褥枕头被套、锅碗瓢盆啥的。旺堆不断在我身后说，狗娘养的，你疯了吗？你不过是只有两个老婆，你买的这些东西比当年的土司还啰唆了。我一概向他诡笑，时代不一样了嘛，我们现在过得比当年的土司还好。是不？

几乎装了一卡车的东西，我们往回走。路上我对旺堆说，我其实想在公路边开一座客栈，名字我都想好了，咱们这里不是有香格里拉的传说吗？所以我们就叫它“香格里拉客栈”。我没有做农活的本事，也不会放牧做家务。我相信以后来这里的游客会越来越多，更不用说那些跑长途的卡车司机。这样，开一座客栈我们就会有收入，我也对得起娜珍大妈一家了。其美卓玛能说会道，央金卓玛踏实肯干，客栈要的人手不就齐了？

旺堆哈哈大笑，以至于都笑得扶不稳方向盘了。狗娘养的，我说你们这些戴眼镜的家伙会赚钱嘛！对面来的汽车不断尖声鸣喇叭，我吓得高叫：狗娘养的，看路！我可不想再成澜沧江峡谷里的飞鸟啦。

“香格里拉客栈”的招牌用汉藏文字写成，汉文是我写的，藏文请寺庙的益西活佛写。慈悲的益西活佛还为它念了一通经文。一边的旺堆说，益西活佛祝福我们生意兴隆，财源滚滚。我想是他附会的意思。这个家伙现在一心想赚钱。

客栈开业那天，我请来了村庄里所有的人，从村长到牧场上的牧童，还有乡上的干部。我们宰了一头犏牛，三只羊。他们现在不把我当北京人了，而是当村里人，娜珍家即将上门的女婿。那天我给所有的人敬酒，感谢他们对我的关照，也请他们以后多多关照这座小小的客栈。人们把酒碗高举在额头，一曲又一曲地给我唱敬酒歌，我就鼓足勇气一碗又一碗地喝。你想想吧，一个村庄的人唱的歌，可以开一场音乐会；而一个村庄的人敬的酒，有没有澜沧江水多？我最后喝得酩酊大醉，痛哭流涕。

我真的哭了，没有人知道我哭什么。以至于我的眼泪浇灭了客栈后院空地上燃起的篝火。他们本来是要在那里跳锅庄的，悠扬的弦子已经拉起来了，乡亲们已经围成一圈亮开了嗓子，但是我这个主人的眼泪，扫了大家的兴。旺堆只得跟乡亲们说，算了算了，这个家伙喝多了，吐了，哭了，啰唆大了。他们城里人一高兴了就是这样，到他们办喜事那天再跳吧。

深夜，我的酒醒了，觉也醒了。旺堆睡在客栈的隔壁房间，鼾声如雷。在我醉意蒙胧的时候，其美卓玛曾经想留下来陪我，但我执意要她和央金卓玛回去，因为娜珍大妈也喝醉了。你不知道一个老人家喝醉是件多么吓人的事情。娜珍大妈一度高兴得在酒桌上唱起歌来，她的歌声苍老激越，但像卓玛姐妹的歌声一样干净清脆。人们都说，自从卓玛姐妹的父亲走了后，就再没有听见娜珍大妈唱歌了。她从前可是村庄里的好歌手呢。乡亲们说，过去她会唱的歌儿，比现在的年轻人多。

两个卓玛就这样在我的醉眼中扶着她们的妈妈走了。那一刻我感到还有好多话要跟她们说，还有很多的感谢没有时间去表达，更有太多太多的依恋没有来得及说，哪怕是一句！卓玛姐妹就消失在无垠的夜色中。依稀记得，那一刻，有一个卓玛回头在向我张望，于朦胧夜色中开放出粲然的笑脸，但我已经泪眼蒙眬，分不清她是哪个卓玛了。那一刻，我感到了自己的残忍。那一刻啊，我体会到了一个人弥留之际的绝望。

我把一封早已写好的信放在沉睡的旺堆床头前，还另放了一个装有两万块钱的信封。灯光下，我仔细端详这个改变了我的命运的家伙，这个和我喝过酒、打过架，闻过我的屎臭，让我的一条腿短了十厘米的家伙啊！狗娘养的，我真的非常喜欢你。

我提着一个小包来到滇藏公路上，有一些喜欢开夜车的家伙会捎搭上我的。对面的雪山在夜色中泛着青白的光芒，峡谷下方我住过的村庄偶尔传来几声狗吠，苍茫高原寂静得让我听见了冰川断裂的声音，比当初我身上的多处骨头折断好听多了。满天的星星又大又亮，像浮在水面的银子，一颗明亮的流星在天穹中划过，直冲我的脑门而来。即便是在深夜，我也感受得到天空的幽蓝和纯净，感受得到雪山的圣洁庄严，就像我能感受到两个卓玛纯洁的心。大地上的群山在黑暗中绵延千里，澜沧江在峡谷深处奔腾不息，喧嚣的江水声隐约传来，既豪放又婉转，既高亢又缠绵，像一支藏族人唱了无数代人的情歌。

我面对雪山峡谷，面对宁静的村庄，面对我的还在沉睡中的两个卓玛，面对善良厚道的娜珍大妈，以及村庄里的乡亲们，双膝跪地，潸然泪下，衣襟尽湿。

啊啧啧，这些都是20个世纪末的事情了。许多人对未来充满希望，我却对过去却满怀悔痛。这一痛就是十年，我只能时时在地图上遥望澜沧江大峡谷，怀想我的村庄。真是啰唆啊。这不是对冲动的惩罚，而是对自以为是的人的报应。

当我终于又回到藏区时，我直奔澜沧江大峡谷，直奔我的村庄，我的香格里拉客栈，我的卓玛。但我不知道是时间错了，抑或地点错了，还是我错了。我仿佛进入了一个虚拟的世界。

如果不是认出“香格里拉客栈”那块我题写的招牌——汉藏文字都在，只是历经风雨侵蚀，已经显得苍凉古朴了；如果不是澜沧江大峡谷千万年来亘古不变，如果不是峡谷对面的雪山还是那样圣洁高远，如果不是那些我熟悉的康巴藏语腔调以及空气中飘洒的青稞酒酒味和歌声，如果不是峡谷山坡上遍坡开放的桃花、迎风招展的五彩经幡以及庄严的白塔，我真的有恍若隔世之感。

当年，香格里拉客栈在这里建起来时，村人还非常不解，这个北京人为什么要把一幢房子起到远离村落的地方。现在你看看吧，仿佛村庄整个儿都搬迁到公路一线了，但不是农舍，却到处都是打着各种招牌的客栈、茶楼、饭店、商铺甚至酒吧。各式各样的背包客、游客、出差到此一游的官员等，闲逛在公路两边的大小店铺里，已然一乡野小镇。过去那条破烂不堪、尘土飞扬的公路，现在已铺成柏油路了。在开放的南方滚打那么多年，但我还是惊讶这里的神速变化。我想变成一块沉到湖底的石头，但是现在这个世界，不要说湖底的一块石头，就是海龙王的宫殿也被搅得天翻地覆了。

我忽然想给我的老朋友们开一个小小的玩笑，看他们还能不能一眼认出我来。十年前我来到这里时，刚受到重创，身体孱弱，胡子拉碴，皮肤黝黑，像个流窜犯。这些年来南方的美食已经让我大腹便便，脑满肥肠。为了追求最大的戏剧效果，我去路边店铺里买了一顶藏式宽边毡帽，又把墨镜架戴在眼镜上。我在我的汽车倒车镜里看了看自己，问，还有人记得你吗？

我走进香格里拉客栈，大喊一声：卓玛——

唉！伴随一声清脆熟悉的应答，我的心忽地提到了嗓子眼儿，差一点就滚落出来了。

一个穿一身漂亮藏装的少妇款款而出，怀里还抱着一个孩子。老板，住宿还是吃饭？

我傻了眼，问：你……叫卓玛？

是啊。她大大的眼波席卷了我，那是想要极力留住客人的一种伎俩，多年前我也被这种眼波席卷过，但内涵不一样。我的心有些隐痛。

我放下背囊，你们……这里有……几个卓玛？我问。

三个啊。她接过我的背囊。

啊？我的眼镜都要掉下来了。

大哥你先坐。坐那边吧。她把孩子放在地上，让他兀自去玩。然后她麻利地收拾靠近窗户边的一张桌子。

你的……孩子？我问。显然她还没有认出我来，我却努力地在猜，她是央金卓玛，还是其美卓玛。

是啰。老三。她开始往桌子上摆碗筷，没有多看我，她的目光还跟在那孩子身上。我想，每一个客人来，她都是这样，礼节性地热情招呼。不会像当年我在她家时那样，捧出一颗真心了。

客栈的内部装饰已经不是当年的模样，与时俱进了。什么都在变，甚至人心。许多背包客把五颜六色的留言条贴在墙上、柱子上。他们以此表达自己看到了雪山峡谷的狂喜与小资情调。一个家伙在留言条上写道："小莉，我看见雪山那一刻，才发现我是多么地爱你！！"又一个背包客写的是"有车有帐篷，征寻去林芝的'混帐'的女驴友"。那意思是说，那个自投罗网的搭车者不用带帐篷，他们可以共用一顶帐篷，共享一段浪漫旅程。这些混账勾当可蒙不了我。

有个留着发辫的康巴中年男人出来跟卓玛说句什么，然后抱着那个孩子进去了。我认出他是谁了，他过去一定是某个在情歌会上为卓玛唱哑了嗓子、跳舞跳得太阳痴醉月亮害羞了的村庄里的小伙子。一瞬间，我不打算摘下自己的帽子和墨镜，我渴望自己立马变成一个与香格里拉客栈毫不相干的人，变成一个来去匆匆的过客。我不想搅了人家宁静的生活。我已经伤害过她们一次了，我不能再冒犯第二次。

老板，你认识哪个卓玛？我们这儿，叫卓玛的人多了。

我说，是吗？其实我知道，在一个村庄里，可能会有十来个叫卓玛的姑娘。村人自有区分他们的办法，格桑大爹家的卓玛，水磨房边的卓玛，长头发的卓玛，歌唱得最好的卓玛，家有一头白牦牛的卓玛，哥哥在城里当干部的卓玛，我听到的最绕口的叫法是：有一年冰雹独独把森林边的那块青稞地砸成草场后赶着牛羊去吃青稞的卓玛。我真不明白这是什么意思。

她说，老板，想吃点什么？

仿佛不是我自己在说话，我听见一个声音说，先来一瓶青稞酒吧。随便……几个菜。哦，不，一壶酥油茶，一个水汽粑粑，一碟奶渣，一碗牦牛肉。

卓玛转身离去的时候，冲我嫣然一笑，老板你很懂藏餐嘛。不是第一次来？

我低下了头，没有回答。

我喝下了那一瓶青稞酒，夜已经很深，往事已不堪回首。其间，卓玛在厅堂里忙忙碌碌，还有两个姑娘，也和她一起招呼不断进出的客人。她俩大约就是她说的三个卓玛中的另两个吧。她们都很年轻，比我当年见到的娜珍家卓玛姐妹还年轻。

我没有看到孪生姐妹中的另一个。

我像个窥视者，躲在客栈的一隅，审视这个我曾经深爱过的卓玛。她五官轮廓基本没有变，但几乎比过去壮实了一圈，她显得能干老到，利落整洁，迎来送往，落落大方，像无数这种乡野小店里称职精明的老板娘——如果她还是的话。当初我是跟哪个卓玛第一次说起要开客栈来着？她的头发绾成一个浑圆的发髻，可以想象它一旦铺排下来，就是一道黑色的瀑布。当年卓玛姐妹的头发也是这样，都一样长，一样黑，一样浓密，一样亮。卓玛衣袖挽到手肘处，红色的上衣紧裹着她丰满的身躯，隆起的胸脯里有一对小鹿在跳跃，结实的肩头曾经支撑起一个瘸腿男人的依靠，也曾经担当起一个世界的磨难。

她是谁？是其美卓玛，还是央金卓玛？从她的能说会道上看，她像其美卓玛，而从她手脚麻利上看，她又像央金卓玛。唉，不是酒的原因，而是时间。

时间迷蒙了我的记忆，上帝惩罚了我的绝情。自从离开澜沧江峡谷后，我就重新陷入试图区分这对孪生姐妹的要命怪圈中。十年了，它折磨得我常常从梦中孤独地醒来，兀自喟然长叹。

客栈里已经没有客人吃饭了，她坐在了我的对面，老板，还要酒吗？

卓玛，再拿一瓶酒来，我敬你一杯。我晃晃空了的酒瓶。

她起身去拿酒，还拿来一个杯子。先给我的酒杯斟满，然后是自己的。她双手捧起酒杯，递给我的动作，还和当年递给我酥油茶、递给我青稞酒时一模一样啊。

我们干了那一杯。她问，老板，你的眼睛……

我推推鼻梁上的墨镜，嗯，有病。怕光。

老板，你刚进来时，让我想起一个人。

哦？我的心抖了一下。是谁？

她忽然用手捂住了脸，然后又放下，没有褪尽的羞涩还是被我看见了。她说，没有可能的。只是……只是你们走路的样子有些像。

我疏忽我的瘸腿了。我连忙岔开话，向你打听一个人。知道一个叫旺堆的吗？过去开车的。

多年前我在留给他的那封信里说，我对不起他，对不起两个卓玛和娜珍大妈。但我有我的生活方式和原则。原则就是一些不能突破的东西，就像开车不能占人家的道，否则不是你成为一只在澜沧江峡谷里飞翔的鸟儿，就是人家。我还说，我把香格里拉客栈留给你们，或许这种方式可以减轻我的内疚。以后我会回来看你们的。

狗娘养的，我是一个多么愚蠢的混蛋啊！但那时我认为自已很高尚。

卓玛说，我有个开车的堂哥哥就叫旺堆。你认识？

曾经……认识，他还好吗？

她低下了头，隔了会儿才说，有一次他喝酒喝多了，把车开进了澜沧江里。

啊？我吓得站了起来，张大的嘴巴久久合不拢来，然后我颓然坐下。我们都知道，在澜沧江峡谷开车，掉下去就跟飞机失事一样。雪山上的神灵，你为什么不保佑旺堆这样的好汉啊！

我端起剩下的半瓶酒，将它全洒在地上。我的眼泪也簌簌地往地上淌，我不得不摘下了墨镜架，又把眼镜摘下。我不管她是否会认出我来，我很想放声大哭一场。

我最终没有控制住自己，趴在桌子上痛哭。多年以前，我是哭着离开我一手建起来的香格里拉客栈，多年以后，我又回到这里来痛哭。为旺堆，为我自己的愚蠢，为两个卓玛姑娘。

大哥，你喝多了。我已经帮你收拾好房间了。来，我扶你上去吧。

她在摇我的肩膀。她叫我大哥而不是老板了，就像多年前那样。她一双温暖有力的手伸到了我的腋下，也像多年前那样，把我搀扶起来，一偏又一偏地往楼上走。我的眼泪啊，一定打湿了她的肩头。

我一宿未眠。长夜漫漫，没有我的思念绵长；雪山依旧，却不见雪山下我桃花一般灿烂的姑娘。我发现自己是那样地怀念这里，是那样地离不开他们。我曾经差一点就能拥有安静的人生，但是愚蠢的我放弃了。现在我想找回来，可是啊，我已不能。我没有修到那份因缘。

第二天早上，我去前台结账。卓玛已经坐在柜台后面了，一些要去看雪山冰川的客人在吃早点，客栈里大都是这样的游客，他们咋咋呼呼，大惊小怪，昨晚都十二点了还有人在下面的院子里闹腾，几个背包客弹一把破吉他，嚷嚷着要和雪山峡谷共舞。雪山上的神灵一定被他们吵闹得日夜不宁。当年客栈开业那天晚上，乡亲们已经燃起了篝火，拉起了弦子。但客栈的主人却在盘算着怎么背叛他们，并因为深感羞愧而不敢去应对那些踩着云端和风儿腾挪跳跃的舞步。

我发现卓玛显得很憔悴，眼圈微黑。我问，多少钱？我要……走了。

她的目光很湿润，仿佛眸子刚在水里泡过。她幽怨地看着我说，大哥，就不……多住几天？

我不敢看那双席卷一切的眼睛。我扭向一边，说，今天，就得走。结账吧。

你不用结账。

为什么？我问。

这是你的家。她说。

我哆嗦了一下，感到我的心被一把揪住了。不是揪得我疼痛，而是仿佛被一双温暖的手捧住，抚摸，那份呵护和仔细让我浑身战栗。我把墨镜架从衣袋里找出来，架在眼镜上，再把头上的毡帽尽量压低，把防水衣的拉链一直拉到下巴处。但是这能遮挡什么呢？我控制不住自己的颤抖，我更怕控制不住要掉出来的眼泪。我只有再次当逃兵，扭身向客栈外面走去。我听见卓玛在我的身后喊——

大哥，你随时都可以来啊！

我开车去了我住过的村庄。刚下了一阵雨，村里的道路很泥泞；雨刮器刮净了车玻璃上的雨水，却刮不干净我眼帘上不断飘落下来的眼泪。在一个急弯处我的车滑进了沟里，怎么也挣扎不出来了。不一会儿来了一个村人，然后他又叫来了很多人，他们一起帮我将车推了出来。我下来给大家敬烟，他们中的一些人我还认得，但是他们都认不出我来了。我甚至还回想得起他们来娜珍大妈的火塘边听我讲北京的样子。那个猜北京有五个县城大的康巴汉子，现在已经很显老了，接我的香烟时，笑起来一望无牙。如果当年我留下来，这些人都是我的亲戚长辈。他们指给我看娜珍大妈家的房子。说那房子好多年都不住人了，娜珍大妈前世功德修得好，今生该享受了。一个北京来的老板给她的两个女儿盖了座客栈，人家现在赚大钱了云云。

我远远看了看那房子，已经很破败、凋敝的样子。没有住人嘛，房子朽得快。一个老人告诉我。我不想再到房子面前去凭吊什么啦，不是我怕自己的眼泪太不争气，因为我还有更重要的地方要去。村人告诉我，孪生姐妹的另一个，现在在教堂里当修女。

这跟我听到旺堆的噩耗一样令我震惊。我把车开得像青蛙一般跳跃，我一直在骂自己。是因为你，因为你，卓玛当修女去了！你这狗娘养的。

我的车终于跳跃着奔到了教堂，但是我半天不敢下车。仿佛下去后我就要走向刑场，我将被公审，并被判处死刑，立即执行。我的心比当年在离婚协议书上签字还痛，比看着我的儿子若无其事地消失在机场入关口的人流中还要揪心得慌！

我紧张地叩响了教堂的门，一个三十来岁穿一身黑色衣服的男人来开门。他和蔼地问，你要找谁？

我说，找央金卓玛。

他说，这里没有央金卓玛。

我又说，那么她是其美卓玛。

他又摇摇头，也没有其美卓玛。

可是……可是……我看见他领口处的一块白色装饰和胸前挂着的一串巨大的十字架，就问，你是教堂的神父吗？

他点点头。你是谁？他问。

我是……我是……嗐！神父，看我晕了头，央金卓玛和其美卓玛是孪生姐妹，村里人说有一个到你的教堂当修女了。

噢，你是找玛丽修女啊。她在教堂，请进来吧。

玛丽修女？这是一个多么陌生的名字！你让我怎么跟孪生姐妹中的一个联系得起来呢？我跟着神父来到教堂的院子，这时，我看见了刚从一间屋子里出来的穿一袭白色衣服的修女。

卓玛……玛丽……

上帝啊，我认出她来了。不仅认出她是我要找的卓玛，而且还认出了她是两个卓玛中的哪一个！从今以后，我再不会把她们搞混淆了。

我的心在被人用一把钝钝的刀子，一刀一刀地割。

她也认出我来了，她向我现出一个平和的微笑。你来了。请坐吧。

好像我是上个礼拜天才来做过弥撒的教友，好像我们从来没有在一个屋檐下吃饭喝茶，好像那些在高山牧场、在溪流边、在打柴的路上、在火塘边、在娜珍大妈家那狭窄楼梯口的依偎搀扶、在吉祥的婚事还没有明朗前两姊妹的争风吃醋、在香格里拉客栈建成之日唱起的欢快酒歌，从来没有在我们之间发生过一样。

再沉重、再浪漫的往事，就是这样，像炊烟一样在心间升起，又像炊烟一样消失在蓝天中了。我们坐在安静的教堂院坝里，阳光斜射到玛丽的身上，让她穿的那一身白，显得更加洁白纯洁，熠熠生辉。我以为天使就该这样的白，或者说，这就是天使的白。

卓……玛丽，这些年，你……还好吗？我小心地问。

我很好，教堂里很安静。她说。这是她的声音吗？听起来宛如天国里的声音，因为它没有带一点尘世的杂质。就像过去她们唱歌儿时一样。

玛丽，我……我对不起你，对不起你们。

你为我们家做了很多。主耶稣会赐福于你的。你是个好人。

我是……我太想说，我是个狗娘养的混蛋。但在天使面前，我不得不学点文明。

她说，我们都是有罪之人，要在主耶稣面前忏悔，才会有救。

我的确有罪，我的确也时常在忏悔，但我不知道我还有没有救。这就是我的痛苦。我说。

你会得救的，玛丽说，每一个人都会得救的。只要他信。

是啊，只要信。我在心里说，可是我们不知道自己信什么。他和其美卓玛从这教堂里回来时，其美卓玛说过，信仰是要讲缘的。因此我对玛丽说，我在找信的缘。

玛丽说，不是缘，是你是否被信仰召唤。

我忽然感到自己已经不能像以前那样，教她们这个，告诉她们那个。仿佛自己在她们面前无所不知。我现在就像当年跪在益西活佛面前一样，把有信仰的人，都当成自己的老师。

神父想留我吃饭，我怕在他们面前显露出自己更多的无知，就告辞要走。实际上是我的心已经承受不起那把钝刀的切割。而玛丽却始终是安详的，当然也是美丽的，甚至比她十年前还要美。一个被拯救的人，内心必然恬静；而一个在徘徊挣扎的人呢，益西活佛说得好，他的心还是树上跳来跳去的猴子。玛丽给了我新的希望——每一个人都可以得救的，只要他信。

是神父送我出的教堂大门，玛丽只是站起身，目送我离开。她的目光像她的神态一样平和安详，倒是我再不敢多看她一眼，有些凄惶地退出教堂了。

我上了车，在熟悉的村庄里慢慢兜了一圈，触景生情，感慨良多。在我和旺堆打架的溪流边，我买了一箱啤酒，自己喝了一些，剩下的全都一瓶又一瓶地倒在溪流里。溪流带着我敬给旺堆的酒，一直会流进澜沧江。我对溪流说，旺堆，你这个莽撞的家伙，不要啰唆了，把这些酒都喝了吧。

我开车回到了214国道，路过香格里拉客栈，我把车停靠在公路对面，点上一支烟。香格里拉客栈看上去是生意最好的一家，不断有客人进进出出。卓玛有一次送几个客人出来，脸上撑着疲惫的笑容，让我心疼。她站在客栈门口向公路上茫然地张望，我几乎可以肯定，那是在期盼我归来的目光。这是你的家，你随时都可以来。我往CD机里塞了一张碟子，是老鹰乐队的《加州旅馆》。强烈的打击乐分散了我的悲伤，否则我真的无法离开。

…………

last thing I remember, I was

running for the door

I had to find the passage back

to the place I was before

"relax," said the night-man,

"we are programmed to receive.

you can checkout any time you like,

but you can never leave!"

我记得最后

我向门口跑去

但是我必须

找到我来时的路

"别紧张，"守夜的人说

"我们天生受诱惑

你任何时候都可以结账

但你永远也无法离开"

我启动了车，缓慢地上了我的路。我发誓，我绝不告诉任何人，是哪一个卓玛做了香格里拉客栈的老板娘，又是哪个卓玛当了修女。因为那是我自己的秘密，是我内心永久的痛。

2007年4月4日凌晨四点一稿于北京

2007年4月28日晨改定于昆明

英雄的尸骨

一

作为一个远行的路人，他随时要注意，大地上有些道路暗示着某种错误，常常会把人带入歧途，这样的道路要么意味着死亡，要么属于魔鬼。即便一个经验丰富的出门人，也会一不小心就走上了这种经常连阳光都晒不到的幽径。就像久走夜路的人，总会和孤魂野鬼打照面一样。

一条岔路从驿道中分了出去，开初时它像一条正途，有人马走过的脚印，有路边悄然开放的野花，看不到魔鬼的脚印，也看不到任何野兽的踪迹。但它却越走越窄，越来越暗，最后它的尽头竟然是一座小小的村庄。说是村庄，其实也只有六七户人家，零散地点缀在山坡下。这是一座隐匿在大山皱褶深处的小村子，藏式土掌房远远看去，像汉地那些马帮驮来的洋火柴盒，土掌房的墙边屋顶，经常会缺边少角，不知是被风刮跑了，还是被山上那些莽撞的野兽啃吃了。这些孤零零的房子，胆怯地散落在荒无人烟的大山怀里，还不如一块岩石挺立得理直气壮。乌云后的魔鬼时而呼啸而至，吞噬一切生灵；雪山下的土匪强人，等贫瘠坡地上稀疏的青稞一黄，便打着尖锐的口哨，带来死亡的消息；森林里的老熊，除了冬季，大半年的时间里都嗅着血腥味在村庄外围转悠。人蜷缩在这火柴盒般的房子里，成了最弱小的生灵。连风的吼声都比人的歌声嘹亮。

还有比人更可怜的，便是那些忠厚老实的牦牛。魔鬼的瘟疫折磨它们，土匪抢杀它们，狗熊豹子捕杀它们。现在，它们中的一头老了，人们饥饿的胃充满了对血红的牛肉的想象。想象当然不能填饱肚子，但是想象可以驱使人干出最残忍的事来。

这里的人杀牛有着奇特的方式，他们喜欢生吃带血的甚至还带着牛体温的新鲜牛肉。如果用刀杀牛，血就从肉中流失了，这样就不能给那些汉子们补充面对严酷自然的勇气，也不能给女人们增添爱的力量。他们要让鲜活偾张的牛血充斥在牛强健的肌肉里。就像捕香獐的人，在捕杀它之前，总要设法让香獐分泌出更多的麝香一样，他们需要那头老牦牛的肉里有更多的血。

杀牛成了这个孤独村庄的节日。几个汉子把牛套住，然后一个人冲上去抱住牛脖子，另一个汉子用一根结了个活套的牛皮绳套在了牛鼻子部位，双手使劲一拉，牛便感到了窒息。“哦呵呵，拉紧啊拉紧！”周围的人一齐跺脚，齐声呼喊，为那两个家伙助威。那就像一场小小的战争，紧张、血腥、残忍。牛开始挣扎，一双哀婉的眼睛不知是因为窒息得难受还是感到深切的悲哀，眼泪哗哗地淌。但这一点也没有感动饥饿的人们，他们兴奋地乱喊乱叫，手舞足蹈，仿佛燥热的牛血已经注入他们的体内，他们也像垂死的牛一般狂躁起来了。

但是这条牛渴望生命的力量大过了人们饥饿的欲望。它暴跳起来，几下就把想制服它的那两个家伙甩开了，牛悲愤地长鸣一声，撒腿就往山上跑，牛身后的一群人大呼小叫地追，可是他们怎么追得上一个逃生的生灵呢？

眼看着那牛就要越过前方的一座山梁，逃进森林里。人们不但吃不到带血的牛肉，连牛的腥味都闻不到了。

忽然一声枪响从山梁上传来，牛应声倒地。追牛的人愣了一下，纷纷拥到倒在地上胡乱蹬腿的牛身边，捧起泉水般涌出的牛血就往嘴里塞，就像一群嗜血的狼。山风如此的冷硬，稍一迟疑，牛血就成块了。

然后，他们满嘴鲜血地抬起头来，寻找那放枪的人，眼里冒着怒火，就像寻找有杀父之仇的人。

三个行路人从山梁上策马而下，他们的身后还跟着一匹驮行囊的骡子。从行头上看，他们是一主二仆，只是主子显得太年轻，而其中的一个仆人又看上去太老了点。这样年纪的老人，一般该在家念经修佛了。

村庄里的人围住了他们，有几个汉子已经把手按在刀柄上，看样子一场格斗不可避免。“远方来的客人，为什么杀我们的牛？”一个阿老上前问道。

“哈哈，你问得倒奇怪了，我把你们逃跑的牛放倒了，还以为你们该请我们喝酥油茶呢。”那个年轻的主子说。

“你的头马上就要从肩膀上滚落下来了，还想喝酥油茶？”那阿老冷酷地说。

年轻的主子并没有被吓倒，他只把枪横在身前。这些像野人一般的野蛮部落，连身像样的衣服都没有，人人在一张羊皮上挖三个洞，留着头和手在外面，就像直着两条腿走路的羊。佛祖，你怎么不来教化这些野蛮人？“我在山梁上看见你们杀牛了，难道就不害怕下地狱吗？”

那阿老冷笑道：“地狱？难道我们不是生活在地狱里吗？看看你周围的山岗吧，吃人的魔鬼比村子里的人还多。你在地狱里可有见到这样荒凉险恶的地方？”

“没有。”年轻的主子傲慢地说，“也没有见到过如此不讲道理的野蛮人。”

“那你就说对了。下手吧！”阿老一声吆喝，他身后的汉子纷纷怪叫起来，然后凶猛地扑上前。骑在马上的那三个人还没有反应过来，就被连人带马地掀翻在地。山道上顿时乱成一团，年轻的主子在扭打中伸手抓住了一个汉子蓬松的头发，可是他马上痛得哇哇大叫。那头发就像荆棘一样的刺手。他发现自己的手掌上已是一片模糊的血肉，十几根小针扎在了肉里。他大声向同伴叫道：

“小心啊，他们头发里有针！这是哪里来的野蛮部落啊？”

他们三个很快就被按翻了，捆绑起来吊在了村口的树上。所带的行囊财物悉数被村人抢掠一空。有几个汉子在路边的岩石上磨刀，他们被村子里的阿老指定为刽子手。

那个指挥众人抢劫的阿老，看上去却像一个有些教养的人。他撸撸袖子走到三人面前，脸上一点也不因为要杀三个无辜者而感到内疚，似乎他面前不过是三只等待宰杀的羔羊而已。他慢悠悠地对他们说：

“你们谁会念经啊？”

“只要是会说话的藏族人，哪有不会念经的。”年轻的主子说。

“那就抓紧为自己的来世念几句吉祥的经文吧，我们还要去分牛肉。唉，你们这些倒霉鬼，破坏了我们的胃口，所以你们今天必须死。年轻人，你要知道，杀一头牛，比过佛菩萨的节日还重要呢。”

这时那个也被绑着老仆人说：“少爷，求求情吧。看在佛菩萨的慈悲上，求他们放我们一条生路。”

年轻的主子鄙夷地说：“他们这样的野蛮部落，心中还有佛菩萨，那就真是雪域佛土上的稀罕事了。动手吧，别啰唆了。”

阿老脸上的傲气比那年轻的少爷显得更足：“野蛮部落？在你们投生到来世前我要让你们知道，我们的部落属于高贵的朗萨家族。”

朗萨家族？三个被绑着的可怜虫顿时看到了活下来的希望，但是他们闹不明白自己为什么要被朗萨家族的人砍脑袋。还是那个老年仆人更沉着一些，他朗声说：

“哦呀，这真是菩萨和菩萨打起来了！混账东西，还不赶快下跪，你们想砍朗萨家族少爷的头吗？”

那刚才还很傲慢的阿老一下就矮了一截下去，弯腰低头地问：“那……那那那么，请问远方来的客人，从……从从从哪里……来呢？”

“卡瓦格博雪山下。”老年仆人骄傲地说。

阿老“扑通”一声就跪下了，老泪纵横，唏嘘不已，双手一上一下地拍打着大地：“有罪啊有罪！老爷啊……老爷，我们等朗萨家族的老爷等了好几代人了。”顷刻间他便从一个冷酷的老杀手，变成了找到爹的孩子。

他身后那几个在磨刀的汉子，也咣当把刀扔在了地上，纷纷冲三个还被绑吊着的人磕起了头。

“还不快把我们放下来！”年轻的主子就像身临美梦，这个美好的梦值得回忆并不是因为他们能够绝境逢生，而是他又找到了当老爷的感觉。

三个死里逃生的行路人正是澜沧江峡谷朗萨家族的二少爷达波多杰、老管家益西次仁和小厮仁多。他们被从“断头树”上放下来，然后被当成尊贵的主人迎请进村庄，村里所有的人，无论是妇孺还是剽悍的汉子，见到他们都把头低到膝盖以下了。

达波多杰是那个时代命中注定要书写传奇的家伙。在他二十岁以前，尽管他的血管里还回响奔涌着祖先征杀疆场的高贵呐喊，他的生活却像酥油一般充满油腻腻的酥软和迷香。从他能够骑上骏马奔驰那一天起，他也同时跌入女人的温柔之乡。一个贵族永远贪婪于无尽的财富，一个情种永远痴迷于世上最美的女人，达波多杰与他们不一样的是，他追逐世上的英雄传说，就像那些追逐风中的歌谣的说唱艺人，追逐梦中的情人的旷世情种。达波多杰是那种气质高贵、心怀远大理想，但却因家里上有兄长而不能继承家业的闲散少爷。要是心中没有尚未泯灭的英雄梦，他或许早就出家做喇嘛去了。如果说一百个血脉高贵的人，九十九个沉沦在祖先的温柔窝里，总有一个会是它的叛逆；就像一百个奴隶里，总有一个会起来造反一样。远离家乡去成就一段英雄传说，是达波多杰一生干的诸多傻事中最傻的一件，但却是他日渐糜烂的家族中最高尚的壮举。多年以后人们提到这个家族，不是因它的财富和显赫地位，以及贵族府邸里的兄弟阋墙和风花雪月，而是一个浪子缔造的一段荒唐而又离奇的历史。正是由于他，家族的传说登堂入室，成为人人都相信的历史。

这三个贸然闯来的不速之客被请进了阿老的火塘边。那个阿老名叫索郎贡布，是村子里的最年长者，实际上他还不到五十岁，可看上去却仿佛有八十岁了。但在这个环境恶劣的地方他已经是高寿了，因为男人们一般活不过四十岁，而女人们则活得更短。索郎贡布说，几百年前，他们的祖上曾经追随朗萨家族的祖先一同从圣地拉萨向藏东流亡，战争把他们这一支与朗萨家族冲散了，他们被掠为奴隶，曾经在雪山上开过银矿，后来家族中的几个男人逃了出来，但他们始终逃不出宿命的安排。他们知道朗萨家族的人后来到了澜沧江峡谷的卡瓦格博雪山下，可是每次想继续迁徙的脚步，刚走上官道就会被其他部落给赶回来，因为人家把他们视为野人。这里虽然像地狱一般艰辛恐怖，但能活人，地狱又有什么可怕的呢。

“老爷，是祖先的荫福派你来救我们出地狱的啊！”索郎贡布在敬酒时说。

祖先的荫福？达波多杰喝了那碗酒后想，朗萨家族现在都快成一棵再不开花结果的老树了，哪里还有多少荫福？倒是早年那些散落在大地上的果实，还记得自己的种从何来。他说：“你们在这里有家有房子有女人，不是过得还好吗？”

索郎贡布一下就哭了，他抹一把眼泪说一句话：“老爷啊，我们这里，每年死的人比生下来的人多，强盗魔鬼来的次数比天上的雨还多。他们的马队冲进村子，只要是刚长成人的姑娘，就像老鹰抓羔羊一般，一把抓住头发就拖走了。我们的人为什么都要在头发里藏那么多针，就是被他们抓怕了的啊。”

达波多杰想到下午自己和他们搏斗时抓到的那一手的针，手掌还在隐隐作痛。以刀为友的藏族好男儿，什么时候学会像娘儿们那样用针了？他问："你们的刀是用糌粑面做的吗？一个村子的男人就没有一把能杀人的刀？"

"有我们也打不过他们，他们是一些和魔鬼在一起的人。他们的刀一刀劈来，能把人劈成两半，人还会走上两步，身体才分开，大团大团的血才会涌出来。"索郎贡布说到那些强盗的刀，还心有余悸。

"噢，总算让我听到一把好刀的传说了。"达波多杰欣慰地对自己的老管家说。"快讲，这刀在哪里？是谁打的？"

"在森林里的强盗们手中。"索郎贡布有些纳闷。

"我们的老爷想找一把比风还快、比月光还要明亮、比岩石还要坚硬、连魔鬼也可以斩杀的宝刀，快告诉我们吧。我们出远门，就是为了在神灵的指引下求到它。"老管家说。

"那你们要去找没鼻子的基米，他是一个懂刀的家伙。"索郎贡布说。

"没鼻子的基米，是谁？在哪儿？"达波多杰追问道。

"从这里出去，十天的马程，有个叫黑风林的大驿站，你们到那里去打听谁是没鼻子的基米，人家就会带你们找到他了。"

"那我们明天就启程吧。"达波多杰有些迫不及待地说。他们出来这么长的时间了，一路打听哪里有令藏族男人心仪的宝刀和良马。有人告诉他们说找快刀要到藏东，而要找良马则必须去藏北草原。他们也确实看到了很多的快刀和好马，可是达波多杰始终认为，这两样宝贝应该和一段传奇有关，和某种命运相连，和神灵的旨意相符。

睡觉的时候，索郎贡布实在拿不出更好的东西来招待自己的主子，就为达波多杰叫来了一个姑娘。他对达波多杰说，这是我们村最漂亮的姑娘了，三个男人为她丢了命。达波多杰只往姑娘身上看了一眼，就差点没发起脾气来。她脸膛黢黑，头发像野人一般蓬松——天知道那里面藏了多少根针！她的五官仿佛不是自然生长出来的，而是被山谷里的风霜东一刀西一刀胡乱雕刻出来的。她蜷缩在一张羊皮里，只露出黑乎乎的头，傻傻地望着她要服侍的主子，不知道害羞，也不知道害怕。好像人们今晚叫她来，只是作为一个女人来服一次乌拉差役。

达波多杰挥挥手，打发走了那姑娘，自己钻到羊皮褥子里，睡前他想，澜沧江峡谷里高贵的朗萨家族，会不会有一天也会堕落到用针来抵御前来抢掠的强盗？

二

第二天，他们就离开了这个软弱而恐怖的村庄。索郎贡布曾经要求达波多杰把全村的人一起带走，他们愿意跟随他到处去流浪。达波多杰怕这一村老老少少的人耽搁今后的行程，就没有同意。他们出村的时候，村庄里所有的人都跪伏在地上，索郎贡布执意要达波多杰踩着自己的背上马，以尽一个朗萨家族的仆人最后的忠心。以至于达波多杰也感动地说："等我找到了宝刀，回到澜沧江峡谷后，就派人来接你们。"

到黑风林驿站十天的马程，他们六天就赶到了。果然如索郎贡布所说，这里没有人不知道那个叫"没鼻子的基米"的。他们在驿站后面山崖下的岩洞里找到了他。这个没有了鼻子的家伙嘴唇上面只有两个幽深的鼻孔，形同一只奇怪的猿猴，因此他只能过离群索居的生活。任何遇到他的人，都会把他当成魔鬼。但达波多杰从看到他时起，就断定，他要找的宝刀，一定在这个人手上。因为佛祖的慈悲总是公正的，他虽然没有了鼻子，但他有一双豹子一般明亮如闪电的眼睛，他看人的目光中仿佛都蕴藏着一把宝刀清冷的光芒。

达波多杰给这个可怜的人带去了汉地的茶砖，洁白的酥油，还带了一坨牛肉，一条哈达。“没鼻子的基米”对这些贵重的礼物看也没多看几眼，但他用打量一个英雄的眼光把达波多杰从头到脚仔细端详了一番，然后像一个会占卜的高僧，用洞悉一切的口吻说：“远方来的好汉，你有藏北草原上珍贵的狐皮帽，有印度虎皮做的藏袍，有汉地来的快枪，有拉萨的大活佛加持了法力的护心镜，有大海深处海龙王的玛瑙和翡翠，但你还少了一样宝贝啊。”

“一把刀。”达波多杰像遇到知已那样说，“一把真正的宝刀。”

“十多年了，没有人跟我说起过刀的事情……”没鼻子的基米掩鼻而泣。他的哭很奇异，由于鼻子不关风，哭声就像狼在嗥叫。

“没鼻子的基米”从前当然是有鼻子的。他原来是一户大贵族家的刀相师，这个职业一度非常吃香。人们要买刀，总要请他来观察刀相，尤其是那些贵胄人家，身上的佩刀常常价值连城。因此基米的一句话，就可能使那些卖刀和打刀的人一年不愁吃喝。但是他是一个忠厚老实的家伙，又自恃身怀绝技，常常不给那些刀商面子，坏了人家的好买卖。基米鉴别刀有自己的办法，通常是经过看刀、听刀、嗅刀、试刀四道程序。看刀是观刀相，长短、厚薄、刀形、刃口、刀柄搭配等等；听刀是听刀的声相，手指一弹，撮口一吹，刀唱出清脆悠悠的歌声，有如寺庙里的钟声萦绕，又如美女在无人之处时独自哼唱；嗅刀是闻刀的味相，好刀的味道有如大旱天的甘露，少女胸间的乳香，沁人心脾，令人陶醉；而试刀，当然就是论刀的动相，好刀在手，人刀合一，心到刀到，心不到，刀也到，快如闪电，动如脱兔。这些苛刻的条件，如果有一条达不到基米的标准，他就不肯说这是一把好刀。有一次，一个阴毒的刀商实在受不了他的真话，就偷偷在一把刀上撒上胡椒面，然后送到他面前请求鉴定。基米在看和听之后，将刀凑到鼻子前嗅，刀上辛辣的胡椒面便一下呛进了他的鼻子。可怜的基米猛地打一个喷嚏，刀就将他的鼻子削下来了。

“就这样，人们便称我没鼻子的基米了。”基米用手捂着自己的脸说。在尊贵的客人面前，他说话总喜欢捂自己的脸。他曾经用酥油拌上松树胶，做了一个假鼻子安在脸上，可是他却见不得阳光，太阳一晒，假鼻子就融化了。

“其实没有鼻子也没什么，口能吃眼能看耳能听，能走能跑还能做事，还不是跟常人一样。”益西次仁安慰道。

“我再不能做刀相师了。”没鼻子的基米说。

“我们去把那个可恶的刀商杀了，为你报仇。”达波多杰说。

“刀已经帮我报了仇啦。那把削掉我鼻子的刀，有一天自己就跳进了那个刀商的肚子里，他从马背上滚下来，滚到了刀尖上。你们要知道，每一把宝刀都是有尘缘的。”没鼻子的基米从脸上放下了自己的手，“我的命一生都和刀有关，在我刚出道的时候，观刀的法力还不够深，有的宝刀被我看成一般的刀，流入一些凡夫俗子的手里，他们用宝刀去砍柴、宰杀牲畜，做一些琐碎的事情，随便丢在院子里墙角边，从来不去打磨它，只让时光将一把宝刀慢慢锈蚀。就像一个人，本来具足做活佛的善根，因为人们没有开慧眼，不知道他就是佛，他身上的佛性也就慢慢被世俗的尘埃掩盖了。刀也有自己的灵性啊，你怠慢轻薄了它，它也会生气哩。”

达波多杰说：“基米的话可真让我们大开眼界了。现在世界上还有宝刀吗？”

没鼻子的基米又把手捂在了自己的脸上。“良马配好鞍，宝刀配英雄。在英雄还没有死光的年代，宝刀当然是有的。只是要看这位老爷跟宝刀有没有因缘。”

“我为了寻找一把和男儿的雄心相配的宝刀，连老爷都不做，流浪异乡三年多了，这段尘缘还不够吗？”达波多杰急切地说。

“不是够不够的问题，而是和宝刀的缘起有没有像彩虹一样升起的事情。缘起未到，宝刀和英雄的荣耀便不会被四方传唱；当宝刀和英雄赢得了名声后，尘缘也了断了。”

“你说的这样一把刀，只有神界才会有了。”益西次仁说。

“有的人往返于神界和人间之间，为什么就不能拥有这样一把刀呢？”没鼻子的基米反问道。

“那么，他会是谁呢？”达波多杰问。

“我儿子。”没鼻子的基米木然地说。

达波多杰激动得一把抓住了没鼻子的基米：“你儿子？他在哪里？他有这样的一把宝刀吗？”

“有，在他的尸骨身上。”没鼻子的基米冷冷地说，“睡觉吧，那边有一块空处，你们三个刚好挤得下。明天，你们就会知道一把宝刀和一个人的命运。”他往那空处扔了一捆青稞秆，权当为客人铺了床，然后兀自蜷缩到洞的一边睡了。

三

在英雄的传说还在弦子上日夜被人弹唱的年代，藏北的天空纯净无瑕，日月的光辉在天宇间畅通无阻，人间的尘埃也显得非常谦虚，绝不会趾高气扬地飞到天上，污染神灵宁静的领地。只有英雄辉煌动人的业绩在牧歌声中流淌，在吹过雪域高原的风中四处传颂。白云听到一段浪漫悲壮的英雄传奇时，会停在空中忘记了游动，驻足聆听，动情时就洒下满天的眼泪；草地上的牛羊，也会忘记嘴边的青草，和着牧人英雄颂歌的调子，齐声吟唱。在那片崇尚英雄的土地上，骏马和宝刀，是成就一个英雄必不可少的条件。至于英雄的气概和勇气，在任何一个放牧的少年心中，都像广袤的草原一样博大雄厚。

扎杰是一个只剩下一副尸骨的英雄，这尸骨现在还在草原上四处游荡。有时游牧的牧人看见他，还会冲这游荡的尸骨磕头。在星光闪耀的夜晚，英雄的光芒从尸骨上放射出来，十里之外，人们也清晰可见。吟诵英雄故事的歌谣在这片草原已经传唱了许多年，唱的是多年以前魔鬼统治下草原的黑暗，唱的是侠士扎杰和魔鬼派出的独角龙搏杀的英雄故事，唱的是天上的星星陨落时，英雄的灵魂飘往天堂，还唱了英雄身上的宝刀像雪峰一样地挺立，像星星一样地闪烁着寒光，像闪电一样的开天辟地。

现在，这宝刀还挂在英雄的尸骨上，等待另一个英雄去佩带它。

英雄的尸骨在草原上行走，忽东忽西，忽南忽北，每当人们看见英雄游荡的尸骨，无不挥泪崇拜，无不心生悲悯。人间英雄像珍珠一样的罕见，像星星一样的高远，大家都是凡夫俗子，英雄就愈显高大神秘，凡人就愈显渺小卑微。在这片草原上，你要当英雄，先想好自己是否会成为另一副游荡的尸骨，就像扎杰那样。

很久以前，这片肥美的草原被一群只长一个角的独角龙霸占，它们是魔鬼的远房亲戚，体大如象，狡诈如蛇，嗜血如狼。当它们奔跑在草原上时，大地像鼓一样地被擂响；当它们放声嗥叫时，声浪像洪水一般席卷一切。草原上的虎豹熊罴，都被它们赶尽杀绝，然后它们开始慢慢地享受草原上温驯的牛羊和牧人。这些家伙肥厚粗粝的舌头一舔，可以舔掉人的一只胳膊；它们身上的皮像岩石一样，牧人们的刀剑砍上去，不是卷刃，就是折断；火绳枪的霰弹就像是给它们搔痒。更不用说它们头顶上的独角，比铁更坚硬，比剑更锋利。那角还翘起个漂亮的弧形，任何动物被它一顶一翘，就被抛到了天上，然后它大象脚一般的巨蹄，在对手落地之时兜头一脚，蹄下的生灵要么五脏迸裂，要么粉身碎骨。

扎杰来到这片恐怖的草原上时，并不像现在这样只有一副尸骨，那时他是一个游历天涯的独行侠士，身跨骏马，腰佩宝刀，英武挺拔，长发飘拂。那个浪漫的年代，你只要有一把好刀，有一匹好马，再有一身的胆量，世界就在你的手上，最美的姑娘也在你的怀里。那天他打马从草原上经过，白云下一个美丽的姑娘对他说，如果你真心爱我，就请留下来；如果你是真正的英雄，就请你杀光横行草原的独角龙。

英雄扎杰笑着说，别说独角龙，就是两个角的龙，三个角的龙，九个角的龙，又有什么害怕的呢？

姑娘说，英雄，我们只请求你杀一个角的龙。你每杀一条独角龙，就可以在这草原上挑一个姑娘陪你。

英雄问，那么，草原上有多少条独角龙呢？

姑娘说，不多，只比一群牛多一些，大概也就两三百头吧。

英雄笑了，那么多的姑娘，我可享受不起。

姑娘说，真英雄就该有这样的福气。

于是扎杰为了爱情，为了英雄梦，开始了一个人和独角龙的战争。扎杰的英雄气概来自腰间的宝刀，那是他的父亲找遍全世界的好刀之后，相中的一把举世无双的好刀，扎杰的父亲是藏东一带有名的刀相师。那刀在扎杰出门追寻自己的英雄梦那天，由父亲亲自挂在他的腰间。刀一上身，扎杰就成了一个英雄，就像春天一到来，万物便开始复苏生长一样，宝刀也让扎杰身上的英雄气概一天天地增长。到他来到独角龙肆虐的草原上时，无人可匹敌的独角龙，在他的眼里不过是一些跳动的小蚂蚱而已。况且，在他的身后，还有那么多美丽的姑娘期盼的目光。

英雄扎杰捕杀独角龙的故事，就像扎杰和姑娘们的爱情一样，多年以后人们都还在传唱。他把独角龙引到一棵大树前，独角龙猛冲过来，扎杰一闪身躲在了树后，独角龙锋利的角深深地扎进了树里，然后扎杰唱着歌儿挥刀斩下独角龙的头。他的宝刀快如闪电，可以直刺独角龙的心脏。他用独角龙硕大滴血的心脏拌糌粑吃，这让他浑身是胆，豪情万丈。独角龙在他的刀下纷纷倒毙，姑娘们在他的身下幸福地歌唱。那段时间里成群的独角龙在草地的边缘哀嚎，而帐篷里却夜夜传出欢快的歌声。

只剩下最后一头独角龙了。它是兽中之王，魔鬼的近亲。

英雄扎杰和它周旋了三个月，都没有杀死它。扎杰把它引到树前，但它把树连根拱翻；扎杰把它引进陷阱，可它从陷阱里一跃而起。后来扎杰用坚韧粗大的牦牛绳做了一个圈套，圈套一头坠上一块巨石，在秋天时扔进快要封冻的湖里，到了冬天，扎杰把独角龙引到结了冰的湖面上，湖面的结冰有一人多厚，就像一件坚实的白色铠甲，把曾经碧蓝如玉的湖泊死死罩住。他们在冰上搏杀，搅起冲天的白雾，扎杰边打边退，独角龙步步紧逼，最后它踩进了扎杰设好的圈套，它一抬脚，套绳就拉紧一次，它愈挣扎，套绳套得愈紧。它被坚韧的牦牛绳套牢了，它被厚实的冰层拖住了。扎杰哈哈大笑，一连串的歌声从他的喉咙里飞出来。姑娘们在岸边亭亭玉立，呐喊助威，暗自盘算今晚谁可以光荣而幸福地走进扎杰的帐篷；男人们在想如何用洁白的哈达和青稞酒来迎接他们的英雄。那力大无比的独角龙被套绳牢牢地套住了，可它还不服输。它蹦跳挣扎，巨大的蹄子震撼着厚实的冰面，使整个湖泊都摇晃起来，让岸边的树瑟瑟发抖，湖边的雪山发生了雪崩，姑娘们的心被揪到了嗓子眼，天空也打了个冷战。但是勇敢的扎杰这时跳下马来，持刀向前。他要举刀直刺独角龙的心脏，他就要喝它的血了。他就像行走在一面被击打的鼓上，震动不已的冰面将他一弹三尺高，他跳起又落下，落下又弹起。狡猾的独角龙打算用这种方式让对手近不了身，它愤怒的巨蹄蹂躏着冰面，把平整的冰面击打得到处是巨大的坑，它的怒火从头顶的角上喷射出来，那是魔鬼才有的绿色火焰，人们看得清清楚楚，绿色的火焰在冰面上燃烧，厚重的冰被融化了。魔鬼在这关键时刻助了独角龙一臂之力，冰面开裂了，发出骨头折断、心被撕裂的脆响和呻吟。岸边的姑娘们齐声尖叫，男人们跪了一地祈祷神灵的护佑。扎杰都听见了，可是这更让他勇往直前，在他的刀离独角龙的心脏只有一臂之距时，湖底的魔鬼忽然翻了身，蹿了出来，和独角龙一道击败了英雄扎杰。

结冰的湖翻滚起来，天上被白雾和黑雾笼罩，人们再也听不到英雄扎杰爽朗的笑声和动人的歌声，再也看不到英雄矫健的身姿和他明亮的宝刀。那两种颜色的雾在虚空中搏杀，从湖面打到草原，又从草原打到天上。人们只能在雾中听到英雄的呐喊和魔鬼的狞笑，只能从洒落在草原的血雨里判断英雄的悲壮。白雾和黑雾厮杀了三天三晚，血雨也在草原上下了三晚三天，英雄的热血终于流尽了，白雾退去，黑雾笼罩人间。整整一个冬季，人们白天出门也要点火把，整整一个冬季，人们没有看到太阳，没有看到月亮，只看到一颗明亮的星星，在草原的远方陨落。

春天来了，春风终于吹走了统治人间的黑雾。可是人们的生活中再也没有了英雄，姑娘们在一个冬季全都变得白发苍苍，心力交瘁；男人们在冬季里也都沉默无语，悲怆沮丧。大地上重新传来恐怖的足音，那条独角龙从魔鬼的世界里又回来了，只是它的角上神奇地挑着英雄白骨森森的尸骨，不知是它不能将英雄从角上甩下来，还是英雄扎杰还想和他继续搏杀。它走到哪里，英雄扎杰的尸骨就跟到哪里，永远都在它的头顶上方，保持着赴汤蹈火、舍生忘死的骄傲姿势。那把明亮的宝刀还挂在英雄尸骨的腰间，在独角龙的眼前晃来晃去，随时威慑着胡作非为的独角龙，迫使它远离牛羊和渴望平安吉祥的人们。从那以后，独角龙再也不敢来骚扰草原上的牛羊，它不得不整日整夜地和英雄扎杰搏杀。在天气阴霾的黄昏，在风和日丽的夏季，在凄风苦雨的荒原，人们都能看得见英雄扎杰和独角龙仍然在天空和大地追杀。多年过去了，英雄的尸骨依然完美如初，连一个趾节骨都没有脱落一根，就像英雄的美名在人们口中传诵时，一个细节，一个音节，一滴眼泪，一声叹息，都完美得令人扼腕，高贵得令人敬仰。

四

“这就是英雄扎杰的故事。他是我的儿子，天底下最勇敢的儿子。”

闻名雪域高原的刀相师、没鼻子的基米的英雄故事讲完了，讲述者和听讲者，泪珠洒落一地。达波多杰喟然长叹：

“只有一段英雄的传奇，才可铸就一把威名远扬的宝刀。这段传奇的上半部分已经演绎完了，下半部分的光辉故事，应该属于我了。那片有独角龙的草原在哪里呢？”

“哪里的草原像天空一样辽阔呢？哪里的草原离天最近的呢？哪里的草原上湖泊像珍珠一样撒落，野兽和牛羊像星星一样的繁多呢？”没鼻子的基米问。

“你说的是羌塘草原。”老管家益西次仁说。

“我们就去那里，明天就出发。”达波多杰坚定地说。

没鼻子的基米说：“老爷，我随你们一起去，好吗？我要把我勇敢的儿子的尸骨带回来。他已经在梦里告诉我啦，说该是让他回家的时候了。我还想去看看那把创造了英雄美名的宝刀，看看它的刀刃是否依然锋利。那真是一把举世无双的好刀啊，它是天上的星星掉下来的一块石头打造出来的。星星上掉石头，是三百年才有一回的事情。那石头带着一团火从天而降，烧红了半边天空。世界上没有比它更坚硬的石头了，打刀的师傅把它丢进火炉里炼了七天七夜，才把它熔化成铁水，打成了这把宝刀。”

达波多杰两眼放出痴迷的目光：“我仿佛已经看到那刀身的光芒了。”

“刀鞘上的光芒才更加耀眼哩。”没鼻子的基米说，“铸刀师傅的刀一打成，我就知道这就是世界独一无二的宝刀，我用我的两个女儿换来了这把刀的刀身，那个铸刀的铁匠已经五十多岁了，可是他还是一个老光棍，我眼都没有眨一下就把两个女儿给他送过去了。然后用我一生为人家相刀积攒下来的全部财富，换成了九颗宝石，镶嵌到了刀鞘上。那是三颗印度来的珍珠，三颗拉萨来的猫眼石，三颗汉地来的翡翠。宝刀要有好刀鞘，跟男儿要有千里马，女人要有豹皮衣一个道理。一个刀相师，当然要有世界上最好的宝刀，就像一个国王，肯定要娶全国最美的女人做王妃一样。在我的儿子扎杰十六岁的时候，我把宝刀送给了他，我对他说，好男儿一生中只需做一件事，那就是身跨骏马，腰佩宝刀，离家远游，闯荡世界，建立英雄的美名。”

一个月后，达波多杰一行来到了藏北草原，大地如此辽阔，天空如此之低，前方的白云仿佛伸手便可揽之入怀。那时正是夏季，碧绿宽广的草原铺展到天边，把天都映蓝了。英雄的故事在吹过草原的风中仍在流传，但是英雄的足迹却远在天边。他们从一个游牧部落到另一个游牧部落，都可以听到英雄扎杰的美名，还找到不少扎杰的后代，他们和英雄扎杰几乎长得一模一样，英武挺拔，长发飘拂，只是他们腰间没有扎杰的宝刀，因此他们做不了英雄，只能做一个在牧场放牧的普通牧人。没鼻子的基米看到这些没父亲的孩子时，老泪总是一次次地淌下来，让人不明白那究竟是因为幸福，还是由于悲伤。

他们沿着英雄扎杰散落在草原上的种子，追寻着英雄浪漫故事传播的方向。在一座破旧的白塔边，他们遇到了一个酒醉的少年。这个看上不过十来岁的小家伙几乎不用问，就知道是英雄扎杰的后代。他的头发飘到肩上，一双孤独但坚定的眼睛，与他实际的年龄不相称；颀长的身子略显单薄，可掩藏不住早熟的轩昂豪迈之气；看不出颜色的羊皮藏袍上曾经镶满一个手巧的母亲精心缝制的金丝花边，现在却满是发馊了的酒味。“一个过早落魄了的少年英雄。”过路的人这样对达波多杰说。

没鼻子的基米走上前去，在那孩子面前蹲下，捂着自己的脸问："你是英雄扎杰的儿子吗？"

少年像个被废黜了的王子一般，懒洋洋地看了看没鼻子的基米一眼："英雄扎杰的名字也是你这样的人可以提起的？"

达波多杰有些气恼，提马过去一鞭子抽在少年的身上："狗奴才，睁大你的眼睛看好了，他是英雄扎杰的父亲。"

少年的眼光里闪过一道亮光，随即又暗淡下来，重新恢复到从前心灰意冷的模样："老爷，别说英雄扎杰的父亲，就是大英雄格萨尔王来了，也成不了什么事啦。"

"难道魔鬼统治了草原了吗？"没鼻子的基米问。

"魔鬼没有统治草原，我从未见面的爷爷，虽然我还不知道你叫什么，"那少年抹了一把鼻涕，老气横秋地说，"但是，那头挑着我父亲尸骨的独角龙，已经被一个活佛降伏了。它现在是念青唐古拉山的护法神。"

"你说什么？"达波多杰惊得从马上滚了下来，抓住孩子的双肩猛晃道，"谁降伏了独角龙？他在哪儿？"他每日每夜都在设想，为了拿到那把宝刀，自己该如何和独角龙搏杀。如此，刀到手之时，就是他达波多杰英雄扬名之日。

"念青唐古拉山脚下，离这里有七天的马程。"少年冷冷地说，“如果你要去找它，成就自己的英雄名声，你要想清楚，敢不敢跟一个护法神打仗。”

达波多杰愣住了，使妖魔变成护法神，是佛法的力量，非人力可为之。在这片佛土上，有许多的妖魔鬼怪，当人们不能战胜他们时，佛法便显示出它无所不能的力量。法力非人力可比，英雄也和活佛生活在不同的世界。英雄创造历史，活佛缔造神话。

“如果你不敢和护法神打仗，”那少年用讥讽的口吻继续说，“就只有像我这样，在酒中寻找我父亲扎杰的身影。”

达波多杰不无懊恼地说：“有些人真是生不逢时，总是活在英雄的身影之下，就像苍鹰飞过天空，凡人的心比天高，也只能仰望。不管怎么说，我们还是要去看一看。独角龙不在了，那把英雄佩带的宝刀总还在吧。”

“宝刀已和我父亲的尸骨长在一起了，你取不下来的。除非你和那刀有尘缘。”少年老成地说。

“我的孙子，你和我们一起去吗？”没鼻子的基米问。

少年伤感地说：“爷爷啊，我早就去过一次啦，我也想成就我父亲的英雄梦，杀了那条独角龙，可是现在你看看，英雄的儿子成了这个样子。要是再去一次，我不知道还有没有脸在世上活哩。”

他们告别了英雄扎杰的儿子，向天边的雪山奔去。念青唐古拉山离天很近，不知不觉人就走到了天的边缘，挺立在白云之上。晚上睡觉的时候，星星一不小心就落到了怀里，月亮伸手扯过来就可以当被子。而白天，神灵在雪山上匆忙赶路的身影清晰可见，这里的一切都仿佛是不真实的，是梦中的某个曾经见到过的场景。

他们在雪山脚下找到了那个降伏独角龙的活佛，把成群的牛羊供奉给了寺庙，那是达波多杰用自己身上的一颗十二个眼的猫眼石换来的。活佛是一个瘦削苍老的老僧，像一棵枯树一般干硬弯曲，饱经沧桑。这个叫觉色的活佛谦逊地说：

“我并没有降伏什么独角龙，我只是从雪山上把一头牛带回来了，另外还带回来了一个人的尸骨。”

“一头牛！不是一条体大如象的独角龙？”达波多杰忘了在活佛面前应有的谦逊，高声叫道。

“是一头牛。”觉色活佛依旧语调平稳地说，“只是它有一只角，见到有佛缘的人还会淌眼泪，它属于神灵。人们现在都来供养它。”

“尊敬的觉色活佛，你是说……没有独角龙？”达波多杰惊讶得合不拢嘴，“那只角上顶着英雄扎杰尸骨的独角龙呢？”

觉色活佛平和地说：“我从雪山上修行回来的时候，看见一头牛蹲在一副尸骨边淌眼泪，我就把他们都带回寺庙里来了。”

“难道那条顶着英雄扎杰的尸骨到处游荡的独角龙，是人们的传说吗？”达波多杰嘀咕道。

“我们本来就是一个生活在传说中的民族啊。”活佛说。

“那副尸骨上有一把刀吗？”没鼻子的基米急切地问。

“有一把刀。”活佛回答道。

“刀呢？”达波多杰问。

“还在尸骨的身上。”活佛说。

“可是……可是独角龙怎么会变成了牛？”达波多杰依然不解地问。

觉色活佛微微闭了双眼，轻声说：“年轻人，世界上的一切都是可以转换的。在因缘大法中，前世的恶魔，只要具足善根，在六道轮回中洗清罪孽，今生同样可以结出佛果。”

“那么，活佛，请带我们去看看那头牛吧。”达波多杰说。

“我要先去看我儿子的尸骨。”没鼻子的基米借捂自己的鼻孔，把一张已经泪流满面的脸大半遮住。

“尸骨和那把刀在一起，连我都不能把它从尸骨上取下来。那是一把英雄佩带的刀。”活佛说。

达波多杰和益西次仁先去看牛，它就放养在寺庙后院的空地上，周围的树上挂满了经幡，拴牛的树下还有成堆的糌粑和酥油做的玛朵（注：一种供奉给神灵的圆形酥油花）。那头牛跟草原普通的牦牛比起来大了整整一轮，虽然它现在已经因为苍老而显得消瘦、孱弱，但它依然威风凛凛——有谁见过如此庞大的牛啊？它的头上的一只角更为神奇，想必就是挑着英雄扎杰的尸骨游荡了许多年的角吧，还有那不同凡响的眼神。看你一眼，便可让人灵魂震撼。

达波多杰呆呆地看这怪异的牛，喃喃地问："你就是那条人们传说中的独角龙吗？"

牛点点头，又摇摇头。

"是活佛降服了你，使你变成了一头普通的牛吗？"他又问。

牛惭愧地望着达波多杰，不予回答。

"你是英雄扎杰的好对手吗？"

"哞——"牛充满崇敬地长啸一声，算作回答。

"别问了，老爷。"益西次仁说，"它现在已经是皈依了佛法的护法神了。我们该像对神灵磕头那样，向它顶礼啦。"

达波多杰和益西次仁一起对牛跪了下去，他嘀咕道："佛祖，英雄都让人家当了，我在这个世界上还能干什么呢。"

不多一会儿，没鼻子的基米和他勇敢的儿子、英雄扎杰一起来了。准确地说，是和扎杰的尸骨一起走过来的。那英雄的尸骨依然完好无损，竟然还能走路。他紧跟在他的父亲后面，就像所有的儿子都曾经紧紧牵过自己父亲的手那样，此刻父子俩的手，紧握在一起，父子俩的身子，也紧紧相依。他看上去比他的父亲还要高大挺拔，威风凛凛。只是尸骨一走动，全身的骨骼就哗啦哗啦地响。周围的喇嘛们一点也不惊奇，因为自从这骷髅被活佛带回寺庙后，他们经常看见他在月光下的寺庙里到处走动，拴有那头一只角的牛的寺庙后院，是他最爱去的地方。在行走的尸骨面前深感惊讶的只是达波多杰和益西次仁，老管家差一点就一屁股坐在了地上，“佛祖啊，英雄真的是不会死的。”他惊叹道。

没鼻子的基米一手捂着脸，一手牵着他儿子的手自豪地说：“他一直在等我呢。我一去，说，扎杰，阿爸看你来了。他就从地上自己站起来了，就像早上从床上爬起来一样。看看，这骨头还是热的哩；看看，他还可以走路哩；看看啊，多健壮的儿子。”

没鼻子的基米拍拍他儿子肩上的骨骼，把尸骨拍得哗啦啦一片乱响，骨节与骨节间还迸发出欢快的白灰，呛得人忍不住要流眼泪。

“你就这样带他回家吗？”益西次仁问。

“难道一个父亲不该带久不归家的儿子回去吗？”没鼻子的基米生气地反问道。

“他可以骑马吗？”益西次仁又问。当惯了管家的人，就是喜欢瞎操心。

没鼻子的基米再不说话捂着自己的脸：“我儿子，我儿子在独角龙的头上骑了那么多年了，天下什么样的马不能骑？”他最后用世界上最理直气壮的语气高声宣布：

“英雄该凯旋了！”

“刀，还是取不下来？”从英雄扎杰的骷髅和没鼻子的基米一起走过来时起，达波多杰贪婪的目光，一刻也没有离开过挂在尸骨架上的刀。他一点也不为一副会走路的骷髅感到意外，他的心已经被那骨架上的宝刀紧紧攥住，刀鞘上的九颗宝石，依然发出璀璨夺目的光芒。

“活佛都取不下来，我们凡人怎能取下它呢？”没鼻子的基米说。

“让我来试试吧。”达波多杰上前一步。

“你要小心。”尸骨身后的一个老喇嘛说。

“小心什么？”达波多杰问。

“小心自己也成这个样子。”那个喇嘛回答道。

“那不很好吗？”达波多杰说得很干脆。

“老爷，你只要不碰坏我儿子的尸骨，这把宝刀就归你。”没鼻子的基米说。

“你儿子是真正的英雄，谁也伤不了他。”达波多杰说完一把抓住了宝刀的刀鞘，他身上的热血腾就窜到脑门上了。

这把宝刀属于我了。他对自己说。

那真是很神奇的一幕，寺庙的喇嘛们、没鼻子的基米和益西次仁，甚至连觉色活佛都感到神灵的法力已经加持到这个一头鬈发的年轻人身上。人的身上有多少根骨头啊，又有多少条筋络啊，尸骨身上的刀已经和那些骨头连在一起了，刀柄上的缨须也和尸骨上干枯的筋络缠绕交织，刀就像这副尸骨多长出来的一根骨头，它支撑着骷髅的英雄气概。可是这个看上去冒冒失失的年轻人，抓住刀后就像变了另一个人，他让英雄扎杰的尸骨坐在寺庙措钦大殿的台阶上，还找来三炷香供在尸骨的面前，冲英雄扎杰虔诚地磕了三个等身长头，然后跪在英雄的尸骨前，小心翼翼地将刀从尸骨上剥离了出来，就像一个好屠户，把一张皮从羊身上剥离出来一样，既不会见到一滴血，也让羊皮完好无损。

天快黑时，达波多杰终于把刀从尸骨上取下来了。没有动着一根筋，也没伤着一根骨头。在这整个过程中，人们默默无言，尸骨也默默无言。刀霍然下身时，所有的人，都听到了从尸骨身上发出的一声深深的叹息。

“好汉扎杰，别伤心啊，你的英雄传奇结束了，下面该看我的了。”他对尸骨说。

此刻，寺庙里喇嘛们的诵经声潮汐一般地涌来。

五

羌塘草原上大雨如注的夜晚，雷在草地上像一个巨大的石碾子一般滚过，闪电仿佛是从前方不远处的地上蹿出来的一条条发着白光的蛇，把草原上浓厚的夜幕撕得支离破碎。曾经温顺宽广的蓝色草原现在变成了黑色的海洋，地上的水，天上的雨，爆炸的雷，挥舞的闪电，让这个夜晚在草原上找不到地方避风雨的五人五骑狼狈不堪。

借着闪电的亮光，可以看见英雄扎杰的尸骨傲然挺立在马背上，他的父亲、没鼻子的基米骑马在前，手里紧紧攥着一根缰绳，英雄扎杰虽然已经不能驾驭马了，但是他父亲手上的这根缰绳，将带他光荣地回到故乡。英雄扎杰的尸骨上已经有好几个花环，那都是路上遇见的人们献给他的。英雄并没有被人们遗忘，尤其是英雄永不屈服的尸骨，让善良的人们心中的希望，即便在这个魔鬼肆虐的狂风暴雨之夜，也不至于被浇灭。

达波多杰也想回家了，这将是一次凯旋。在他崇尚英雄传说的家乡，康巴男儿出征前都会身着武士盛装，佩戴让日月无光的珠宝、让魔鬼胆寒的宝刀，高歌一曲气势雄伟的《刀赞》。那是一场庄严的仪式，配以威风八面的舞蹈。既以歌舞迎请战神，又给慷慨出征的康巴好汉呐喊助威。一场精彩的“刀赞”舞，可以把康巴人的血液全都跳得燃烧起来。因为在一个康巴汉子看来，打仗其实就是一场人生的宏大演出，战场就是好男儿最佳的舞台。没有一个康巴汉子不会几句慷慨激昂的《刀赞》歌词，跳几段优美雅致的刀赞舞。跳刀赞舞和打仗冲锋陷阵，本来就是一回事。

好男儿要有三件宝啊，
快刀、快马和快枪。
今天先把刀来赞，
宝刀握在好汉手，
犹似森林长在雪山上。

先看刀尖像日月的光辉，
再看刀身如弯月般流畅，
还颂刀柄上的珠宝像星星闪烁。
我手握宝刀砍敌人，
恶魔也让他头落地；
我健步向前走三步，
恶魔朝后退六步。
愿吉祥啊，
愿吉祥的宝刀赐我战神的力量。

自从得到英雄扎杰尸骨上的宝刀后，有多少个夜晚，达波多杰的梦里都在回响着《刀赞》的旋律。他渴望得到故乡的赞誉，就像渴望得到世上最美的人儿亲热一样。如果说一个漂亮的姑娘是男人的面子的话，一把宝刀就是一个康巴汉子的骄傲和尊严。现在是回到家乡去享受这份尊严的时候了。

借助闪电短暂而耀眼的光芒，他们看见了一条宽大的河——天知道它到底是一条河还是洼地上的积水，但不管怎么说，绝望中的五个人还是借助闪电，看到了河对岸的山坡上有依稀可辨的几顶牦牛帐篷。兜头而来的暴雨密集得令人窒息，连骑在马上的英雄扎杰，也从嘴里呼出丝丝的寒气。这让跟在后面的小厮仁多浑身直起鸡皮疙瘩。自从扎杰的尸骨与大家一起旅行以来，仁多夜夜都要做噩梦，他才十六岁，命还很弱，不足以抵御一副尸骨散发出来的阴气。晚上睡觉时，那尸骨经常一步就跨进了他的梦里，和他取笑打乐，拿他开心。他不知道这是英雄在磨砺他的勇气，他只是对这个成了一副骷髅却仍倔强地到处行走的家伙心生畏惧。

达波多杰在风雨中大声招呼他身后的人：“我们过河去！”

益西次仁在犹豫，没鼻子的基米说：“我儿子认为这河不能过。”

很多时候，每当他们在路上遇到难题时，他们都要问英雄扎杰的意见。方法之一是把扎杰的尸骨从马背上请下来，供在几炷香前，由没鼻子的基米询问那副尸骨他们前程的吉凶。

达波多杰不满地说：“你又没有敬香，怎么知道你儿子的想法？”

“他的嘴里在哈寒气，这就是在警告我们。”没鼻子的基米说。

“谁的身上还有一丝热气？”达波多杰反问道，“再不找到一处火塘，我们都会被冻死的。走啦！”他率先拨马跳下了河。

河水开初只在马肚以下，可是等他们打马走到河的中央时，河水越来越湍急，马已经渐渐站立不稳。虽然是夏季，但河水依旧冰凉刺骨，人的双腿已经麻木得感觉不到马镫。到河水漫到马鞍时，天忽然就黑了下来，人在马鞍上连马头都看不清了。达波多杰感到自己忽然漂了起来，河水带着他像一片树叶一样地随波逐流，他听见忠心的老管家最后的嘶喊："少爷要小心啊……"还听见小斯仁多胆怯地惊叫："阿妈——"然后他就什么都不知道了。

达波多杰醒来时，已经在一个温暖的火塘边，一个脸膛黝黑的老阿妈裸露着半个奶子，正在一口一口地喂他酥油茶。他是被女人怀里的温暖和滚烫的酥油茶暖和过来的。那女人一双黑黢黢的手在他的一头鬈发里摩挲，"多漂亮的头发啊。"他听见女人说。

"我这是在哪儿？"达波多杰问。

"在我的帐篷里。"女人回答道。

"我的仆人们呢？"

"我只捡到了你，就像捡到一匹迷路的骏马。"女人笑眯眯地说。

达波多杰这才想起了昨晚的遭遇，他一摸腰间，那把命根子似的宝刀还在，他松了一口气。他想爬起来，但是女人紧紧地揽住他不松手，"别动，你身上的寒气还没有跑完。"女人温情地说。然后她拉过一张羊皮褥子，把两人一起盖上了。

那个晚上达波多杰浑身燥热难当，颤抖不已。身边这个看上去可以当他妈的女人在羊皮褥子里一点也不老实，她的手在他滚烫的身子上到处游走，抚摸得他一肚子的羞愤。可是他身上一点力气也没有啦，迷糊中他感到有一段时间女人骑在了他身上，要和他做那事儿，就像是一个喝醉了酒的女人，在欺负一个无辜的孩子。

天亮以后许久，达波多杰才醒来，女人已殷勤地为他打好了酥油茶。牧区的奶茶比半农半牧的峡谷地区更浓郁芳香，厚厚的一层酥油喝下去后人身上的力气便一寸一寸地增长。达波多杰就像还在梦中，对昨晚发生的一切依然恍惚迷惘。我怎么会和这个又老又丑的女人睡在一张羊皮褥子里呢？

佛祖，我的刀呢？他一摸腰间，没有触摸到那熟悉万分的刀柄，惊得他从褥子里跳了起来——他从来都没有跳得那样高，就像那些炼瑜伽法力的密宗瑜伽士，腾在半空中迟迟不落地。帐篷里很暗，加之达波多杰又不熟悉周围的环境，他一下成了没有主心骨的人儿，像一个即将要飘走的灵魂。

“我的主子，求求你下来吧！”那个昨晚把他搂在怀里的女人，在火塘那边惊慌地喊，骇得双膝一软，跪在了地上。

“我的宝刀，去哪儿了？”达波多杰悬在半空中，张皇失措地左顾右盼。

“你说的是你的刀吗？喏，在那堆衣服下面。”女人说。

这时达波多杰才看见地上的一堆衣服里有微弱的光芒，那是刀鞘上那些宝珠透过层层的衣服映出来的。他的心倏然落地，人也从半空中重重地跌了下来。到他老的时候，达波多杰还可以回想起自己悬在半空中的情景：“魔鬼有时会把人一把扯到天上，让他找不到脚下的土地。如果没有谁来帮你赶紧下来，你的灵魂就飘走了。”他对一个喜欢听他讲过去的故事、靠写字吃饭的家伙说。

不一会儿，有许多的女人叽叽喳喳地来到了帐篷外，她们就像看稀罕动物那样从帐篷的窗口、门帘处往里张望，她们都用一块羊毛编织的头巾裹住了大半个脸，只留出一双滴溜溜转的大眼睛，那眼神紧张、兴奋、惊喜、羞涩，仿佛无数双手，把不知所措的达波多杰浑身摸了一个遍。

喝午茶的时候，女人们在帐篷里坐了一地，达波多杰才弄明白原来他落到了一个纯女人的部落。这个部落除了还有几个小男孩，就只剩下清一色的女人了。部落的男人们两年前外出驮盐，可是他们在半路上遇到了准噶尔强盗，那是一帮凶残无度的家伙。藏北一带的游牧民，每年都要组织驮盐队到盐湖驮盐，以换取生活之需。可是准噶尔强盗是依附在驮盐队身上的吸血鬼，他们自己不去驮盐，却专抢驮盐的商队。这个部落的男人们不但被准噶尔人抢走了所有的财物，还将他们在脖子上系上石头，都沉到了湖底。“我们部落已经两年没有男人了。”那个昨晚和达波多杰过了一夜的老女人玉珍说。实际上她并不老，生活的艰辛让她看上去比实际年龄至少长了三十岁。

“远方尊贵的老爷，留下来吧，我们推你做部落的首领。”玉珍说。

“我要去找我的两个仆人和一个叫没鼻子的基米的人。昨天他们和我一起落的水，你们有谁看见了他们吗？”

“他们是男人，被命运带到哪里都有茶喝。我们这儿需要男人，就像牧场上的牛羊总得有公有母，牲畜才会像星星一样兴旺起来。老爷，我们不会让你去放牧受苦，每个晚上你到几个帐篷里走走转转就行啦。”玉珍呵呵笑着说，她周围的女人都以殷切的眼光看着他。

狗娘养的骚娘儿们，把你老爷当种马啊。达波多杰想破口大骂，但转念一想，现在自己身无分文，落难到人家的帐篷里，骂人的资格已经没有了，老爷的架子也端不起来了。

“我不是来你们这里当老爷的，我还有更重要的事情要去做。”达波多杰说。

“没有比当我们的老爷更重要的事情了。”玉珍摆动了一下腰间的刀，达波多杰这才发现，帐篷里的女人都带着腰刀，也许是因为她们没有男人的缘故吧，这些女人看上去都有一股剽悍劲。“没有我们的同意，你走不出这片草原。”玉珍最后用略带威胁的口气说。

达波多杰也把自己的手摸向了腰间，但是他看着眼前这帮女人，心里顿生羞愧。哪有一个男人和女人挥刀搏杀的？你把她们杀得尸横遍地，又算是哪一路的英雄好汉？更何况，一把绝世无双的宝刀，肯定不是拿女人来试刀的。唉，这背时的命运，英雄扎杰以斩杀独角龙来成就宝刀的英名，我这算什么啊？达波多杰羞愧地低下了头。

达波多杰的英雄梦就这样无端地沉陷在了草原上温柔的女儿乡里。玉珍似乎是这个女人部落的头领，部落里有十来顶帐篷，达波多杰每隔上一两天，就会被玉珍领着，走进一个帐篷，在那里待上几天后，又给他换另一处帐篷。她就像给牧场上的牛羊安排交配期一样，分配着部落里女人们的欢乐与喜悦。草原上的姑娘比起峡谷里高山牧场上的姑娘来，显得更粗犷健壮，敢作敢为。有一次达波多杰在一处帐篷多待了一天，一个女人就提着刀找上门来，两个女人就在帐篷外的草地上拼杀，完全像男人们为了自己的爱搏杀一样。在一旁观战的达波多杰苦笑不已，佛祖啊，世界真是掉了一个个儿啦，老爷成了乞丐，一心想实现男人光荣梦想的康巴汉子，却成了草原上的种马，而娘儿们为了男人，也敢动刀子啦。

这个令另一个女人动刀子的姑娘名叫贝珠，如果说部落里的二十多个女人中还有让达波多杰心生怜惜之情的人的话，贝珠或许就是其中之一。这个贝珠就像一只草原上的沙鼠，机敏柔弱，招人怜爱。达波多杰是她的第一个男人，当她第一次钻进达波多杰的怀里时，可怜的姑娘什么都不会，又什么都想做。她在羊皮褥子下像沙鼠一般到处乱钻，可就是找不到自己的快乐之源。达波多杰忍不住笑了，问，姑娘，你多大了？姑娘说，十二岁了。达波多杰又问，谁让你来的？回答说是奶奶。奶奶说，在这个世界上，羌塘草原上两条腿的男人比四条腿的种马生命还短。一不抓紧，草原上的牛羊就稀少下去了。达波多杰摸着姑娘光溜溜的硌手的背脊怜惜地说，可是你还不到做母马的年纪啊。姑娘泪流满面地说，奶奶说了，种播下后，草原就有希望了。老爷，求求你，我阿爸和两个哥哥，都被他们杀了。

夏季里的羌塘草原牧歌悠远，诗意盎然，成片的牛羊点缀在青青草地上，与蓝天白云相互映衬，让人分不清哪是飘逸的羊群哪是落地的白云。而达波多杰却没有好兴致来欣赏广袤无垠的草原。他常常在白天暖洋洋的太阳里，把怀里的宝刀一次次地抽出来，对着亮丽的阳光，仔细地阅读刀刃上的每一个细节，就像在读一个个精彩绝伦的故事。这把宝刀自从到了他的手上后，刀相师没鼻子的基米为它重新开了刀刃，仔细地擦洗了刀身，还告诉他如何收藏一把宝刀，保养一把宝刀，即便是供佛的仪轨，也没有供养一把宝刀那般烦琐细致。

远处草地上的白云忽然急剧地翻滚起来，不是在天上飘飞，而是在地上逃命。女人们的惊叫和牛羊的哀鸣也同时传来了。贝珠姑娘从帐篷后面跑过来喊道："老爷老爷，强盗来了！"

达波多杰这才看清，在地上翻滚的白云后面，有两个骑手正策马杀来，草地上四处逃逸的白云就是玉珍家的羊群，玉珍在羊群后趺趺撞撞地往达波多杰这个方向逃。达波多杰心中一阵狂喜，试刀的机会来了，他冲贝珠姑娘大喊一声：

"给我牵匹好马来！"

草原上哪能没有好马，贝珠顺手就将帐篷外拴着的一匹马的缰绳解了，将缰绳朝他一扔："上马吧老爷，杀了那两个强盗啊！"

达波多杰翻身上马，一提缰绳就冲了出去。他几乎还没有来得及思考，刀仿佛自己就从刀鞘中跳出来了，达波多杰高举着宝刀，旋风一般杀了过去。那两个家伙没有想到这个女人部落里会冲出一个男人来，他们是在这个部落尝到了甜头的两个强盗，隔上一段时间就来抢掠一次，既抢牛羊也抢女人。但这一次，他们遇到麻烦了。

领头的是一个四十多岁的黑脸汉子，肩背一杆双叉火绳枪，手舞一把长柄马刀，他看见一个男人斜刺里冲了过来，手上的刀像月光一般洁白又阴森。这一片月光眨眼就到了眼前，汉子挥刀就挡，但是他的刀就像一根树棍，“咔嚓”一声就被对方的刀劈成两截。两匹战马擦身而过，汉子的马惊慌地窜出一箭之地。黑脸汉子想，这家伙的刀真够快的啊，他想提马回身再战，忽然发现马已经不听他的使唤了。

这一场搏杀很多年以后人们都在津津乐道。人们说，当时不是马不听那强盗的使唤，而是强盗自己的双手已不听脑袋的指挥。当他想提缰绳时，他还不知道自己从右肩到左肋，半个身子已经被达波多杰的宝刀劈了。他骑马跑了一箭之地，上半身才终于齐斩斩地从马背上掉下来，落在草地上了那强盗还在喊：“我的马我的马！”等他发现自己半截身子戳在草地上、半截身子还骑在马背上时，这个家伙才大叫一声，颓然倒地。马背上的那下半截身子一时没有了主张，任那惊慌失措的马儿带着那没有心的躯体漫游天涯了。

那另一个强盗在不远处看到这场仅一个回合就让自己的同伙身首异处的搏杀，惊讶得目瞪口呆。当达波多杰打马冲向他时，他滚鞍下马，跪在草地上把手里的刀双手高高举在了头顶上。

达波多杰身上的热血已经沸腾到了顶点，就像火塘上鼎沸了的茶壶，即便你把火塘灭了，壶里的水仍还要翻滚一阵子哩。他的马一眨眼就冲到了投降了的强盗面前，刀像闪电一般劈下去——不是他要劈人，而是刀在他的手里像一匹奔跑的豹子。达波多杰不得不紧紧地握住刀柄，刀才没有从他的手掌里飞出去。他胯下战马的马蹄，从投降者的耳朵边像一双迅疾的鸟一掠而过。这个强盗是个不长胡子的青年人，干干净净的脸，看上去像一个僧侣。他直挺挺地跪在草地上，面朝向着达波多杰远去的背影。过了很久，一阵风吹来，他的身子才倒下去。可那脑袋早像被风卷走的一片经幡，追随着达波多杰马尾巴后面的尘埃，不知飘到何处去了。

这颗脑袋多年来都没有落到大地上，风把它带到遥远的地方，风也把一把宝刀惊风雨泣鬼神的故事吹遍羌塘草原。一颗飘浮的人头在草原上的各个部落，在雪山溪流间，在流浪歌手的琴弦声中如泣如诉，讲述着连神灵也不会相信的真实传说。那人头在歌声中曾经这样唱道：

英雄的宝刀闪电一样划过来，
英雄的骏马雄鹰一般飞来。
天空中的白云吓呆了，
草原上的花儿不再凋谢，
挤奶姑娘的心儿落到了草地上。
英雄的宝刀啊，
让一颗人头永远飘在了天空中。

达波多杰受到了英雄凯旋般的欢迎，部落里的女人们兴奋地烹牛宰羊，放声歌唱。那真是一个狂欢的夜晚，达波多杰像国王一样，和女人们通宵达旦地饮酒、欢娱。并不是女人们的温情让他放纵，而是身边的宝刀令他自豪骄傲。他从来没有如此干净利落、漂亮完美地战胜过对手；他也从来没有发现自己原来可以拥有那么多女人的爱——佛祖啊，看看眼前这些女人吧，尽管她们皮肤黝黑，浑身牲畜味，可是她们一个比一个健壮，一个比一个多情，一个比一个情歌绵长。噢，佛祖，藏族人有句话说，在一个没有彩色翅膀鸟儿的地方，乌鸦也会被当作凤凰。

六

如果不是一个多月以后，老管家益西次仁和没鼻子的基米带着他的儿子英雄扎杰的尸骨打马找来，达波多杰就真的会忘记自己曾经拥有的远大理想了。这两个家伙被冲到另外一个游牧部落里，帮人看了一阵子的羊，才在英雄扎杰的帮助下逃了出来，追赶他们的人看到一副傲然挺立的尸骨挡在路上，就不敢穷追下去了。而小厮仁多则再没有消息。他们说在大家失散的那天晚上，当冰凉的河水没过头顶时，是英雄扎杰救了他们一把，将他们拉上了岸。连老管家益西也说他感到英雄扎杰在水中抓住他的胳膊时，那只剩下骨节的手指捏得他生痛生痛的，“就像铁链拴住了我的手。老爷，你是被谁搭救的呢？”他问。

“我嘛，我被娘儿们的奶子搭救了。”达波多杰用玩世不恭的口吻说，“你们再不来，河水没有淹死我，这帮骚娘儿们的奶水也快淹死我了。哈哈，国王也没有我活得快活啊！”

他们看见曾经满脑子英雄梦的老爷，现在被女人们环伺左右，他几乎连出帐篷的欲望都没有了。女人们在他的帐篷里进进出出，他有一个宽大的卡垫，上面堆满了羊皮褥子和女人花花绿绿的藏袍，他长时间地斜靠在上面，身边是为他忙碌着的女人，他要酒时，马上就有人递上一碗酒来，他要吃时，切好的大坨牦牛肉会喂到他嘴边。女人们告诉他，只要他怀里每天有女人，牧场上的母牛天天下崽，牛犊都快把宽大的牛圈挤破了。相邻部落的一些女人，也会在晚上偷偷摸进达波多杰的帐篷，她们提来美酒、奶渣、酥油、青稞，甚至还赶来成群的牛羊，像供奉神一样地堆放在达波多杰面前。女人们还给他戴上一顶自制的西藏法王的帽子，脸上涂上汉地来的胭脂、印度来的朱砂、寺庙里佛像上刮来的金粉。牧场上的女人们依照自己的审美情趣，随心所欲地打扮这个仿佛是月亮上掉下来的俊男，让他即便不能成为她们的法王，也要当能让她们快乐的生殖神。

没鼻子的基米有一天看见一个和他年龄相仿的老女人把达波多杰的头拉进自己苍老的怀里，两只老乳房像供桌上干瘪了多年的印度香瓜，发出阵阵馊味。可更让人恶心的是老女人在达波多杰满头漂亮的鬈发中找虱子，每找到一个就塞进自己的嘴里咀嚼，丝丝血迹顺着她无牙丑陋的嘴往下淌。而那个得到了世上最珍贵的宝刀的家伙，血脉里流淌着祖先英雄梦想的康巴好汉，手里握着的不是镶嵌有九颗宝石的刀柄，而是女人快要腐朽的乳房。

“我们的英雄，被女人的奶子绊倒了。”没鼻子的基米哀叹道。

“这群肮脏的母牛，都快淹死他了。”益西次仁嘀咕道。

部落里的女人们对新来的两个老男人并不欢迎，而且充满仇视，因为他们想带走她们的老爷，带走她们的爱。女人们之所以没杀死他们，是因为跟在他们身后的英雄扎杰的尸骨，令女人们不寒而栗。那尸骨就像护持这两个老男人的金刚，看他一眼都会心生敬畏呢。

他们被安排在另外一个破帐篷里，和英雄扎杰的尸骨住在一起。送来的酥油茶是馊的，牦牛肉全是骨头，奶渣发黄发黑。没有这样待客的藏族人。在他们的帐篷外面日夜守着几个比他们还健壮的女人，而达波多杰那边，却是夜夜笙歌、声色纵情，浪笑声都让牧场上的草儿害羞。

忠心的老管家益西次仁在一个阳光灿烂的白天，趁达波多杰出来晒太阳时，想重新唤醒他的荣誉感和点燃他血脉里的英雄血。他问：

“老爷，故乡的杜鹃花已经开满山坡了，难道你不想带着自己的宝刀回到家乡，接受姑娘们献给你的花环吗？”

达波多杰指指远处草地上忙碌的女人们说：“看这草原上的花儿，看这宽阔的草原，峡谷里的高山牧场还不够这里的马儿跑一趟呢。”

“老爷，外面的野花，哪有家乡的鲜花高贵？”

达波多杰不高兴了：“你想用自己的舌头割掉自己的脑袋吗？”

藏族人有句谚语说：不管好自己尖尖的舌头，就会让圆圆的脑袋搬家。当主子的人，总是听不得忠言逆耳的。可是作为一个跟随主子多年的忠实老管家，益西次仁岂能眼看着自己老爷的英雄梦淹死在这群女人的奶子里。有一天他又找个机会告诉自己的主子，他们已经打听到一匹宝马的消息了，它是一匹有翅膀的神驹，可以在云中翱翔，在大地上飞行，在传说中扬名，在美梦里踏歌而来。人们看见它飞奔出去很远了，才传来遗落下来的马蹄声和它嘹亮的嘶鸣。因为它不仅有健壮的四蹄，还有一双有力的翅膀。

“就是声音，也没有它奔跑得快。”益西次仁最后补充说。

“你想说明什么呢，益西？”达波多杰懒洋洋地问。

益西次仁神情痴迷地说：“老爷，那是一匹念青唐古拉山护法神的坐骑啊。”

“噢，益西，你真是老了。你说的又跟牧场上那些老阿爸讲的故事一样了，它怎么会属于凡间。”达波多杰嘲讽道。

“是的，老爷，老爷，是的，它属于神界，可它为尘世留下了一匹小马驹。”益西次仁说。

“一匹小马驹？”达波多杰眨动了一下他漂亮的眼睛，继续用玩世不恭的口吻说，“你可听说人和佛母也会生下神子来？”

益西次仁低下了头：“佛、法、僧三宝，求你不要听见我家老爷喝醉了酒的话。老爷啊，搭救我们的那个部落里的一个阿老说，两年前，他们牧场上的一匹母马跟着神驹跑了，人们看见它们在雪山上嬉戏追逐，等母马回到牧场上时，它就下了匹小马驹。一看就知道是神驹的种。”

“难道它也有一双翅膀吗？”达波多杰仿佛有了些兴致。

“它没有。”益西次仁咽了咽口水说，他多希望那小马驹也有一双翅膀，“但是它跟一般的小马驹不一样，它会念经。”

“一匹会念经的小马驹！”达波多杰声音大了起来。

“是的，会念经的马驹。它会念大威德金刚经。当它念经时，草地上的花儿会自己开花，小石子儿会跳起舞来。”

没鼻子的基米插进来说：“要是你没有这样的一匹宝马，我的宝刀也白送给你了，老爷。”他往自己的帐篷那个方向望了一眼，又补充说，“我已经问过我的英雄儿子扎杰了，他说如果宝刀的新主人没有一匹宝马，宝刀连一头羊都杀不死。”

“真有那样的马驹儿，那就把它送到寺庙去得了。”达波多杰身后不知什么时候站了一个女人，没好气地冲益西次仁说。她又对达波多杰说：“老爷，男人老了，就是不穿那身喇嘛衣服，说的也是喇嘛神神鬼鬼的话。男人有男人的活儿要干，喇嘛有喇嘛的经要念。老爷，别听这两个老流浪汉啰唆啦，从他们来到牧场上那天起，母牛都不下牛犊啦。”

达波多杰充满爱意地望着他身边的女人：“他们可是我的老仆人啊，央金。”

“什么老仆人，老爷。我们才是老爷你的仆人哪，牧场上是，帐篷里也是，卡垫上更是呢。”

“那你要我怎么办呢，益西跟了我二十多年了。”

这个叫央金的女人蛮横地说：“我们要跟你一生啊，老爷。把他们吊起来，打一顿，像赶一条狗一样地赶走。”

“这可不行，没有打看门狗的主子。”达波多杰说，但是他发现有几个女人已经围拢过来了，她们手里都提着刀和棍子，眼睛里放射出嗜血的光芒。达波多杰软软地说了一句：

“别打他们了，让他们走。”

益西次仁大喊：“老爷，你的骨头被这帮娘儿们的馊奶泡软了吗？”

达波多杰喝道：“你这贱骨头，怎敢跟你家老爷如此说话！”

他身后的女人们此刻发一声喊，像一群母狼一样地扑了上去，将两个老男人如按翻两只老羊那样捆了。

在地上挣扎的没鼻子的基米一脸的土，唏嘘不已：“我的宝刀啊，我的宝刀！竟然挂在一个没有骨头的男儿身上！我儿子……我儿子，你的骨头还是热的吗？”

喧闹声中忽然传来一阵“咔嚓、咔嚓”清脆而冷峻的声响，就像刀和刀相拨，牙齿和牙齿相咬。英雄扎杰的尸骨从那间破帐篷里走出来了，他呼出的寒气让天上的太阳无光，让草原上的青草枯黄，让女人们魂飞魄散、瞬间苍老，她们纷纷扔下了手上的刀棍，跪伏在了地上。

英雄扎杰的尸骨走过张皇失措的女人们，走过从地上爬起来浑身是土的益西次仁和没鼻子的基米，走过酒色过度面无人色的达波多杰，径直走进他那即将埋葬其英雄梦的终日弥漫着萎靡淫荡之气的帐篷，轻松地从帐篷的中柱上取下了那把被新主人遗忘了的宝刀。

跟随而来的达波多杰一下给英雄扎杰的尸骨跪下了，他惨叫一声，就像有人活取了他的心肝，然后瘫倒在地上，从此不省人事。

三天三夜之后，达波多杰才醒来，他身边只有没鼻子的基米、益西次仁以及英雄扎杰的尸骨。他在羞耻的深渊中旅行了三天，黑暗中只有英雄扎杰的尸骨走路时的“咔嚓、咔嚓”声。这坚强的声音一直引领着他走出羞耻，让这个在女人们的怀里被宠坏了的宝贝才如梦方醒——佛祖，原来英雄不会死在敌人的刀下，却会死在女人的温柔之乡。这身有血有肉的皮囊，真不如人家的那副尸骨。

达波多杰醒来后的第一句便说：“太阳都升起这么高了，还不快去找我的宝马。”

益西次仁感动得泪流满面：“老爷啊，你可中了一次大蛊惑。”

在他们的家乡澜沧江峡谷，生活在山林中的一些以树皮为衣服的民族，会施放一种“爱蛊”，再坚强的男儿，再佛性加持的喇嘛，当他们被施了“爱蛊”后，都会抛弃万贯家财，忘掉上师教诲，跟着施蛊人步步跌入爱情的温柔乡，而且，还无药可解。

所幸的是，英雄扎杰的尸骨嘴里呼出的寒气，轻而易举地就驱散了“爱蛊”。这怎能不让益西次仁感慨万千。

达波多杰有些羞愧地说：“我好像做了一场春梦。”

“是一场噩梦。”没鼻子的基米说，“我的宝刀就要被女人的奶子溶化了。”

“哦呀！我的宝刀呢？”达波多杰大叫一声，差点又要腾空而起了。

“在这里呢，尊贵的老爷。”益西次仁赶快殷勤地递上那把宝刀。达波多杰把刀轻轻抽出来，他没有听到从前刀出鞘时那干脆欢快的声音，他只听到宝刀的一声幽怨般的叹息。

“老爷，没有英雄的宝刀，就好比没有佛像的寺庙，没有手指的手啊。”没鼻子的基米说。

达波多杰怔怔地看着没鼻子的基米，他奇怪的是这个家伙说好要带儿子光荣回乡，可为什么老跟着他？他难道非要看到他的宝刀配上宝马，英雄缔造出传说，他才心甘吗？

老管家趁机加了一把火：“没有宝马的宝刀，也是没有翅膀的鸟儿啊！老爷。”

达波多杰问：“那我们要去哪里找那匹传说中的神驹呢？”

益西次仁回答道：“现在它在一个修炼瑜伽的喇嘛身边，因为人们已经不能调伏它了。”

“修炼瑜伽的喇嘛怎么调伏一匹马？也给他讲密宗里的那

些神秘修持吗？”

“此马非瑜伽士不能驯养，也非一个英雄不能驾驭。”没鼻子的基米说。

“那我们就去找这个瑜伽士，马上就走。”达波多杰在一瞬间开悟了，世界上有些人，自己没有英雄命，便希望亲手缔造出一个英雄来，或者见证一个英雄横空出世。英雄的梦想属于所有有血性的好男儿。

“我们需要给瑜伽士的供养，老爷。”益西次仁说。

“要多少呢，我的管家，你还有银票吗？”

“早被那天晚上的河水冲走了，老爷啊，你给我一顿鞭子吧。”管家为自己的失职流下了一行老泪。“老爷，我们只要赶去两百头牛羊就行了。”他又补充说。

“你以为我现在还是老爷吗？”达波多杰嚷了起来，“羌塘草原上的河水把我们冲了个精光，还把我冲到女人堆里做了一匹种马，神灵的马驹已经会念经了，我的马驹儿还在女人们的肚子里撒欢哩。这狗娘养的命运，把一个老爷变成一个叫花子，让他跌一跤就够了；而一个男人的英雄梦，只要一闻着女人的骚味，他的骨头就软了，他的宝刀也生锈了。这狗娘养的命运……”达波多杰说着说着就哭了起来。

“我的宝刀是不会生锈的。”没鼻子的基米肯定地说。

“你见过月亮生锈吗？你见过太阳生锈吗？”

“可是，你见过拥有二十多个女人的叫花子吗？”达波多杰反问道。

“你可不是叫花子，你是我们的老爷。”玉珍忽然出现在帐篷门口，她跪伏在那里，泪流满面。在她的身后，还跪了一地的女人。

“哼，老爷？”达波多杰用嘲讽的口吻说，“我不过是你们用套马杆套住了的种马罢了。”

“不就是献给瑜伽喇嘛的两百头牛羊吗，老爷？”玉珍温柔地说，“人说只要能爬上宝树，即使皮袍剐烂了也是值得的；老爷只要能当英雄，我们还有什么舍不得的呢？部落里的女人都是你的，牛羊难道还不属于你吗？都赶走吧。只要老爷你高兴，你赶走多少头牛羊，我们都不会多看它们一眼。只是老爷你……一定要回来看看你的儿女们啊！”玉珍哭了。

她身后的女人们也泪淌成河。那个叫贝珠的女孩，更是哭得像一个又要失去父亲的孩子。

“我会有那么多的儿女吗？”达波多杰嘀咕道，“我连独角龙的一根毛都没有伤到，英雄没有当成，却到处都有我的儿女了。”

他不知道，多年以后，这片草原上凡是有一头漂亮鬈发的孩子，都会传唱一个名叫达波多杰的英雄父亲的故事，他和扎杰一起成了草原上人人颂扬的英雄。尽管他没有挥刀鏖战独角龙，尽管他没有成为一副不屈服的尸骨，但是他让草原上的牲畜兴旺发达，像星星一样繁多。他还让草原上女人们的牧歌里多了爱情的甜润和流畅，多了遥远的期盼和永无止境的思念；那时他并不知道，爱也可以使人成为英雄，爱也可以成为一段传奇。他也不知道，在三个男人和一副尸骨赶着成群的牛羊打马远去的时候，部落里女人们的目光被牵走了，心也被牵走了，眼泪淌成了羌塘草原上的一条河，这条河的名字多年以来就叫作米秋河。“米秋”在藏语里就是眼泪的意思。到后来部落里的孩子们出生，就在这河水里沐浴，当他们长大了时，就在河边放牧。河畔两岸芳草萋萋，百花盛开，年年长得都比其他地方茂盛，有一种长得像达波多杰那一头鬈发样的草，牛羊吃了特别能长膘，也特别能繁殖，这种草被草原上的人们叫作榛生草。在藏语里，“榛生”就是那种在骨子里生长，在心窝间荡漾，在岁月里延伸，在夜深人静时与女人的一颗柔肠寸断的心缠绵交织、相伴终生的东西。

它就是我们说的相思啊。

七

传说和梦指引着旅人的道路。在羌塘草原上，到处都流传着有关宝马的动人心魄的传说，从日行千里的良马，到踢云破雾的神驹，都驰骋在每一个流浪歌手的歌声里，跳跃在每一个游牧民的梦想中。他们告诉达波多杰说，你找的那匹马，羌塘草原上肯定有啰。在白云的尽头，在草原的深处，我曾经看到过它；在喇嘛上师的经文里，在老阿爸的回忆中，在格萨尔王的传说里，一匹英雄骑过的良马刚刚踏歌而去，草地上被马蹄掀起的尘埃也才刚刚悄然落定。而在神灵的世界，在幸福的来世，这样的神驹到处都是。

每一个游牧民心目中，都有一匹达波多杰要寻找的宝马；而在现实生活里，他要寻找的宝马离他忽远忽近，忽虚忽实。但即便它是一个云中的幻象，是梦里的一次闪现，达波多杰也要追上去，抓住它，跃上它的马背，附在它的耳边轻轻对它说：如果佛祖把我们所有的幸福都留给来世，所有的苦难都判给今生，就让我找到一匹真正的宝马吧。为了你，我把我的来世抵押给魔鬼也心甘情愿。

男人一旦逃离了温柔乡，英雄的豪气就像少年的力气一样，一天天增长。正如拥有无上法力的高僧大德，一定要远离家乡。因为他们相信，人生的修行，向来是从苦中修持。三个寻找宝马的男人曾经被藏北草原的暴风雪卷入地狱里的九重寒宫，靠英雄扎杰的宝刀才斩杀尽纠缠他们的小鬼，方得逃回人间；他们也被魔鬼掀起的沙暴吹到没有太阳、星星和月亮的世界，周围都是怒吼着的各路妖魔，当他们杀出层层孽障时，身上的皮肤和荒漠一样粗粝坚硬。他们甚至遇到过与英雄扎杰搏杀过的独角龙的后代，达波多杰在唱一支歌儿的工夫，就像赶杀一群豺狼一般将它们逐一砍杀。他们战胜了广袤苦难的大地上一切人和非人的灾难，终于站在那个瑜伽士面前。

这是一处尸陀林①，属于佛界“八大寒林”② 之西北啾啾寒林。尸陀林的主人就是这个修持生命无常大法的瑜伽士。他的头上戴有五个小骷髅，脖子上还挂满十二个小骷髅，身穿红白

---

① 梵语的译音，指弃尸之处，也指僧人的墓地。

② 八大寒林为东方暴虐寒林、北方密丛寒林、西方金刚焰寒林、南方骨锁寒林、东北狂笑寒林、东南吉祥寒林、西南幽暗寒林和西北啾啾寒林，均是修不净观的最佳地点，亦是修施身法者所必处之所。

相间的骷髅衣，他的眼睛血红，而且有三只眼，脸上是死尸一般的灰白色，盘腿坐在一具正在腐烂的尸体上，作入定状。在他的周围，东一处西一堆遗弃着僵硬的或腐烂的尸体，他身后不远的一堵岩石墙上，还挂满了人头骷髅，像端坐戏台上看戏的一排排观众，正用空洞的目光审视着这三个远方的访客。

如果不经历了那么多的磨难，达波多杰早就被这个地方吓破胆了。但地狱都下过的人了，还怕几具死尸吗？

“尊敬的上师，你收养有一匹念青唐古拉山山神的坐骑生下的小马驹吗？”达波多杰跪伏在地上，恭谦地问。

“有，也没有。”尸陀林主、那个神秘的瑜伽士隔了许久，才怪腔怪调地说道。

“那么，它在哪里呢？”

“在风中。”

“尊敬的上师，我已经找到了世上最珍贵的宝刀，我也经历了世上所有人的灾难和非人的灾难，我战胜了种种的诱惑，就是西藏法王的王冠我都视如粪土。我只要得到这匹神驹，我就能创造雪域高原上的各路护法神都能做到的英雄业绩。尊敬的上师啊，请你像我身后的这两位好心的老人家一样，施舍你的慈悲，成就一个人的英雄名声吧。”

“看到我身下这具尸体了吗？”瑜伽士一动不动地问。

达波多杰怎么没有看到？从他一跪到瑜伽士面前时起，阵阵的恶臭差点让他窒息。这是一个生前身材魁梧的人，此刻一堆一堆的烂肉正从尸骨上剥落下来，就像一头正在肢解的牦牛。

“他曾经是一个骑马走遍天下的英雄好汉。草原上没有一处地方不传唱他的英雄业绩，没有一个姑娘不为他神魂颠倒。他拥有过世上最珍贵的猫眼石，也拥有过美丽的女人；他有最粗犷的歌喉，高歌一曲时群山都要倾倒；他也有最无可比拟的权力，跟随他的人赛过草地上的羊群。他打马走过草原时，大地都为之颤抖。可是，现在呢？”

“他也有一匹神驹吗？”

“年轻人，马驹非神，神驹非驹，我执不除，天下无驹。”

还是没鼻子的基米有悟性，他拉了拉达波多杰的衣襟，“老爷，我们走吧。上师已经把一切都告诉我们了。”

“告诉我们什么？神驹在哪里？”达波多杰仍然一头雾水。

“看看你身后那具尸骨。”尸陀林主垂下目光炯炯的红眼，“你母亲煨桑的青烟在呼唤你了。”

自此以后，他再不说话，沉入永恒的冥想中。

三人四骑无言离开尸陀林。英雄扎杰的尸骨骑在马上，还频频回首，仿佛那是他留恋的地方。没鼻子的基米牵着英雄扎杰马儿的缰绳，不断对他说，好儿子，这不是你要待的地方，我们回家去。达波多杰不断悄悄地抹眼泪，无法承受的失败感几乎要把他从马背上击垮下来。难道传说中的神驹真的只能奔跑在传说里？难道所有追逐梦想的人，缔造英雄传说的人，结局都不过是一具尸骨？但即便是只有尸骨遗世，也要做英雄扎杰那样的尸骨啊！好男儿如果没有一颗勇敢的雄心，还不如来世投胎为一条无忧无虑的毛驴得了。

“益西，我们被传说骗了吗？”达波多杰心灰意懒地问。

“老爷，你忘了觉色活佛的话了吗？我们本来就是一个生活在传说中的民族。”

“基米，你这英雄的父亲，为什么你能打造出一把宝刀的传说呢？”达波多杰又问，“还有你的英雄儿子，为什么他能成为一段人人争颂的传说？”

“因为我们执着于梦想。老爷。”没鼻子的基米说。

“可是，可是那个修苦行的瑜伽士，不是要我们放弃执着吗？”

“人要喝上一口热热的酥油茶，要经过多少辛劳啊。从小牛犊接生下来，放到草原上，冬天怕它冻着，夏天怕它吃不鲜美的好草，野兽来了要驱赶，生病了要找喇嘛上师驱邪念经。

到它长大了，可以挤奶了，才能打出酥油饼，然后又要买来汉地的盐和茶叶，勾上两坨酥油，才能放到火塘上煮茶。”没鼻子的基米唠唠叨叨地说，连益西次仁都有些不耐烦了。

“你想说什么？”达波多杰问。

“茶烧开了，你得赶紧放下手上的事，把茶壶从火塘上提开，才可以喝到茶吧？”没鼻子的基米说。

达波多杰仍然不解地望着没鼻子的基米，益西次仁说：“你太年轻了，老爷。”

达波多杰扬了扬手中的马鞭，终于还是没有挥到老管家的身上。“格萨尔赛马称王时还是少年呢，英雄扎杰斩杀独角龙时，难道是你这样不中用的老家伙吗？”

没鼻子的基米说：“老爷，宝刀人可以锻造，神驹却要看神的旨意。我们凡人只有服从神，而不能要求神。神眷顾你的时候，就像他赐你一碗热热酥油茶；当你还想要得更多时，神连你死时想喝一碗热茶都不赏赐。我们跟你讲神驹的传说，是为了把你从女人的怀里拉出来。你已经和我儿子一样，是一个英雄了。”

达波多杰既感到受了欺骗，又仿佛知道了一个让自己羞愧的谜底，因此他喘着粗气，兀自打马跑前面去了。

春风缓慢吹绿大地的时候，他们再度回到藏北草原。前方有两条路，一条前往圣城拉萨，一条是通向故乡之路。达波多杰想去拉萨朝圣，同时试试自己的运气，看看朝圣之路上还有没有需要斩杀的魔鬼。没鼻子的基米在一个晚上与扎杰的尸骨做了同一个家乡的梦。从那以后英雄扎杰白森森的尸骨便开始发黄，没鼻子的基米将之解释为儿子思念故乡了。于是，这个可怜的老人对达波多杰说：

“老爷，我的家乡有一种大树在春天会开出巨大的红色花朵来，它是古时候被英雄的鲜血染红的，因此我们那里的人们叫这种花为英雄花。家乡的英雄花要开了，老爷，我的英雄该回家了。”

达波多杰感叹道：“可怜的基米，世界上再也找不到你这样的好父亲了。我们还会见面的。那时我不是一个流浪汉，就是一个驰骋疆场的英雄。”

没鼻子的基米在把自己的马头拨向家乡的方向之前，无限伤感地说：“老爷，一个再大的英雄，总要回到故乡。不是名扬四方的威名，就是一具尸骨。”

达波多杰说了句充满佛性的话：“生命无常，谁到最后不是一具尸骨呢？你得看这具尸骨值不值得人们传颂。”

达波多杰看见，骑在马背上的英雄扎杰的尸骨，骨骼“咔咔”作响，仿佛要跃马横刀，冲锋陷阵。一股股灰白色的骨灰，像热气一般蒸腾起来，让达波多杰血脉偾张。他不能不跳下马来，冲着英雄扎杰的尸骨，双手合掌，“呼啦”一声跪伏大地，连磕三个等身长头。

没鼻子的基米，这个英雄的导师，宝刀的鉴赏家，古道热肠的侠士，只带回英雄儿子尸骨的父亲，最后再次跳下马来，紧紧地抱住了达波多杰：“年轻人，我的英雄梦全在你身上了。离女人远一点，她们会消磨一个英雄的气概。”

达波多杰哽咽道：“基米啊基米，你不是一个刀相师，也不是英雄的父亲，你就是我的佛呀。”

达波多杰目送没鼻子的基米和英雄扎杰的尸骨慢慢消失在道路的尽头。扎杰的尸骨骑在马上，依然像一个高贵而勇敢的骑士那样，身子笔挺，头颅高昂，胯下的马迈着均匀的脚步，把英雄家乡的期盼一点一点地拉近了。

西风卷起满天的落叶，追逐着英雄扎杰尸骨的坐骑。达波多杰禁不住潸然泪下，他轻声说：

“佛祖保佑我也这样回到故乡。”

图书在版编目（CIP）数据

香格里拉客栈 / 范稳著. -- 北京 : 北京十月文艺出版社，2022. 1

ISBN 978-7-5302-2189-1

Ⅰ. ①香… Ⅱ. ①范… Ⅲ. ①中篇小说—小说集—中国—当代 Ⅳ. ①I247.5

中国版本图书馆 CIP 数据核字（2021）第 173261 号

香格里拉客栈
XIANGGELILA KEZHAN
范稳 著

出 版 北京出版集团
北京十月文艺出版社
地 址 北京北三环中路 6 号
邮 编 100120
网 址 www.bph.com.cn
发 行 新经典发行有限公司
电话（010）68423599
经 销 新华书店
印 刷 北京盛通印刷股份有限公司
版 次 2022 年 1 月第 1 版
2022 年 1 月第 1 次印刷
开 本 880 毫米 ×1230 毫米 1/32
印 张 11.5
字 数 170 千字
书 号 ISBN 978-7-5302-2189-1
定 价 56.00 元
质量监督电话 010-58572393
如有印装质量问题，由本社负责调换。